tod

Drachentod

Ein Kriminalroman aus dem Ruhrgebiet von
Rainer Küster und Rüdiger Schneider

Brockmeyer Verlag, Bochum 2010

Bibliografische Information der Deutschen Nationalbibliothek
Die Deutsche Nationalbibliothek verzeichnet diese Publikation in der Deutschen Nationalbibliografie; detaillierte bibliografische Daten sind im Internet über http://dnb.d-nb.de abrufbar

ISBN 978-3-8196-0746-2
WG 121

Umschlagidee: Hanns Küster

2. Auflage 2010

Im Haarmannsbusch 112,
D-44797 Bochum
Telefon +49 (0) 234 9791600,
Telefax +49 (0) 234 9791601
universitaetsverlag.brockmeyer@web.de
Online: www.brockmeyer-verlag.de

Gestaltung und Layout: Helmut Granowski

Gesamtherstellung: Druck Thiebes GmbH
Altenhagener Str. 99, 58097 Hagen, Tel. (02331) 808176
www.DruckThiebes.de

Gedruckt auf chlorfrei gebleichtem Papier.

Wer sich in der Bundesliga auskennt, wird sich daran erinnern, dass es die Fußballspiele, die im Roman erwähnt werden, wirklich gegeben hat. Auch die Ergebnisse stimmen, obwohl in die fiktiven Zusammenhänge verwoben, mit der Historie überein. Die Witterungsverhältnisse sind manchmal den Erfordernissen der Fiktion angepasst worden. Was das Wetter betrifft, so ist ja in Zeiten einer allgemeinen Klimakonfusion gewissermaßen alles möglich, gerade im Ruhrgebiet.

Die Spuren der Handlung lassen sich in den Straßenzügen des Reviers verfolgen, wenngleich die genauen Umstände der beschriebenen Orte nicht immer so, wie im Roman dargestellt, bestanden haben. Insbesondere möchten wir darauf hinweisen, dass kontaktfreudige Menschen nach dem Gebäude mit den zwei Herzen in Herne-Horsthausen vergeblich Ausschau halten werden.

So ähnlich ist es auch mit den Figuren des Romans. Sie entstammen der Phantasie der beiden Autoren, die sich dem Ruhrrevier heimatlich verbunden fühlen. Wer Ähnlichkeiten mit Personen der Zeitgeschichte oder seines Erfahrungshorizonts wahrnehmen möchte, mag dies tun, geht aber stets das Risiko ein, Opfer der eigenen Vorstellungskraft zu werden.

Ein besonderer Dank gilt Herrn Hauptkommissar Heiner Stratmann aus Wattenscheid, der so freundlich war, unsere Fragen zu beantworten, und der uns im Präsidium bis in die Zellen geführt hat, allerdings ohne hinter uns abzuschließen.

1. Teil

1

Der Mann im grünweißen Wohnmobil sah auf die Uhr. Es war Sonntagabend, kurz vor neun. Die paar Minuten bis zum Treffen würde er auch noch rumkriegen. Dann gab es ein wenig Glückseligkeit, bis am Montag das Elend der Welt wieder über einem zusammenschlug.

Aus der Ferne hörte er Gegröle, das näher kam, dann aber verstummte. Es wurde still, seltsam still. Er glaubte, auch den Motor eines Wagens gehört zu haben. Sicher war er sich nicht.

Er nahm noch einen Schluck Bier, erhob sich von der Sitzbank, schob die Seitentür auf, sah nach draußen in die Dunkelheit. Von dem Wagen, den er gehört hatte, sah er nichts. Er verließ das Wohnmobil, ging drum herum, blieb vor ihm stehen, sah auf den Kemnader See. Es war kühl, etwas zu kühl für einen Spätsommertag im August. Der Himmel war von Wolken bedeckt. Ein leichter Wind ging. Er hörte die Wellen plätschern. Ein paar hundert Meter weiter, an einem Steg, erkannte er schemenhaft ein paar Jollen, die dort schaukelten.

Das grünweiße Wohnmobil stand allein auf dem Platz am See. Als er am frühen Abend gekommen war, hatten noch ein paar andere Wagen dort geparkt, Spaziergänger waren auf dem Weg am Ufer entlang gelaufen. Jetzt war er allein. Das seltsame Gegröle, das er vernommen hatte, war verstummt, und für einen Moment dachte er, einer Täuschung erlegen zu sein. So als habe ihm das Geschrei vom Nachmittag in den Ohren nachgeklungen. Da war er im Bochumer Stadion gewesen, hatte das Spiel der Wolfsburger, seiner Wolfsburger, gegen den VfL Bochum gesehen.

Dass ein paar Bochumer Fans enttäuscht waren über das Unentschieden, hatte er auf dem Rückweg vom Stadion mitbekommen. Eine der Ampeln auf der Castroper Straße zeigte Rot. Er stand mit seinem Wohnmobil davor. Auf beiden Seiten des Wagens war das Wolfsburger Emblem aufgemalt. Eine Gruppe grölender Jugendlicher zog vorbei. Sie schwenkten Bierdosen und blauweiße Schals. Einer stellte sich direkt vor das Auto, schnitt eine Grimasse, zeigte mit dem Daumen nach unten und schrie: „Zweite Liga!“ Dann ließ er unter dem Gejohle der anderen die Bierdose an der Windschutzscheibe auslaufen. Es hatte keinen Sinn auszusteigen. Er hätte die ganze Meute am Hals gehabt.

Es war ein brenzliger Moment gewesen. Aber er hatte sich nicht provozieren lassen, nicht den Versuch gemacht anzufahren, als die Ampel auf Grün sprang. Der Bochumer Fan dagegen machte keine Anstalten zur Seite zu gehen. Erst als das Bier ausgelaufen war und hinter dem Wohnmobil ein wildes Gehupe begann, trollte er sich, zeigte zum Abschied den Stinkefinger und schrie: „Wir sehen uns noch!“

Gott sei Dank war der Behälter der Waschanlage gefüllt gewesen. Ein paar Bewegungen der Wischblätter, das Bier war runter von der Scheibe, konnte keine Streifen mehr bilden. Die Wagenfront hatte er später mit Wasser vom Kemnader See gereinigt.

Jetzt knackte er sich eine neue Dose Paderborner. Das war billig und schmeckte auch nicht schlechter als die Edelmarken. Das konnte er sich gerade noch leisten. Ansonsten musste er sich alles vom Munde absparen. Die Fahrten zu den Auswärtsspielen waren teuer. Das Wohnmobil fraß Sprit. Es war ein Mercedes-Hanomag, Baujahr 1971. Er nannte das Wohnmobil ‚Elefant‘, weil es so viel fraß. Aber es gab Zeiten, da hatte man kein Zimmer. Und diese Zeiten mochten wiederkommen. Er lebte in einer unsicheren Welt.

Er fror. Bei diesem Wetter musste man oft pinkeln. Vor allem, wenn man Bier getrunken hatte. Er machte ein paar Schritte nach vorn, von dem Wohnmobil weg, stellte sich an einen Baum. Der Stamm war auf Brusthöhe mit einem weißen Kreuz markiert. Ein Wanderzeichen vielleicht. Vielleicht auch sollte der Baum gefällt werden. Er wirkte ziemlich morsch. Die Rinde war abgeblättert, der Fuß an einer Stelle gespalten. Er versuchte, das weiße Kreuz zu treffen. So hatte man bei einer ernsten Beschäftigung wenigstens etwas Spaß.

Die Wolkendecke riss an einer Stelle auf. Für einen Moment war die Sichel des abnehmenden Mondes zu sehen. Er hörte nicht die leisen Schritte hinter sich. Plötzlich hatte er um den Hals einen Schal, der sich unbarmherzig zuzog.

2

Hauptkommissar Klaus Brenner saß in seinem Dienstzimmer, hatte die Ellenbogen auf die Schreibtischplatte gestützt, die Hände unter dem unrasierten Kinn zusammengefaltet und blickte missmutig durch das Fenster nach draußen. Dort ragte vor dem Präsidium der Turm des Bochumer Bergbaumuseums nach oben. Grünlich hoben sich die blank geputzten Förderscheiben vom Grau des Himmels ab, standen still inmitten einer seltsamen Monotonie.

Der Sommer des Jahres 2008 hielt nicht, was man sich von ihm versprochen hatte. Es war ein Montag in der zweiten Augusthälfte. Das Wetter war schlecht, der VfL in seinem ersten Heimspiel nach der Sommerpause über ein Unentschieden gegen Wolfsburg nicht hinausgekommen. Der Kopf schmerzte nach einer durchzechten Nacht. Marie hatte ihn am Abend als einen heruntergekommenen Gesellen bezeichnet. Da hatte er sich mit ein paar Fläschchen Wein getröstet. Gleich würde sein Kollege Rogalla kommen, ein eingefleischter Schalke-Fan, genüsslich Reval rauchen und den üblichen Schmäh zum Montagmorgen loslassen. Die Schalker hatten auch ein Heimspiel gehabt, das aber mit 3:0 gewonnen.

Brenner zog an seiner Zigarette, stellte fest, dass die mal wieder ausgegangen war. Kein Wunder. Zigaretten aus der Apotheke waren es. Haselnuss- und Papayablätter mit einer Beimischung von Eukalyptus. Der Kommissar versuchte sich das Rauchen abzugewöhnen. Er hatte die Dinger am Samstag auch während des Spiels geraucht und seltsame Blicke von den Nachbarn geerntet. Der Rauch roch nach Hasch. Ein junger Schnösel in der Reihe vor ihm hatte sich umgedreht, demonstrativ geschnuppert und gemeint: „Na, Opa, auf die alten Tage noch auf dem Trip?“ – „Ruf doch die Polizei!“ hatte Brenner höflich entgegnet.

Er zerdrückte das halbgerauchte Kräuterding im Aschenbecher. Auf den Parkplatz zwischen Museum und Präsidium schob sich jetzt ein dunkelblauer Corsa mit Bochumer Kennzeichen.

„Wechsel den Verein! Komm zu Schalke!“ klang es ihm ein paar Minuten später zur Begrüßung entgegen. „Wer gegen Wolfsburg nur unentschieden spielt...”

Rogalla grinste, holte ein Päckchen Reval aus der Hosentasche, hielt es Brenner vor die Nase. „Rauch was Anständiges!”

„Mach lieber Kaffee!”

Rogalla zündete sich eine Reval an, zog genüsslich den Rauch ein, spitzte die Lippen, ließ einen Kringel an die Decke schweben. Er warf einen forschenden Blick auf den Kollegen.

„Siehst mitgenommen aus”, meinte er. „Marie?”

Brenner winkte ab. „Weiber!” grinste er, fingerte sich eine Kräuterette aus der Packung, schob den Stengel wieder zurück. Dann fuhr er sich mit der rechten Hand über den Kopf, als müsse er sich die Gedanken zurecht streichen, und fragte: „Ist es wirklich so schlimm?”

„Was?” fragte Rogalla.

„Heruntergekommener Geselle hat sie mich genannt.”

„Frauen übertreiben manchmal. Was hast du denn gemacht?”

„Nichts.”

„Na, siehst du.”

Das Telefon klingelte. Brenner nahm den Hörer ab. „KK elf, Brenner.” Während er der Stimme am anderen Ende der Leitung zuhörte, wurden seine Augen schmal, die Stirn zog sich zusammen. „Wir sind gleich da”, sagte er schließlich.

Er legte den Hörer auf. „Ausgerechnet!”

„Was ausgerechnet?“ fragte Rogalla ohne sonderliche Neugierde.

„Ein Toter am Kemnader See, oben am Segelhafen. Man hat ihn auf einem Parkplatz gefunden, in einem Wohnmobil. Kennzeichen WOB, Wolfsburg!”

„Herzinfarkt“, meinte Rogalla. “Der hat sich über das Unentschieden gefreut. Welchen Weg nehmen wir? Durch Bochum oder A 43?“

„Die 43“, antwortete Benner. „Ausfahrt Heven. Kannst im Auto frühstücken, ich fahre.“

Sie hatten das Signallicht aufgepflanzt, obwohl die Autobahn frei war. Brenner schien es besonders eilig zu haben, als ginge es nicht darum, einen Toten zu besichtigen, sondern in letzter Sekunde ein Leben zu retten.

„Werden wir für Geschwindigkeit bezahlt?" fragte Rogalla ungehalten. Die Stulle, die er ausgepackt hatte, schien ihm nicht mehr richtig zu schmecken. Er hatte sie wieder eingewickelt, nach hinten auf den Rücksitz gelegt und blickte mit zusammengekniffenen Augen durch die Windschutzscheibe. Die Leitplanken zogen wie ein dünner Strich vorbei.

„Ich habe eine Frau und einen Neffen, der mich noch braucht, mein Lieber", unternahm er einen letzten Versuch, Brenners rechten Fuß zu beeinflussen.

Aber der hielt das Pedal durchgedrückt, sagte: „Weißt du, seltsam, da ist vorne an dem Wohnmobil eine Fahne, grünweiß. Und der Tote hat ein T-Shirt an. Grün-Weiß. VfL Wolfsburg. So viel hat mir der Kollege am Telefon schon verraten."

„Bringt trotzdem nichts, deine Raserei. Der läuft nicht mehr weg."

Sie hatten die Ausfahrt Nummer zwanzig erreicht. Witten-Heven. Brenner nahm die Kurve mit quietschenden Reifen. Dann waren es nur noch ein paar hundert Meter, und schon sahen sie den schmalen Ausläufer des Kemnader Sees, wo sich der kleine Segelhafen befand. Brenner steuerte zielsicher den Parkplatz an. An diesem Montagmorgen gab es nur wenige Autos dort. Das grünweiße Wohnmobil fiel sofort auf. Es war am äußersten rechten, dem See zugewandten Rand abgestellt. Dicht daneben stand eine Buche, deren Stamm morsch aussah. Ein wenig weiter begann das Gelände des Segelhafens, wo mit Planen bedeckte Jollen an den Stegen lagen und sachte im Wasser schaukelten.

Brenner fuhr nicht bis an das Wohnmobil heran. Er hielt etwa zwanzig Meter davor, sah, dass die Spurensicherung noch nicht gekommen war und sie es zunächst nur mit den Kollegen von der Schutzpolizei und dem Notarzt zu tun hatten. Die Eile, den Tatort zu erreichen, war eine Marotte des Kommissars. Er liebte es, einen ersten Blick darauf zu werfen, wenn die Leute von der Spur einen noch nicht ablenkten.

Rogalla war so etwas egal. „Die sind dazu ausgebildet und wissen, was sie tun. Die legen uns den Bericht auf den Tisch. So genau können wir selbst gar nicht gucken."

„Wer hat ihn gefunden?" wollte Brenner zunächst wissen.

„Die Arbeiter hier", sagte der Kollege von der Schutzpolizei und zeigte auf vier Männer in dunkelgrünem Overall, die mit Seilen und einer Kettensäge etwas abseits standen und warteten.

„Die sollten den Baum fällen. Das Auto musste weg. Einer hat sich das Wohnmobil genauer angesehen und gemerkt, dass die Tür hinten nicht ganz zu war. Da hat er sie aufgemacht und reingeguckt. Aber sehen Sie selbst!"

Brenner und Rogalla gingen zur Rückseite des Wohnmobils. Die hintere Tür war nur angelehnt. Brenner vermied es, den Griff zu berühren, schob den Zeigefinger der rechten Hand in einen Spalt oberhalb und zog die Wagentür auf.

„Kannst du dir schenken", kommentierte Rogalla das vorsichtige Vorgehen. „Da haben schon hundert Leute angepackt. Die Arbeiter, der Dok und unsere lieben Kollegen."

Innen, auf dem Boden zwischen einem Klapptisch und einer Bank, lag der Tote. Er lag da mit dem Gesicht nach oben, hatte die Beine etwas angewinkelt. Neben ihm, in Brusthöhe, war eine dunkle, schon eingetrocknete Lache von Blut. Seltsam aufgedunsen, wie mit Gewalt in die Breite gezogen, wirkte das Gesicht. Man hatte dem Toten einen Schal in Mund und Rachen gestopft. Der Schal war blau-weiß und hatte das aufgestickte Emblem ‚VfL Bochum 1848'.

3

Die Abende bei sich zu Hause empfand Brenner als zunehmend öde. Noch nicht einmal eine Katze rannte dort herum, und oft genug fiel ihm die Decke auf den Kopf. Da half auch kein Spaziergang die Ruhr entlang. Die Gegend, in der er wohnte, Dahlhausen, war ein Vorort von Bochum. Nichts Besonderes, was die abendliche Langeweile hätte vertreiben können.

Im Gegensatz zu Rogalla war er kein Familienmensch. Und falls er insgeheim doch einer war, so hatte es sich einfach anders ergeben. Der Lauf des Lebens war schuld, die Winkelzüge des Schicksals oder auch auf einen simpleren Nenner gebracht: Brenners Launen. So fleißig er als Kommissar auch sein mochte, im privaten Leben war er eher faul, las beim Frühstück lieber Zeitung als sich mit einer Frau über Beziehungsprobleme zu unterhalten. Daher war aus Brenner kein Meister der Ehe geworden, sondern ein älter werdender Kommissar, der ab und zu eine Affäre hatte.

Ob das, was mit Marie lief, eine Affäre war oder schon mehr, wusste er nicht. Vor fünf Jahren hatte er sie kennengelernt, im Bermudadreieck, im Tucholsky, wo man bis in die Nacht trinken konnte und es dann nur ein paar Meter bis in eines der Zimmer hatte. Das Tucholsky war nicht nur eine Szenekneipe, sondern auch ein Hotel.

Der Kommissar brauchte ab und zu solche Ausbrüche. Dann saß er dort auf einem Barhocker, begab sich weit nach Mitternacht in das gemietete Zimmer, schlief und tauchte erst gegen Mittag wieder auf. An einem jener Mittage hatte eine Neue hinter der Theke gestanden. Das war Marie. Sie musterte ihn kurz, studierte dann den Belegungsplan für die Zimmer, machte mit einem Stift ein Häkchen. Er war natürlich wieder mal der letzte, der herunterkam.

„Tee oder Kaffee?" fragte sie, während er sich auf einen Barhocker schob.

„Kaffee... und ein Mineralwasser", antwortete er.

Als sie ihm die Getränke zuschob, dachte er, sie sollte lieber Klavier spielen, als hier Tassen und Gläser zu füllen. Sie hatte schöne, schmale Hände mit mehreren Ringen an den Fingern, und was ihm besonders gefiel, sie war groß, schlank, eins siebzig ungefähr, trug einen langen, eng anliegenden Rock, der Konturen erscheinen ließ, für die sich kein Model auf einem Laufsteg hätte schämen müssen. Die kastanienbraunen Locken hatte sie nach dem Aufstehen anscheinend nur durchgeschüttelt, statt sie zu kämmen oder zu bürsten. Natürlich bemerkte sie, dass er sie beobachtete. Sie sah ihn einmal spöttisch für einen Moment an, sagte aber nichts.

Ins Gespräch waren sie da noch nicht gekommen. Erst bei seiner nächsten Eskapade.

Sie erzählte ihm, dass sie eigentlich Germanistikstudentin sei, eine Spätberufene nach dem Abitur am Abendgymnasium, und hier nur vorübergehend stehe.

Er gab spaßeshalber an, Koch zu sein und lud sie zu einem kaukasischen Huhn ein. Sie glaubte ihm das nicht, kam aber trotzdem. Von da an begannen gute und schlechte Zeiten. Er erfreute sich an einer Liebe, unter der er zugleich auch periodisch litt. Der Altersunterschied betrug fünfzehn Jahre. Marie machte, was sie wollte, erweiterte seinen Bildungshorizont, indem sie ihm die Emanzipation erklärte, und wenn er das manchmal nicht verstand, erklärte sie ihm wenigstens, warum er das Verhalten eines Neandertalers habe. Schluss mit der Beziehung aber machten beide nicht.

Und jetzt hatte sie ihn einen heruntergekommen Gesellen genannt. Das war am Sonntag gewesen, nach dem Spiel des VfL. Sie war spät abends überraschend zu ihm gekommen, hatte reden wollen. Über die Beziehung. Über die Perspektiven. Er hatte die Augen verdreht und gesagt: "Lass uns lieber eine Flasche Wein aufmachen und ins Bett gehen."

Sie hatte angefangen zu heulen, ihn beschimpft und war gegangen. Brenner schüttelte den Kopf. Es hatte keinen Sinn, darüber nachzudenken. Im Moment hatte er ganz andere Probleme.

Er ging zum Fenster, sah in das dunkler werdende Umland, dahin, wo hinter Büschen und Wiesen die Ruhr floss. Die Wolkendecke war am östlichen Horizont aufgerissen, zeigte breiter werdende Streifen eines transparenten, sich aber abdunkelnden Blaus, in dem bald die ersten Sterne auftauchen würden.

Der Kommissar steckte sich eine seiner übel schmeckenden Zigaretten zwischen die Lippen, zündete sie aber nicht an, sondern kaute nur auf dem Filter herum und dachte nach.

Jan Materka war der Name des Toten, 24 Jahre war er alt. Ein Fan vom VfL Wolfsburg. Bei Materka gingen die Gefühle für den Verein so weit, dass nicht nur das Wohnmobil grünweiß war, sondern auch die Inneneinrichtung vom Kopfkissen bis zum Klapptisch. Auch vor der Kaffeetasse machte die Bemalung nicht halt. Neben dem Wolfsburger Logo präsentierte sie einen kickenden Wolf. Und in einem Schränkchen hatten sie sogar einen Tee gefunden, ‚Sir Felix, Prime Selection, Schwarztee verfeinert mit dem Aroma von Kornblumen und Bergamotte-Öl'. Der Fußball trieb seltsame Blüten.

„Dass der mit der Karre überhaupt fahren kann", hatte Rogalla sich gewundert. Die ‚Karre' war ein Mercedes-Hanomag, Baujahr 1971. Ein Diesel, an dessen Fahrerkabine ein ehemaliger Wohnwagen angeschweißt war. Laut Eintrag im Fahrzeugschein handelte es sich um ein Sonder-Kfz-Wohnmobil. Ob das mit rechten Dingen zugegangen war, für so einen Kasten eine Genehmigung zu bekommen, durfte bezweifelt werden.

Die ersten Recherchen und Telefonate mit Wolfsburg hatten ergeben, dass Materka bei VW arbeitete. Ein Hilfsjob. Tausendmal am Tag die gleichen Schrauben an der gleichen Stelle eindrehen.

Er lebte allein, zurückgezogen. So viel hatten die Kommissare mit Hilfe der Wolfsburger Kollegen schon erfahren. Mit 18 war er aus Stettin nach Deutschland gekommen. Eine Familie in Polen hatte er nicht mehr. Der Vater hatte sich selbst und die Mutter im Wodkarausch zu Tode gefahren. Geschwister gab es keine. Ursprünglich war die Familie deutsch gewesen, jedenfalls bis 1945.

Merkwürdig war für den Kommissar zunächst, dass Materka zwei Pässe besaß. Einen polnischen und einen deutschen. Aber das war rasch geklärt. Nach dem Vertrag über gute Nachbarschaft und freundschaftliche Zusammenarbeit gab es viele deutschstämmige Polen mit zwei Pässen. Das war nicht ungewöhnlich.

Im Stadion war er nachweislich gewesen. Das hatten die Überwachungskameras bestätigt, und außerdem hatten sie bei ihm ein abgerissenes Ticket gefunden. Warum aber war er zum Kemnader See gefahren? Wolfsburg lag in einer anderen Richtung.

„Naja", hatte Rogalla gemeint. „Der wollte einen kleinen Campingurlaub machen. Ist doch schön am See. Pech nur, dass er da auf eine Bochumer Truppe gestoßen ist. Ist doch klar, Schal im Mund heißt: Du schreist nicht mehr gegen den VfL Bochum."

Das mit dem Schal hatten sie selbst sofort gesehen. Aber der Doc hatte noch etwas festgestellt. Man hatte Materka die Zunge herausgeschnitten. Gefunden hatten sie die Zunge nicht. Die hatte jemand wie eine Trophäe mitgenommen.

4

Er nannte sich Odin, hatte einen Fanclub gegründet. Jetzt führte er ein Passwort auf der Website des Clubs ein, damit nicht jeder Idiot darin herumschnüffeln konnte und bei den geheimen Treffen auftauchte. So wie dieser Reporter vom ‚Bochumer Sonntagsboten', der auf einmal unverfroren vor ihnen gestanden hatte und sogar Aufnahmen machte. Er hatte ihn sofort am Kragen gepackt, ihm die Kamera abgenommen und den Chip herausgeholt.

„Ich will eine Reportage über Fußballfans machen", hatte der gesagt.

„Über uns machst du gar nichts. Du hast nichts gesehen, nichts gehört. Du bist nie hier gewesen. Und jetzt zeigst du uns mal deinen Presseausweis, damit wir wissen, wer du bist."

Zuerst hatte der Kerl sich gesträubt. Aber er hatte ihn zu Boden gedrückt, ihm die Jackentaschen durchwühlt und alles herausgeholt, was an Papieren drin steckte.

„So, mein Lieber. Jetzt wissen wir nicht nur, wie du heißt, sondern auch, wo du wohnst. Wir besuchen dich. Aber nicht zum Kaffee, und wir bringen auch keinen Kuchen mit."

Er hatte ihm wortlos die Kamera zurückgegeben und dann mit der Hand eine Geste gemacht, die unmissverständlich bedeutete, dass ein Kopf nicht unbedingt fest auf einem Hals saß. Der Reporter hatte sich getrollt, es noch nicht einmal gewagt, sich umzudrehen. Aber von dem Ritual hatte er schon einiges mitbekommen. Da lag alles schon auf dem Rasen. Die Puppe mit dem Wolfsburger Trikot und der überdimensionalen Zunge, die Sichel. Auch der Pflock war schon in den Boden getrieben. Das war zwei Wochen vor dem Spiel gegen Wolfsburg gewesen.

Odin baute die Website um. Die Eingangsseite konnte er noch etwas hübscher machen. Die Drachen mit den Clublogos nicht mehr zeilenmäßig bringen, sondern sie zu einem Kreis gestalten und dann das Emblem des VfL in die Mitte stellen. Den Spruch ‚Drachentod färbt Sicheln rot' löschte er. Der konnte jetzt, nach der Begegnung mit dem Reporter, Probleme bereiten.

Er legte ein Netz kleiner Quadrate, berechnete die Randpunkte, klickte die Drachenbilder mit den Logos hinein. Das mittlere Quadrat zog er mit der Maus breiter, lud das VfL-Emblem hoch, so dass es größer als die anderen im Kreis saß. Er war mit dem Ergebnis noch nicht ganz zufrieden, skalierte die Drachen ein paar Pixel herunter, gruppierte sie erneut. Sie waren jetzt kleiner, aber das Logo konnte man noch genau erkennen. Da waren um den VfL alle anderen Vereine als Drachen versammelt, siebzehn insgesamt.

Odin gefiel das Ergebnis. Jetzt musste er noch ein Passwort für die Mitglieder finden. Er überlegte nicht lange. ‚Drachentod' war das richtige Wort. Das würde er den anderen mündlich mitteilen. Im geschützten Bereich der Homepage konnten sie sich dann weiter austoben und ihre Blogs schreiben. Und was den Reporter betraf, so würde man ihn beobachten, ihm eventuell auch eine Erinnerung zukommen lassen, damit der nicht vergaß, dass er eigentlich nichts gesehen hatte.

Odin lud die neue Seite hoch. Ein Impressum gab es nicht, auch kein Kontaktformular. Nur den Kreis der Drachen und die Aufforderung, das Passwort einzugeben. Das Ritual, Odins Kosmos, war jetzt geschützt.

5

Der Fall Materka ging Brenner an die Nieren. Keinen Millimeter waren sie mit der Aufklärung weitergekommen.

Die Videoaufzeichnungen aus dem Stadion hatten nichts gebracht. Materka hatte im Block E der Westkurve in einer

Traube von Wolfsburger Fans gestanden, einen grünweißen Schal geschwenkt. Die Fans, die neben Materka standen und mit denen er ab und zu gesprochen hatte, konnten sie mit Hilfe der Kollegen aus Wolfsburg rasch identifizieren. Aber das Ergebnis war null. Materka, wie die Wolfsburger Fans angaben, war direkt nach dem Spiel verschwunden, hatte sich aus der Traube gelöst und war offensichtlich allein zu seinem Wohnmobil gegangen. Die anderen kannten ihn, aber sie kannten ihn nicht gut. Man traf sich nur bei den Spielen. Materka war ein Einzelgänger, gehörte keinem Fanclub an, und in Begleitung hatte man ihn bei einem Fußballspiel noch nie gesehen.

„Den kennen wir gar nicht anders", hatte es geheißen. „Einen trinken gegangen mit uns ist der nie."

Die Kommissare waren in Wolfsburg gewesen, am Mittwoch, dem dritten Tag nach dem Mord. Die Fahrt war nichts anderes als der berühmte Strohhalm, nach dem man griff. Der Bericht der Spurensicherung war vernichtend gewesen. Die frischen Fingerabdrücke, die man im Wohnmobil fand, stammten ausnahmslos von Materka selbst. Weitere Abdrücke waren blass und viel älter als der Zeitpunkt der Tat, die laut Pathologiebericht am Sonntagabend zwischen neun und zwölf Uhr geschehen sein musste. Genauer war der Zeitpunkt nicht anzugeben. Sicher war aber, dass man Materka erdrosselt hatte. Und zwar draußen, vor dem Wohnmobil. Dann hatte man ihn in das Wohnmobil geschleift und ihm dort die Zunge abgetrennt. Darauf wiesen die großen Lachen schon getrockneten Blutes hin. Seltsam jedoch, dass man sonst keine verwertbare Spur fand. Weder auf dem Asphalt rund um den Stellplatz noch drinnen in dem grünweißen Hanomag. Das sprach zunächst einmal gegen Rogallas These von den Bochumer Fans, die sich hatten rächen wollen. Die hätten irgendwelche Spuren hinterlassen. Es schloss Rogallas These allerdings auch nicht aus, verschob sie nur ins Heimtückische.

Die Rache der Fans schien geplant gewesen zu sein, zumindest war sie mit großer Umsicht durchgeführt worden. War Materka bereits im Stadion ausgeguckt und dann verfolgt worden? Und hatten die Täter dann einen günstigen Moment am Kemnader See abgewartet? Es sah so aus. Vieles sprach dafür. Rogalla selbst war ins Grübeln gekommen, redete nicht mehr von einer raschen Aufklärung. Der Mord an Materka hatte eine andere Dimension bekommen. So als benutze jemand den Fußball für ein Ritual. Allerdings blieb Rogalla bei seiner Vermutung, es müssten Bochumer sein, zumindest jemand – den Begriff ‚Fan' benutzte er nicht mehr –, der sich mit dem VfL in einer teuflischen Weise identifizierte.

Materka hatte ein zurückgezogenes Leben geführt, mit 24 Jahren. So sagten es übereinstimmend die Nachbarn aus. An Besuch erinnerte sich niemand. Was nicht heißen musste, er hatte keinen. In dem Plattenbau, in dem er wohnte, lebte man in Zellen nebeneinander und kannte sich nicht.

In der Wohnung fanden sie eine Ansichtskarte aus Warschau vom August 2007, wie sich auf dem Poststempel lesen ließ. Außer Materkas Name und Adresse standen noch zwei Wörter darauf: Serdeczne pozdrowienia – schöne Grüße hieß das vermutlich. Mit Lippenstift war darunter ein Herz gemalt.

Und sie fanden auch das Porträtfoto einer Frau. Ob sie es war, die die Karte geschrieben hatte? Der Kommissar schätzte ihr Alter auf 30, höchstens 35 Jahre. Auf jeden Fall war sie älter als Materka. Hübsch war sie. Schwarze Haare, Ponyschnitt, lustig lächelnde Augen, ein wenig vorstehende Wangenknochen. Brenner steckte das Foto ein. Sie gingen damit zu den Nachbarn, aber die hatten die Frau noch nie gesehen.

Mit spärlicher Beute fuhren die Kommissare nach Bochum zurück. Ein Foto, eine Postkarte. Mehr nicht. Eigentümlich war auch, dass Materka keinen Computer besaß, und nichts wies darauf hin, dass er jemals einen gehabt hatte. Es gab keine Disketten, keine CDs zum Brennen, nichts. Das einzig Elektronische, das sich in der Wohnung befand, waren ein bescheidener CD-Player und ein kleiner Fernseher, bei dem man dicht vor der Scheibe sitzen musste, um überhaupt etwas mitzubekommen.

„Wie aufgeräumt alles war!" bemerkte Rogalla auf der Rückfahrt. „Kein ungespülter Teller, keine benutzte Kaffeetasse, keine Bier- oder Wodkaflaschen. So als hätte der geahnt, dass er nicht mehr zurückkommt."

6

Eigentlich war Rogalla an diesem Sonntag in sein Gartenhaus gefahren, um den Kühlschrank wieder aufzufüllen. Unterwegs hatte er sich als treuer Schalke-Fan einen Kasten Veltins besorgt und die neue Ausgabe des ‚Reviersport' gekauft.

Er saß auf der Eckbank, überflog zum wiederholten Male den Artikel über das Samstagsspiel und nahm sich vor, Brenner am Montag etwas zurückhaltender zu behandeln, ihm nicht mit Schadenfreude zu begegnen. Und Schadenfreude empfand er auch gar nicht. Nach den Schalkern waren ihm die Bochumer der zweitliebste Club, allerdings mit großem Abstand. Zum Schluss der Saison Schalke auf Platz eins und die Bochumer auf dem zweiten, damit hätte er gut leben können. Gestern, am dritten Spieltag, hatten die Bochumer in der Schalker Arena gespielt und das Ruhrpott-Derby mit 1:0 verloren. Standesgemäß, wie Rogalla befand. Beim Spiel war er nicht dabei gewesen. Der Dienstplan hatte ihm einen Strich durch die Rechnung gemacht.

Der Fall Materka gehörte für Rogalla zu jenen Ereignissen, die ihn mit ihren Bildern immer wieder bedrängten. Auch nach einer Woche war die Erinnerung an den Toten im Wohnmobil noch ganz frisch. Der Fall war schwierig, führte in Sackgassen. Brenner war es nicht gelungen, die Identität der Frau auf dem Foto herauszufinden. Rogalla selbst hatte sich um die Befragung einiger Bochumer Fans gekümmert, die wegen früherer Delikte aktenkundig waren. Die hatten entweder alle ein sicheres Alibi gehabt oder aber, wenn einer den Abend allein verbracht und keine Zeugen hatte, dann gab es zumindest nicht das geringste Indiz gegen ihn. Von dem Schal und der herausgetrennten Zunge hatte der Kommissar nichts erzählt. Der Täter hätte sich ja durch Einzelheiten, die nur er wissen konnte, verraten können. Der Presse gegenüber hatten die Kommissare die Tat so hingestellt, dass dem Tötungsdelikt wahrscheinlich ein Streit vorausgegangen war. Insbesondere Brenner spielte den Fall gegenüber den Journalisten herunter. Waren sie aber unter sich, sah das anders aus.

„Ich verstehe nicht", hatte Brenner gesagt, „warum die Tat

so inszeniert worden ist, und dann gibt es kein Bekennerschreiben, keinen Anruf, nicht den leisesten Hinweis. Normalerweise würde sich der Täter damit brüsten, irgendwelche Signale geben. Hier aber stoßen wir auf eine Stille, die mich frösteln lässt."

Vom nahen Arminiaplatz drang lautes Rufen und Gejohle herüber. Rogalla blickte durch die halb geöffnete Tür in den Garten. Wenn alles nach Wunsch gegangen wäre, dann würden dort ein paar eigene Kinder herumlaufen. Aber Ingrid und er hatten keine bekommen. Erich Rogalla versuchte stattdessen, seinem Neffen Michael den Vater zu ersetzen, jedenfalls soweit der das zuließ.

Michael war der Sohn seiner Schwester, ein eigenwilliger, schlaksiger Junge von fünfzehn Jahren. Sein Onkel bemühte sich immer wieder um ihn. Er fand, dass Kurt Bölling, der Vater, sich zu wenig um den Jungen kümmerte. Rogalla und Bölling waren alte Schulfreunde, waren auch dann Freunde geblieben, als sich Michaels Eltern getrennt hatten. Aber das Familiäre hatten die beiden Kumpel seitdem aus ihrer Freundschaft ausgeklammert. Denn Michaels Eltern, die seit ein paar Jahren getrennt lebten, hatten Rogalla immer wieder abblitzen lassen, wenn er versuchte, sich einzumischen. Mit seinen Eltern hatte Michael kein Glück gehabt.

Überhaupt, das Glück. Man wünschte sich immer wieder Glück im Leben. Das war wohl das Wichtigste. Aber es war doch merkwürdig damit. Gelegentlich ertappte sich Rogalla bei dem Gedanken, dass man sterben könnte, und das Wichtigste, das Entscheidende im Leben war noch überhaupt nicht passiert. Das, worauf man immer gewartet hatte, vielleicht ohne genau zu wissen, was es war. Und plötzlich war man der Dumme. Gerade in seinem Beruf konnte einen der Zufall schnell von den Beinen holen. Man brauchte nur an den Falschen zu geraten.

Rogalla stand auf, um sich noch ein Bier aus dem Kühlschrank zu holen. Vom Sitzen auf der Holzbank etwas steif geworden machte er ein paar ungelenke Schritte in den kleinen Raum hinein und ging erst mal auf die Toilette. Hin und wieder hatte er Malessen mit der Prostata. Für das Pinkeln galt, lieber einmal mehr als einmal zu wenig.

Schon auf dem kurzen Weg zurück zur Bank nahm er einen Schluck aus der Pulle. Ingrid sagte immer, er benehme sich wie ein Bierkutscher, wenn er aus der Flasche trank. Das war ihm egal. Er wusste nicht, wie sich Bierkutscher benahmen. War so einer schlimmer als ein ‚heruntergekommener Geselle'? Er kannte keinen. Ob sie den Ausdruck aus ihren englischen Krimis hatte? Wahrscheinlich nicht. Die waren zu fein. Das Bier durchströmte ihn, füllte Teile des Körpers mit Wohlbehagen.

Rogalla dachte daran, was die nächste Woche wohl bringen würde. Aller Wahrscheinlichkeit nach wieder Papierkram im Präsidium. Welcher Teufel hatte bloß den Montag erfunden und verkürzte einem damit das Wochenende? Es schoss ihm der irrsinnige Gedanke durch den Kopf, man sollte die Woche besser mit dem Dienstag beginnen lassen. Den Montag erst mal weglassen. Und wenn man dann den Montag zwischen den Donnerstag und den Freitag stecken würde, wäre er wahrscheinlich besser zu verkraften.

Er schloss die Augen und dämmerte vor sich hin. Langsam sank der Kopf auf die Brust, und dann schlief Rogalla und begann zu träumen. Am Gartentor stand der versammelte Vorstand des Kleingärtner-Vereins und klatschte Beifall. Die Herren beobachteten heiter, wie der Frührentner Hermann Kroll von seinem Garten aus mit einem Kleinkalibergewehr systematisch die Fensterscheiben von Rogallas Hütte zertrümmerte. Dann richtete der Frührentner das Gewehr auf Rogalla, der die Tür seines Häuschens geöffnet hatte und rausguckte. Er beruhigte sich für einen Augenblick damit, dass es doch nur ein Traum war. Trotzdem war er verärgert und wollte dem Schützen ans Leder, was ihm aber nicht gelang, denn seine Beine gehorchten ihm nicht. Er wäre gern losgelaufen, blieb aber wie angewurzelt stehen. Seine Füße waren links und rechts an den Türpfosten angekettet worden, an zwei kräftigen Eisenhaken. Er hatte auch gar keine Bodenhaftung, sondern hing irgendwie hoch in der Luft, und unter ihm bimmelte eine Schulklingel zur großen Pause.

Als er aufwachte, stellte er fest, dass die Bierflasche umgefallen war. Das gute Pils bildete Rinnsale auf der Tischplatte und auf dem Kunststoffboden, wo es in einer Pfütze zusammengelaufen war, von der ein säuerlicher Kneipendunst aufstieg. Das Handy klingelte unaufhörlich.

Er fummelte das Gerät aus der Hosentasche heraus und versuchte, einen halbwegs freundlichen Ton anzuschlagen: „Ja, bitte? Rogalla."

„Bist du das, Erich?"

„Ja klar, hab gepennt. Im Gartenhaus."

„Tut mir leid."

„Macht nichts. Du hast mich gerettet. Da wollte gerade einer mit einem Gewehr auf mich losballern."

Am anderen Ende blieb es still. Rogalla wartete darauf, dass es weitergehen würde. Als nach einer halben Minute immer noch keine Reaktion gekommen war, fragte er: „Also, was ist los, Schwesterchen?"

„Der Junge ist nicht nach Hause gekommen."

„Was meinst du, er ist nicht nach Hause gekommen?"

„Er ist immer noch nicht hier."

„Wann sollte er denn nach Hause kommen?"

„Gestern natürlich! Nach dem Spiel in der Arena. Er weiß doch, dass ich auf ihn warte."

„Der hat bei irgendwelchen Freunden gepennt. Nach dem Spiel sind die noch einen trinken gegangen."

„Ich habe überall nachgefragt. Die haben alle keine Ahnung."

„Dann ist er bei seinem Vater."

„Nein, der kümmert sich doch nicht um den Jungen. Weiß nicht, wo der ist. Ich habe ihn angerufen. Da meldet sich keiner."

„Jetzt mach dir keine Sorgen. Er hat ein paar Bier zu viel getrunken. Jetzt traut er sich nicht nach Hause. Der hat bei einem Kumpel seinen Rausch ausgeschlafen. Bei einem, den du nicht kennst."

„Das ist noch nie passiert!"

„Alles fängt mal an. Wirklich, mach dir bloß keine Sorgen!"

„Mach ich aber!“ Das war ein vertrauter Satz. Schon als Kind konnte seine Schwester bockig sein. Dann musste man ihr helfen.

„Also gut! Ich frag mal im Präsidium nach, ob sie einen streunenden Schalke-Fan aufgegriffen haben. Wenn ich was höre, sag ich dir Bescheid.“

„Danke.“

Rogalla hob die Bierflasche auf. Er trank den kleinen Rest, der in der Flasche verblieben war. Dann wählte er die Telefonnummer des Präsidiums. Brenner hatte heute Dienst.

7

Der Junge war immer noch nicht aufgetaucht. Zweimal hatte Rogalla mit seiner Schwester am Montagmorgen telefoniert. Das erste Mal um acht. Das zweite Mal um halb neun. Er hatte die Stirn in Falten gelegt, schwieg, brütete vor sich hin, rührte langsam in seinem Kaffee herum, der ihm an diesem Morgen nicht schmecken wollte.

„Mach dir keine Sorgen, Erich!“ versuchte Brenner ihn aufzumuntern. „Irgendwann bekommen die alle mal solche Flausen. Hauen ab mit Kumpels. Für ein Wochenende nach Amsterdam und haben dann Angst, nach Hause zu kommen, treiben sich noch etwas rum. Wahrscheinlich sitzt er jetzt in der Schule und brütet eine Geschichte aus.“

Rogalla schüttelte den Kopf: „Macht der nicht. Zwei Nächte?“

Er ließ den Löffel in der schwarz schimmernden Brühe stehen, zündete sich eine Reval an. Die zehnte an diesem Morgen. Dann fügte er hinzu: „Sie hätte gestern eine Anzeige aufgeben sollen. Aber sie traut sich nicht alleine auf die Wache. Und der Kurt war wieder so besoffen, den hätten sie dabehalten.“

„Wenn es dich beruhigt“, meinte Brenner, „du kannst gern zu ihr nach Hause fahren. Um eins treffen wir uns in der Cafeteria.“

Rogalla blickte auf die Uhr. Es war neun. Er nickte, stand auf, schüttete rasch noch einen Schluck Kaffee in sich hinein, drückte die angerauchte Reval im Aschenbecher aus. Dann eilte er zu der Garderobe neben der Tür, griff seine Lederjacke, steckte schon im rechten Ärmel, hielt inne, weil in diesem Moment das Telefon klingelte.

„Geh schon!“ sagte Brenner. „Das ist nicht für dich.“

Aber Rogalla verharrte in seiner seltsamen Stellung, hatte den Kopf leicht gewendet, die Augen zusammengezogen, lauschte Richtung Brenner. Der nahm den Hörer ab, meldete sich, schwieg eine Zeit lang, fragte schließlich: „Wo genau?“ Ein paar Sekunden später legte er auf.

„Und?“ fragte Rogalla ungeduldig. „Was ist? Wer hat angerufen?“

„Kollege von der Streife. Sie haben am Kanal einen Toten gefunden.“

„Welcher Kanal?“

„Rhein-Herne. Neben der Schleuse Herne-Ost.“

„Und? Wie alt? Sag schon!“

„Sechzehn. Vielleicht auch achtzehn.“

„Das ist er“, sagte Rogalla.

„Unsinn!“

„Er sieht älter aus als fünfzehn.“

Rogalla fuhr in den rechten Ärmel der Jacke. „Ich komme mit“, sagte er. „Du fährst nicht alleine, auch nicht mit einem anderen Kollegen.“

Im Wagen rauchte er eine Reval nach der anderen, schwieg. Brenner hatte das Signallicht aufgepflanzt. Zweimal passierten sie eine Ampel bei Rot. Ein paar Minuten später hatten sie die Stadtgrenze erreicht, bogen nach Sodingen ab, dann nach Horsthausen. Eine Schrebergartensiedlung tauchte linker Hand auf, dann rechts ein Hafen. Ein paar Meter weiter waren sie am Kanal, wo sich vor ihnen die Mauern der Schleuse aufbauten. Brenner stoppte neben dem Wagen der Streife. Ein anderes Fahrzeug stand schon da.

Die Stelle, wo der Tote lag, hatten die Kollegen von der Schutzpolizei weiträumig mit rotweißem Band abgesperrt. Brenner war langsam ausgestiegen, lehnte erst noch an der Fahrzeugtür, sah auf den Kanal, der sich zu beiden Seiten der

Schleuse schnurgerade dahinzog, blickte Rogalla nach, der in einem Gebüsch am Kanalufer verschwand. Brenner wusste mehr, als er gesagt hatte. Der Tote, der dort lag, trug eine blauweiße Schirmmütze, eine blauweiße Jacke mit dem Emblem von Schalke 04. Der Kommissar drückte nach einer Weile die halbgerauchte Zigarette auf dem Boden aus, folgte seinem Kollegen, fand ihn, wie er regungslos neben dem Toten stand.

Nur die Lippen bewegte Rogalla, sagte leise: „Das Schwein kriege ich!" In den Mund des Jungen hatte man einen Schal gestopft. Blau-weiß. Aber der war nicht von Schalke, sondern vom VfL Bochum.

„Was ist mit der Zunge?" fragte Brenner den Arzt.

„Sie fehlt."

8

Die Siedlung lag tief im Westen, jenseits der Herner Straße. Das war die Gegend, wo man niemals wusste, ob Herne schon angefangen oder Bochum noch nicht aufgehört hatte. An den Wänden der Häuser bröckelte es. Die Klinkersteine ragten aus den Fugen heraus, zeigten ein geschwärztes Rot. Die Treppenaufgänge waren von den Bergschäden brüchig, die Geländer mit wildem Wein bewachsen. Wo die Ruhrkohle AG an die Mieter verkauft hatte, waren neue Haustüren eingesetzt.

In einem der Siedlungshäuser saß Erich Rogalla auf einer Küchenbank, vor ihm stand der Plastiktisch im gleichen Design, daneben die passenden Stühle. Auf einem saß Monika Bölling, seine Schwester. Rogalla starrte auf den Geschirrschrank aus Tannenholz, den mit dem Aufsatz und den gewölbten Glasfenstern. Der Schrank war schon etwas lädiert, wollte sich gar nicht in die blitzblanke Plastik-Küche einfügen, die so aussah wie so viele Einbauküchen im Ruhrgebiet.

Dieser Geschirrschrank hatte auch damals in der Küche der Mutter gestanden. Er hatte ihr Bild vor Augen; das Bild einer schmächtigen, immer verhärmt wirkenden Frau, wie sie vor dem Schrank hantierte und für ihn und Monika Sirupbrote schmierte. ‚Krautbutter' hatte sie die Brote genannt. Den Sirup schöpfte sie mit einem Holzlöffel aus dem grau-blau gemusterten Topf aus Steingut, der auch heute noch auf der Abstellfläche des Schrankes stand. Aber jetzt steckten Bleistifte und Kugelschreiber darin, von denen die längeren über den Rand des Topfes ragten.

Erich Rogallas Zeit der Sirupbrote, das waren die frühen sechziger Jahre gewesen. Keine glorreiche Zeit. Der Vater war Bergmann gewesen, hatte auf dem Pütt gearbeitet. Damals gab es noch den Bergbau in Bochum. Aber dessen Tage waren schon gezählt.

Der Vater war eingefahren auf der Schachtanlage Constantin in Bochum-Hofstede, Tag um Tag, Woche um Woche, Jahr um Jahr. Freitags durfte er ein bisschen Schickermoos mitnehmen für die Kneipe, dann kam er gewöhnlich zwei Stunden später nach Hause, dank dem guten Schlegelbier, das durch die Kehlen der Bergleute rann. ‚Bochums Dreiklang merke dir – Kohle, Eisen, Schlegelbier.' Mit diesem Spruch auf den Lippen stand er am Abend heiter in der Tür. Die Mutter ging an solchen Tagen früher ins Bett, damit sie schon schlief, wenn der Vater heimkam.

Aber eines Freitags war er aus dem Schacht VI der Zeche Constantin nicht mehr nach oben gekommen, war auch nicht mehr in die Kneipe gegangen, da war Schicht im Schacht gewesen, für ihn und zwei seiner Kumpel. Auslaufende Kohle. Sie waren erstickt. Seitdem durfte die Mutter die beiden Kinder allein aufziehen.

Es musste ja weitergehen, auch ohne den Vater. Jeden Nachmittag gab es zwei Krautbutter für die beiden Kinder. Dazu eine Tasse Lindes-Kaffee. Aber Monika, das Schwesterchen, aß das zweite Brot nie auf, schaffte es nicht, das sagte sie jedenfalls. Sie biss das Brot nur einmal knapp an und schob es dann heimlich dem Bruder Erich hinüber; die Mutter durfte es nicht sehen. Erich freute sich, denn er hatte nach dem Mittagessen auf dem Bolzplatz Fußball gespielt und hatte „einen unglaublichen Schmacht", das sollte heißen, er war schon wieder hungrig wie ein Wolf. Da kam die dritte Scheibe gerade recht;

und er hatte das alles seiner Schwester nie vergessen. Seit der Zeit war Erich Monikas Beschützer, in der Schule, auf der Straße und auch noch in der Tanzstunde. Dann war Kurt Bölling dazugekommen, nach dem Mittelball, und von nun an hatte sie zwei Beschützer gehabt.

Jetzt saß sie ihm schräg gegenüber, in sich versunken, den Kopf auf der Tischplatte. Sie kam ihm heute noch kleiner vor als damals die Mutter. Monika hatte ihn nur stumm angeblickt, als er mit der schlimmen Nachricht zu ihr kam, als ob sie damit gerechnet, schon alles gewusst hätte. Sie war mit unsicherem Schritt zum Fenster gegangen und hatte es zugemacht. Dann hatte sie sich an den Tisch gesetzt und geweint.

Er hörte ihren Atem, unregelmäßig, durch erstickte Tränen hindurch, sonst war es still im Raum. Ganz vorsichtig ergriff er eine ihrer Hände, auf die sie den Kopf gelegt hatte. Aber die Hand der Schwester war kalt und starr, sie sperrte sich gegen die Zuwendung des Bruders. Er wusste, was sie ihm sagen wollte. „Du bist schuld! Ihr seid schuld!“, wollte sie sagen. Da war nichts zu machen.

Es klingelte. Das musste Kurt Bölling sein. Monika reagierte überhaupt nicht auf die Klingel, sie bewegte sich nicht einmal. Rogalla ging zur Wohnungstür und öffnete. Ein bisschen grauer und faltiger, als er ihn seit ihrer letzten Begegnung in Erinnerung hatte, stand Bölling vor ihm. Der Schwager Kurt, wie ihn früher alle genannt hatten. Der Mann für alle Fälle. Ein Schwager, wie er im Buche stand. Einer, der half, wenn man zupackende Hände brauchte und der die ganze Familie zu Weihnachten mit Karnickelbraten versorgte, wenn er mal wieder mit seinem Chef zur Jagd gegangen war.

Rogalla roch seine Schnapsfahne. Schweigend gingen sie in die Küche. Kurt stellte keine Fragen, sah zu Monika hinüber, setzte sich dann neben Erich auf die Küchenbank.

Monika hob den Kopf und blickte die beiden Männer abwechselnd an. Ihr dunkelblondes Haar lag in Strähnen über dem Gesicht, die Augen waren verklebt. Ihre Bluse war verknittert und hatte dunkle Flecken. Sie sprach ganz langsam: „Ihr könnt gehen. Ich brauche euch nicht.“

Als niemand reagierte, strich sie sich die Haare aus dem Gesicht und sagte, noch barscher im Ton: „Lasst mich allein!“

Ihr Bruder Erich griff wieder nach ihrer Hand. Aber sie zog die Hand schnell zurück: „Habt ihr nicht gehört? Ihr sollt abhauen!“

Dann legte sie den Kopf wieder auf die Hände und weinte.

„Unsinn!“ sagte Kurt, räusperte sich.

Er stand auf und drehte den beiden Geschwistern den Rücken zu. Die anderen sollten nicht sehen, dass ihm die Tränen kamen. Kurt wanderte im Raum auf und ab, vom Tisch zur Tür und zurück. Dabei kramte er in seinen Jackentaschen nach Zigaretten, fand zunächst keine, holte schließlich eine zerknüllte Schachtel heraus. Er steckte sich eine Zigarette an und inhalierte in langen Zügen.

Auch Kurt war ziemlich klein, knappe eins-siebzig, und sah immer noch verwegen aus. Er hatte mal behauptet, das käme von den polnischen Vorfahren, mütterlicherseits. Er trug einen Schnurrbart, der an den Enden heruntergezogen war. Sein Haar war an den Seiten zu lang, in der Mitte wurde es dünner.

Er drehte sich wieder um und wandte sich an Rogalla: „Also, Erich! Habt ihr schon was rausgekriegt?“

Keine Antwort. Nur Schulterzucken. Monika bewegte sich nicht.

„Wie ist es passiert?“

Rogalla zögerte, sagte dann: „Ich weiß es auch nicht.“

„Du bist doch der Polizist!“

„Ich kenne nur ein paar grobe Fakten. Es geht ja erst gerade los mit den Ermittlungen. Die laufen doch erst seit ein paar Stunden.“

„Also?“

„Was soll ich sagen? Du weißt es ja schon von Brenner. Der Junge ist tot, wahrscheinlich ermordet.“

„Hast du ihn gesehen?“

Rogalla zögerte für einen kurzen Moment, wusste nicht, was er sagen sollte. Er gab eine ausweichende Antwort: „Ich habe ihn nicht richtig gesehen.“

„Woher willst du dann wissen, dass es Michael ist?"

„Brenner kennt ihn. Er war dort. Der Junge muss natürlich noch identifiziert werden. Aber es besteht kein Zweifel."

Kurt ging zum Küchenschrank hinüber, nahm eine Untertasse heraus, die er als Aschenbecher benutzte. Er wandte sich an Monika: „Seit wann ist er verschwunden? Seit wann hast du ihn vermisst?"

Monika reagierte nicht. Ihr Bruder sagte stattdessen: „Schon am Samstagabend ist er nicht nach Hause gekommen. Er wollte zum Schalke-Spiel, gegen Bochum. Wenn er überhaupt da gewesen ist!"

„Natürlich war er da!" sagte Kurt.

„Woher willst du das wissen?"

„Er hat mich angerufen; am Freitagmorgen. Hat gefragt, ob ich Stehplatzkarten hätte. Ich hatte nur eine. Die hab ich ihm gegeben."

Monika hob den Kopf: „Und warum ist er nach dem Spiel nicht nach Hause gekommen? Warum hast du ihn nicht hierher gebracht?"

„Er hatte noch was vor."

„Verdammt noch mal, warum hast du dich nicht um deinen Sohn gekümmert?"

„Hör mal, der Junge ist fünfzehn. Er hat nur erzählt, dass er sich noch mit Kumpels treffen will. Soll ich ihm das verbieten? Wie stellst du dir das vor?"

Monika sagte: „Du hast ihm nie was verboten. Das ist ja das Problem."

„Hauptsache, du kannst mir die Schuld geben!"

„Es geht nicht um Schuld. Er ist nicht mehr da! Begreif das doch!"

„Aber du selbst wusstest nicht mal, was er vorhatte?"

„Natürlich wusste ich, wohin er wollte. Nur von dir hat er nichts gesagt."

„Das brauchte er auch nicht. Du hättest ihn sonst noch daran gehindert, seinen Vater zu treffen!"

„Du hast ihm die Karte gegeben!"

„Ja und?"

„Du hättest mit ihm gehen, hättest aufpassen müssen!"

„Das meinst du doch nicht im Ernst! Außerdem hast du das Sorgerecht. Bei dir hat er gewohnt, nicht bei mir!"

Erich mischte sich ein: „Jetzt hört auf, euch gegenseitig fertig zu machen! Ihr quält euch nur! Und mich auch!"

Monika Bölling erhob sich, schob den Vater ihres Sohnes zur Seite. Sie öffnete den Kühlschrank und holte eine Flasche Doppelkorn heraus.

„Hier!" sagte sie, „betrinkt euch!"

Dann ging sie aus der Küche und machte die Tür hinter sich zu. Kurt zögerte einen Moment, nahm zwei Wassergläser aus dem Geschirrschrank, schenkte ein, halbvoll, und setzte sich wieder. Sie griffen gleichzeitig nach den Gläsern.

„Was hat Brenner gesagt? Wie ist es passiert?" fragte Kurt noch einmal, leise, nachdem sie den Schnaps getrunken hatten.

„Ich weiß es noch nicht. Wahrscheinlich werden sie mich nicht an der Ermittlung beteiligen."

„Weil du befangen bist? Aber du kriegst doch Informationen?"

„Wenn Brenner die Sache leitet, vielleicht."

„Was soll nun passieren?"

„Keine Ahnung."

Kurt schenkte wieder ein, jetzt bis zum Rand. In diesem Augenblick kam Monika Bölling wieder in die Küche. Sie hatte sich umgezogen, trug eine dunkle Hose und über ihrer Bluse eine schwarze Strickjacke. Die tief stehende Nachmittagssonne fiel durchs Fenster auf ihr kleines Gesicht. Rogalla fragte sich: Wie hätte ich sie nur beschützen können?

9

„Verdammte Geschichte!" fluchte Dr. Erwin Hahn. Der Bochumer Polizeipräsident wanderte zwischen seinem Schreibtisch und dem Fenster hin und her, hatte seine finsterste Miene aufgesetzt, setzte sich schließlich, überprüfte den Sitz seiner Fliege.

„Was wissen Sie über den Fall?“ fragte er Brenner, der ihm gegenüber am Schreibtisch saß. „Sie müssen doch schon erste Ergebnisse von der Spur haben.“

„Der Fundort ist nicht der Tatort. Es gibt Schleifspuren. Der Junge ist wahrscheinlich mit einem Wagen dorthin gebracht worden. Todeszeitpunkt, wie der Dok meint, später Samstagabend, vielleicht auch die Nacht von Samstag auf Sonntag. Er ist mit einem Schal erdrosselt worden. Aber möglicherweise ist das nicht die Todesursache. Es gab auch eine Verletzung am Hinterkopf. Sonst ist alles wie bei Materka.“

„Dann muss es sich um denselben Täter handeln“, stellte Hahn fest. „Niemand konnte das mit der Zunge wissen. Es stand ja nicht in der Zeitung. Sagen Sie, wer hat den Jungen eigentlich gefunden?“

„Ein Arbeitsloser, der dort am Morgen seinen Hund spazieren führte.“

„Sie haben schon mit ihm gesprochen?“

„Natürlich.“

„Und?“

„Der Hund hat den Jungen entdeckt, war nicht mehr vom Gebüsch fortzuzerren. Max Hunold heißt der Mann, wohnt ganz in der Nähe. Erst hat er die blauen Turnschuhe gesehen, dann den Jungen. Bis auf etwa drei Meter ist er herangegangen, sagt er. Über sein Handy hat er die Polizei gerufen.“

„Konnte man aus der Entfernung den Schal im Mund erkennen?“

„Nein. Dazu hätte man in das Gestrüpp kriechen müssen.“

Der Präsident stand auf, begann wieder zwischen Fenster und Schreibtisch zu wandern. Irgendetwas schien sich ihm fieberhaft im Kopf zu drehen, ihn besonders zu beunruhigen. Schließlich blieb er stehen, rückte sich dieses Mal aber nicht die Fliege zurecht, sondern stützte sich mit beiden Händen auf der Kante des Tisches ab.

„In einer Stunde ist Pressekonferenz“, sagte er. „Um sechzehn Uhr. Informationen gegen null. Und gebe Gott, dass niemand einen Zusammenhang zwischen den beiden Fällen vermutet. Sonst rauscht der Blätterwald.“

Dr. Hahn sah auf seine Armbanduhr. Es war ein besonderes Stück. Brenner kannte es. Der PP, wie sie den Polizeipräsidenten intern nannten, trug die Uhr ganz unten am Handgelenk. So konnte er leicht, ohne den Jackett- oder Hemdärmel hochziehen zu müssen, einen unauffälligen Blick darauf werfen, und andere konnten es auch, bekamen mit, dass es sich um ein Schweizer Nobelfabrikat handelte. Der Sekundenzeiger hatte die Form eines Golfschlägers, statt der Ziffern gab es goldglänzende Punkte. Hahn war stolz auf die Uhr. Er hatte sie bei einem Clubturnier gewonnen.

Brenner stand auf, ging zur Tür, hatte schon die Klinke in der Hand. Da hörte er hinter sich: „Eins noch, fast hätte ich es vergessen. Rogalla beteiligt sich besser nicht an den Ermittlungen."

Der Kommissar hatte sich herumgedreht, die Brauen hochgeschoben.

„Wie soll das gehen?" fragte er. „Wir treffen uns nicht nur im Dienstzimmer. Außerdem hätte Rogalla ein Motiv, die Ermittlungen besonders voranzutreiben."

Bevor Dr. Hahn antworten konnte, hatte Brenner schon die Tür hinter sich geschlossen und ging rasch die Treppe hinunter.

10

Brenner liebte diese Pressetermine nicht. Sie waren zu ertragen, wenn man Erfolgsmeldungen hatte. Sie waren verfänglich, wenn man am Anfang eines Falles stand. Die Journalisten wollten Informationen herauslocken, und dann hatte er mit Formulierungen auf der Hut zu sein. „Das bleibt weiteren Ermittlungen vorbehalten", war einer der Standards. Oder: „Ich bitte Sie um Verständnis, dass wir dazu noch nichts sagen dürfen." Sich ganz mit Informationen zurückzuhalten, war auch nicht richtig. Denn ab und zu brauchten sie die Presse. Wenn es zum Beispiel darum ging, mit einer gezielten Falschmeldung jemanden aus der Reserve zu locken. Dann mussten die Zeitungen zum Auswerfen eines Köders herhalten.

Hoffentlich hatte er Glück, und niemand brachte den Fall Materka mit dem Mord an Michael zusammen. Aber das war ungewiss. Zwar hatte der Kommissar nichts von den Einzelheiten am Kemnader See erzählt, aber es war bekannt, dass es einen Wolfsburger getroffen hatte nach dem Fußballspiel in Bochum. Irgendein Fuchs aus der Journaille hatte bei den Wolfsburger Kollegen angerufen und die Information erhalten, die er nicht hätte haben dürfen.

Um 16 Uhr war der kleine Presseraum im Präsidium nur halb gefüllt. Brenner stellte es mit Erleichterung fest. Ein paar Journalisten von den Bochumer Lokalblättern und dann drei Herner. Von den ‚Sonntagsnachrichten', vom ‚Wochenblatt' und vom Lokalteil der WAZ.

Hahn begnügte sich mit einer knappen Begrüßung und gab Brenner das Wort, der in aller Kürze den Fall schilderte und um Verständnis bat, dass man erst die Berichte der Pathologie und der Spurensicherung abzuwarten habe. Möglicherweise handele es sich ja auch um einen Unfall. Eine Kopfverletzung deute darauf hin.

Der Kommissar glaubte schon, ungeschoren davongekommen zu sein, da stand der Redakteur des ‚Bochumer Sonntagsboten' auf und fragte: „Stimmt es, dass der tote Junge Schalke-Fan war?"

„Er ging gern in die Arena", antwortete Brenner.

„Stimmt es auch, dass es vor einer Woche einen Fan aus Wolfsburg getroffen hat?"

„Es ist zu früh, eine Verbindung zwischen diesen beiden Fällen zu sehen."

„Das müssen Sie aber. Erst ein Wolfsburger, nachdem der VfL zu Hause nur unentschieden gespielt hat, dann ein Schalker. Jetzt nach einer Niederlage des VfL. Ist das Zufall?"

Der Mann war giftig. Brenner konnte das auch an Hahns Gesicht ablesen, das sich verfinsterte. Den Journalisten kannten sie. Der fragte immer so unangenehm und vorwurfsvoll. Aber, das musste der Kommissar zugeben, dumm war der nicht. Philipp Rohrbach hieß er. Wahrscheinlich war er es, der bei den Wolfsburgern angerufen und möglicherweise auch schon mit Max Hunold gesprochen hatte. Rohrbach war der Typ Journalist, der sich eigentlich zu Höherem berufen fühlte, aber dann eben bei einem Blatt gelandet war, das kostenlos in die Briefkästen gesteckt wurde. So erklärte sich Brenner die Lust an einer Recherche, die sich mit dem Üblichen nicht zufrieden gab.

Zu kompensieren war wohl auch das äußere Erscheinungsbild. Eine Narbe zog sich bei Rohrbach quer über die linke Wange. Wahrscheinlich rührte sie von einem Schmiss her. Das konnte so stimmen. Rohrbach war Mitte fünfzig. Zu seiner Studienzeit waren schlagende Verbindungen noch beliebter als heute. Vielleicht aber stammte die Narbe auch von einem Unfall. Dieser Rohrbach hatte ein eher rundliches Gesicht mit glatt nach hinten gekämmten Haaren, denen man die tägliche Dosis Pomade ansah. Das gab seiner Erscheinung etwas Skurriles, zumal er auch eine braun karierte Hose trug, dazu eine schwarze Weste, in deren Brusttasche eine Batterie von Kugelschreibern steckte. Wenn Rohrbach redete, blinzelte er immer, als müsse er den Worten hinterher sehen und sie mit den Augen einfangen. Möglicherweise hatte er auch ein nervöses Leiden. Ganz gesund sah er mit seinen blassblauen, vertränten Augen nicht aus. Brenner war der Mann weder sympathisch noch direkt unsympathisch. Jetzt allerdings war er mit seinen Fragen unangenehm. Und Rohrbach ließ nicht locker.

„Was denn", fragte er, „wenn es diese Verbindung zwischen den Fällen wirklich gibt? Wann müssen wir mit dem nächsten Opfer rechnen? Was tut die Polizei? Wie werden die Fans geschützt?"

„Nun mal langsam, Herr Rohrbach!" mischte sich Hahn ein. „Soweit sind wir noch nicht. Erst einmal müsste ein Zusammenhang zwischen diesen beiden Fällen bewiesen sein, bevor wir hier die Pferde scheu machen. Das sind doch haltlose Spekulationen, die Sie da von sich geben."

„Schön wär's!" entgegnete Rohrbach. „Ich bin da anderer Meinung. Ich weiß, wie gewaltbereit Fans sein können. Und die Bochumer gehören mit dazu. Suchen Sie doch mal in diesen Kreisen."

„Das haben wir", sagte Brenner ruhig. „Wir haben alle, die

wegen irgendwelcher Krawalle aktenkundig geworden sind, vernommen."

„Also haben Sie doch eine Verbindung zum Fußball vermutet."

„Wir haben diese Möglichkeit nicht ausgeschlossen."

Rohrbach verzog verächtlich das Gesicht. „Typisch Polizei", murmelte er und setzte sich wieder. Dann sah er sich nach links und rechts zu seinen Kollegen um, nickte, so als wolle er sagen: „Ja, so ist das mit denen!" und schob dann vernehmbar hinterher: „Die wollen uns immer mit Nichtigkeiten abspeisen."

Als die Pressekonferenz beendet war, kam er auf Brenner zu und sagte: „Nehmen Sie es mir nicht übel. Wir haben auch eine Aufklärungspflicht und nicht nur die zum Zuhören. Dann überreichte er dem Kommissar eine Visitenkarte.

„Vielleicht kann ich Ihnen ja weiterhelfen", meinte er. „Ich kenne mich in den Fankreisen gut aus. War damals eine längere Recherche von mir. Abgebrochen habe ich sie übrigens, weil ich bedroht wurde. So ist das nämlich mit der Gewaltbereitschaft."

Brenner schwieg dazu, warf einen kurzen Blick auf die Karte, steckte sie in die Brusttasche seines Hemdes. Hahn hatte daneben gestanden und alles mitbekommen.

„So unvernünftig ist der doch gar nicht", kommentierte er, als sie zusammen den kleinen Raum verließen. „Sie sollten sein Angebot annehmen und sich mit ihm unterhalten. Im Prinzip hat er ja Recht. Die Verbindung der beiden Fälle ist naheliegend. Und wenn jetzt noch einer kommt, brennt bei uns die Hütte."

„Das kann ich nur verhindern, wenn Rogalla mit ermitteln darf. Wir brauchen ihn."

„In Gottes Namen, Brenner! Aber bei der leisesten Beschwerde ist er raus."

11

In der Lützowstraße im Herner Stadtteil Horsthausen, genauer in einer kleinen zum Hof gelegenen Parterrewohnung, stand Max Hunold über die Platte eines kantigen Holztisches gebeugt. Er trug einen dunkelblauen Trainingsanzug der Firma Adidas, seine Hauskleidung. Die Reißverschlüsse an den Hosenbeinen waren hochgezogen, die Bänder der Turnschuhe abgerissen. Das Deckenlicht spiegelte sich in Hunolds Glatze, seine Haare bildeten einen Kranz um das glänzende Zentrum, einige der Strähnen hingen ihm auch vor Augen und Nase. Er hantierte auf einem Brett, neben dem ein Haufen Fleisch aufgetürmt war, Schweineohren und Schweineschwänze. Er hatte ein Messer in der Hand, wie es die Metzger benutzen, und zerschnitt gewissenhaft die Schweineohren; jedes der Länge nach in Streifen, danach ein paar Mal quer durch. Das Messer war scharf und lief vorne spitz zu; es hatte die Form eines gleichschenkligen Dreiecks. Die fertigen Stücke warf er in eine Plastikschüssel.

Von Zeit zu Zeit sprang der Schäferhund, der auf den klassischen Namen Ajax hörte, ungeduldig an seinem Herrchen hoch und kläffte. Dann gab Hunold dem Köter einen kameradschaftlichen Tritt, so dass der zur Seite sprang oder ein Stückchen durchs Zimmer segelte. Dabei quiekte er, teils aus Respekt, teils vor Vergnügen. Der Hund schien die Tritte tatsächlich nicht sehr ernst zu nehmen, denn er kläffte anschließend nur noch lauter und fand sich gleich wieder bei seinem Ernährer ein, um erneut an ihm hoch zu springen und mit den Vorderzähnen am Ärmel des Trainingsanzugs zu zerren.

Im Hintergrund flimmerte die Mattscheibe. Die Fernbedienung lag in Reichweite, gleich neben dem Fleischbrett. Manchmal fiel ein Stück vom Schweineohr darauf, was den Besitzer nicht zu stören schien. Irgendwann unterbrach er sich beim Schneiden des Fleisches und drückte auf der Fernbedienung herum. Von SAT 1 zu RTL, von dort zu RTL 2 und hinüber zu Pro Sieben, dann wieder zurück zu SAT 1. Die Talkshows, in denen unbefriedigte Hausfrauen mit ihren debilen Geschlechtspartnern abrechnen durften, schienen ihn nicht zu interessieren. Noch einmal schaltete er die Serien durch, verharrte kurz bei einer simulierten Szene aus einem Landgericht, wechselte dann zu einem der privaten Regionalsender. Aber auch dort fand er nicht, was er suchte, und schmiss schließlich die Fernbedienung auf den Sessel, der vor dem Fernseher stand.

Der Hund kläffte wieder lauter und leckte, wohl um einen Tritt zu vermeiden, seinem Herrn und Meister den Handrücken ab, fuhr mit der Zunge rauf und runter, auch zwischen die Finger der Hand, in der Hunold das Messer hielt. Der befreite sich dieses Mal mit einem etwas kräftigeren Tritt, griff die Schüssel mit den Fleischstücken und stellte sie ins Waschbecken, schüttete noch ein bisschen Trockenfutter aus einem Sack, der neben dem Kühlschrank stand, hinzu und ließ Wasser in die Schüssel laufen. Dann stellte er den Fressnapf unter das Waschbecken, und Ajax war jetzt so aufgeregt, dass er Hunold beiseite schubste, um an sein Futter zu gelangen. Der ließ ihn gewähren. Ajax versenkte sein Haupt in den Topf und verschlang sein Fressen in gierigen Happen, trippelte dabei ein wenig hin und her und wedelte mit dem Schwanz.

Warum waren Schäferhunde bei manchen Leuten so unbeliebt, fragte sich Hunold. Sie sahen gut aus, waren treu und wachsam, ersetzten jeden Kumpel, und im Zweifelsfall würden sie einen auch beschützen. Das hatte Hunold zwar noch nie erleben müssen. Aber er merkte doch, wie die anderen sich verhielten, wenn er mit Ajax durch die Fußgängerzone am Herner Bahnhof lief. Einige wechselten sogar die Straßenseite, wenn ihnen Herr und Hund entgegenkamen. Es amüsierte ihn, wenn Passanten einen Bogen machten. Klar war auf jeden Fall, dass es ein großer Hund sein musste. Was sollte man mit so einem Zwergpinscher? Das war ja eher ein Nagetier. Auch wer einen Dackel hatte, zählte nicht. Natürlich musste man sich um einen Schäferhund richtig kümmern. Der hatte das Recht, anständig erzogen zu werden.

Es klopfte an der Tür. Ajax schlug nur ganz kurz an und widmete sich weiterhin in gieriger Konzentration seinen Schweineohren.

„Bist du das, Karin?“ fragte Hunold.

„Mach mal auf!“ rief es von draußen. Ajax knurrte, quiekte und fraß, alles beinahe zur gleichen Zeit.

Hunold öffnete die Tür, und im Rahmen stand eine üppige, blondierte Enddreißigerin, die gut und gerne in eine der Talkshows gepasst hätte. Es war Karin Sawatzki, die Hauptmieterin der Erdgeschosswohnung, von der sie wiederum zwei Räume an Hunold untervermietet hatte. Sie fragte, ob Max ihr einen Schlauch Milch leihen könnte. Sie hätte keine Zeit mehr gehabt, zum Supermarkt zu fahren. Er wusste es besser, denn Karin hatte im Augenblick keinen Führerschein, schob aber immer andere Gründe vor, weil sie nicht an ihr Schicksal erinnert werden wollte. Hunold hatte selbst nur noch einen Liter; er gab ihr aber die Milch, weil ja schon später Nachmittag war, Kaffee nicht mehr auf dem Programm stand und er sowieso genug Cola im Hause hatte. Er wollte die Tür gleich wieder schließen, doch Karin verharrte unschlüssig auf der Schwelle.

„Sag mal, was war das denn mit den Bullen?" fragte sie.

„Wie, mit den Bullen?"

„Hör mal, da haben dich ganz viele gesehen von den Nachbarn, wie du mit den Bullen gesprochen hast. Hinten, an der Schleuse, wo es über den Kanal geht. Und dann soll doch die Kripo auch noch gekommen sein, sagt der alte Kröger von oben. Was war denn los?"

Karin Sawatzki war gebürtige Hernerin, sprach aber relativ akzentfrei. Den Ruhrpott merkte man ihr kaum an. Hunold, der nicht aus dem Ruhrgebiet stammte, hatte immer das Gefühl, sie bemühe sich, ihr heimisches Idiom zu überspielen. Vielleicht wollte sie was Besseres sein. Aber das konnte auch in die Hose gehen, sagte er sich.

„Ach, das meinst du. Da war ein Toter am Kanal, direkt im Gebüsch."

„Und du hast den gefunden?"

„Nicht ich! Der Ajax natürlich! Der hat den gefunden."

„Das ist ja interessant. Wann war das?"

„Heute Morgen. Der wollte da hinscheißen."

„Wer wollte da hinscheißen? Der Ajax?"

„Meinst du etwa, der Tote?"

„Ich dachte nur, der wollte vorher scheißen?"

„Und dann hat ihn der Blitz getroffen, was? Quatsch! Das

war natürlich der Ajax. Der hat den Toten erst gar nicht gesehen. Vielleicht hat er was gerochen. Aber dann hat er gejault und an der Leine gezerrt, als wenn er sie nicht alle hätte!"

„Und da bist du hingegangen und hast dir das angeguckt! Oder hast du das gleich geschnallt, dass da einer lag!"

„Gar nichts hab ich geschnallt! Hab nur die Schuhe gesehen, da hingen noch die Beine dran. Mehr musste ich gar nicht sehen."

„Woher wusstest du denn, dass der tot war? Das konnte doch auch ein Besoffener sein oder ein Kranker, ich sag mal, ein Halbtoter. Hast du nicht nachgeguckt?"

„Nee, hab ich nicht!"

Es war nur zu offensichtlich, dass Karin an Hunolds Bericht einige Zweifel hatte. Sie machte einen kleinen Schritt auf ihn zu und blickte ihn prüfend an. Aber Hunold ließ sich nicht beirren.

„Hör mal! Das war ganz klar, dass der tot war. Da kam kein Pieps mehr aus dem Gebüsch. Und wenn der noch gelebt hätte, dann hätte der Ajax ganz anders gebellt, das weiß ich genau! Der alte Kröger hat auch schon mal im Gebüsch gelegen, wie er aus der Gartenanlage kam, steif wie ne Axt, weil er sich im ‚Stichkanal' total zugeknallt hatte. Aber der hat da nur gelegen und hat gefurzt wie ein Wallach, das war ja klar, dass der nicht tot war. Das hat der Ajax gleich gemerkt."

Auf den alten Kröger ging Karin überhaupt nicht ein, vielmehr blickte sie ihren Untermieter weiterhin ungläubig an: „Und da hast du sie gerufen, die Bullen?"

„Ja sicher!"

„Wie denn? Von der Zelle aus? Hinter der Gartenanlage? Die ist doch schon paar Wochen kaputt!"

„Hast du sie noch alle? Mit dem Handy natürlich."

„Gleich von da, vom Kanal?"

„Klar, von wo denn sonst? Das hättest du doch auch gemacht! Oder?"

Die Gegenfrage überhörte Karin, stattdessen versuchte sie weiterhin, ein paar Erkundigungen einzuziehen: „Und was war das für einer, der Tote?"

„Da hab ich nichts von gesehen. Die kamen gleich mit so'ner Leine, haben alles abgesperrt. Dann haben sie nur noch nach meiner Adresse gefragt und haben mich weggeschickt. Und das war es dann gewesen."

„Also du weißt auch nichts!"

„Gar nichts. Was soll ich wissen?"

Karin Sawatzki blickte ihn mit ganz großen, braunen Augen an und schwieg. Als ob er ihr nur Lügen aufgetischt hätte.

„Ja, so war das. Willst du'n Schluck Cola?" fragte er, um von der Sache abzulenken. Aber Karin hatte zunächst einmal die Befragung abgeschlossen, obwohl sie mit dem Ergebnis offensichtlich noch nicht zufrieden war.

„Nee, lass man! Du immer mit deiner Cola. Muss die Kartoffeln aufsetzen. Mein Oller kommt gleich von der Schicht."

„Der macht bestimmt noch seinen Rundgang", sagte Hunold. „Soll sich nicht so haben, die faule Socke!" rief er ihr noch hinterher, bevor sie die Tür geschlossen hatte.

Was wollte die von ihm? Die war doch nicht wegen der Milch gekommen! Wahrscheinlich hatte sie den ganzen Kühlschrank voll mit Tüten und Schläuchen.

„Diese scheinheilige Ratte!" sagte er zu dem Hund, der seine Mahlzeit beendet und sich unter dem Tisch kreisförmig niedergelassen hatte. „Kommt hier her und will mich ausfragen! Was glaubt die eigentlich, wer sie ist? Die macht mir keinen Ärger! Soll doch die andern fragen. Wird schon sehen, was sie davon hat! Was sagst du, Ajax?"

Als er seinen Namen hörte, grunzte Ajax genüsslich, klopfte kurz mit dem Schwanz auf den Boden und schlief ein. Max Hunold blickte aus dem Fenster seiner Wohnung nach draußen auf den Hof. Dort verrottete Karins Golf, dessen Nummernschilder vorläufig entfernt worden waren. Direkt daneben standen die beiden Müllcontainer; ihr Inhalt lag teilweise über den Hof verstreut. Wahrscheinlich waren die Katzen wieder drangegangen. Wie auf der Kippe, dachte er. Hier würde man auch nicht ewig wohnen bleiben.

Er ging in das kleine Nebenzimmer, dessen Möblierung aus einem Stahlrohrbett, einer Kommode und einer Stehlampe bestand. Über dem Bett hing ein großformatiges Foto. Es zeigte eine kleine Segeljolle mitten auf dem Meer. Wie eine Nussschale wirkte sie, umgeben von endlosem Blau. Auf den unteren Rand des Bildes hatte jemand mit Filzstift gekritzelt: „Das Meer ist die einzige Gegend, wo ich mich nicht als Fremder fühle."

Max Hunold griff unter das Kopfkissen und zog einen zusammengeknüllten Schlafanzug hervor. In der Hose des Anzugs steckte etwas, das er vorsichtig herausnahm und betrachtete. Missmutig stellte er fest, dass es ein Handy der Marke Nokia war, also von der Firma stammte, die aus Profitgründen kürzlich die Flucht ergriffen hatte. Dieses Handy war neuer als sein eigenes. Er würde sich mit den Einzelheiten der Bedienung vertraut machen müssen. Dann drückte er auf die Tasten und wählte eine Nummer, und nach wenigen Sekunden klingelte nebenan in seiner Wohnküche das Telefon.

„Das funktioniert jedenfalls", sagte er sich. „Jetzt wollen wir mal sehen, was wir damit anfangen können."

12

Drei Monate rauchte Brenner jetzt aus der Apotheke. Täglich eine Packung und zwischendurch einen Nikotinkaugummi. Wenn schon dieser Papayatabak zum Erbarmen war, dann wollte er sich doch wenigstens einen guten Tropfen gönnen. Er holte aus seinem Regal das, was man einen ‚Blockbuster' nannte, eine Granate unter den Weinen. Eine Granate war der Wein allein schon vom Preis her. 159 Euro. Ein 2001er, Château Mouton – Rothschild. Marie hatte ihm den geschenkt und gesagt: „Den trinken wir einmal bei einer ganz besonderen Gelegenheit."

Sie hatte ihm auch den Preis verraten und freimütig bekannt, er sei ihr selber geschenkt worden. Von einem guten Kunden des Hauses Tucholsky. Er wusste nicht, ob er sich über das Geschenk freuen sollte oder nicht. Er fragte auch nicht nach den näheren Umständen. Die Gelegenheit, den Wein mit Marie gemeinsam zu trinken, würde es wahrscheinlich nicht mehr geben. Eine Eiszeit war eingetreten. Zwar hatte er sie angerufen, sich entschuldigt, ihr nicht zugehört zu haben. Er sei an dem Abend einfach zu müde gewesen.

„Aber zu dem andern anscheinend nicht", hatte sie spitz geantwortet. „Frauen brauchen ab und zu auch einmal Verständnis."

Dann hatte sie einfach aufgelegt und ihn allein gelassen mit seinen Überlegungen, was ‚Verständnis' eigentlich bedeutete. Den Hörer aufzulegen, trug jedenfalls nicht dazu bei. Und nachtragend und beleidigt zu sein, machte die Welt auch nicht freundlicher. Er verstand nicht, was daran so verwerflich sein sollte, statt über Probleme zu reden, miteinander ins Bett zu gehen. Das hatte doch auch mit Kommunikation zu tun. Aber Frauen lebten offensichtlich auf einem anderen Planeten oder unterlagen den Gesetzen des Quantensprungs. Man wusste nie, was passierte, aber es war stets folgenreich.

So trank er den Wein also alleine. Warum sollte sich ein heruntergekommener Geselle nicht einmal einen Blockbuster gönnen!

Spät am Abend war er nach Hause gefahren, nachdenklich, still, grübelnd, ahnend, was auf ihn zukommen würde. Einen Serientäter – und davon musste man ja ausgehen – zu fassen, war das schwierigste Unterfangen, das es gab. Meist waren diese Täter überdurchschnittlich intelligent, tarnten sich mit einer unauffälligen bürgerlichen Existenz. Recherchen im Umfeld des Opfers waren ergebnislos, weil es keine persönliche Beziehung zwischen Täter und Opfer gab. Serienmörder gingen wahllos vor. Der Zufall führte Regie. Die einzige Konstante, die sich andeutete, war der Kreis der Opfer. Betroffen waren Fans anderer Fußballclubs. Bei der Schändung würde der Täter Allmachtsgefühle erleben.

Aber wenigstens eine Schwachstelle hatten solche Täter. Eben diese Allmachtsgefühle. Die wollten sie nicht nur gegenüber dem Opfer haben, sondern auch gegenüber der Polizei. Gewöhnlich setzten sie Signale, suchten eine versteckte Kommunikation, trieben ein Spiel. „Hier bin ich, aber ihr kriegt mich nicht", war die Botschaft. So etwas gab ihnen einen zusätzlichen Kick, ließ sie im Laufe der Zeit überheblich und unvorsichtig werden. Darin bestand meist die einzige Chance der Ermittler. Bis dahin mussten sie warten und miese Presseberichte aushalten, die in der Zwischenzeit geschrieben wurden.

Was würde Rohrbach in seiner Zeitung von sich geben? ‚Ligamörder hat wieder zugeschlagen – Polizei ratlos'.

Brenner erinnerte sich an die Visitenkarte, die ihm der Journalist überreicht hatte. Er zog sie aus der Brusttasche seines Hemdes, las sie. ‚Redaktionsleiter' nannte der sich. Wahrscheinlich waren bei dem Blatt auch nur zwei oder drei Leute beschäftigt. Am meisten würden sie mit den Anzeigen zu tun haben. Das Blatt war voll davon. Den nachrichtlichen Teil hätte man auch weglassen können.

Mit einem Achselzucken ging Brenner ins Arbeitszimmer an seinen Schreibtisch, versenkte die Karte in einer Schublade, in der Zettelchen, Postkarten und alte Notizen durcheinanderlagen. Wozu sollte er den Reporter in seiner Wichtigtuerei noch bestärken?

13

Wenn Rudi Sawatzki Frühschicht hatte, durfte er seine Portiersloge schon um 13 Uhr verlassen. Bei gutem Wetter ging er nicht gleich nach Hause, sondern wanderte noch ein bisschen durch sein Revier. Manchmal nahm er den Bus. Der hielt vor dem Eingang zur Firma und brachte ihn, wohin es ihn verlangte. Mit der Monatskarte war das kein Problem. Dann schlenderte er ein Stündchen im Gysenberg umher, dem schönen Freizeitpark, wo so viele Kinder spielten, oder es zog ihn ans Gestade des Rhein-Herne-Kanals. Auch da war immer Betrieb. Halbwüchsige Jungen jagten auf ihren Fahrrädern hinter einander her oder lagerten mit nacktem Oberkörper auf der Wiese. Überall gab es was zu sehen, überall konnte er seine Antennen ausfahren und beobachten. Jetzt im Sommer waren seine Spaziergänge natürlich ergiebiger als im Herbst oder Winter. Aber jede Jahreszeit hatte ihre Momente.

Gern lenkte er seine Schritte an Kindergärten oder Schulen vorbei. Dann verharrte er, setzte sich schon mal auf eine Bank, packte die Thermosflasche und das letzte Butterbrot aus, frühstückte zum dritten Mal und guckte sich das Treiben der Heranwachsenden auf dem Schulhof an. Hübsch waren die kleinen Dinger anzusehen. Schade, dass sie irgendwann ins Gebäude gerufen wurden und sich seinen Blicken entzogen. Wenn er von einem Lehrer gefragt wurde, ob er jemanden suche, stand er auf und ging weg, oder er sagte, dass er die Kinder seiner Nachbarin abholen wolle. Niemand fragte nach den Namen.

Eine willkommene Alternative zum Treiben auf den Schulhöfen waren die Bolzplätze. Auch dort erfreute ihn, was er zu sehen bekam. So war es auch heute. Eine bunt gemischte Jungengruppe, alle so im Alter zwischen zehn und dreizehn, spielte mit viel Eifer auf dem Fußballplatz am Stadthafen, in der Nähe des Umspannwerks. Es ging den großen Platz rauf und runter, Tore fielen wie am Fließband, denn auf jeder Seite standen nur sieben Spieler. Rudi Sawatzki hatte schnell zwei Türkenjungen in sein Herz geschlossen. Die beiden waren talentiert, das erkannte Rudi auf den ersten Blick. Sie sahen aus wie Zwillinge und spielten in derselben Mannschaft, lenkten das eigene Spiel und beherrschten den Gegner auch im Zweikampf. Einem von ihnen sollte er „die Pocke" zuwerfen, als der Ball im Seitenaus gelandet war. Aber Rudi brachte ihn direkt zu dem Jungen hin, gab ihm den Ball in die Hand und berührte dabei die kleinen Finger. Der Junge guckte etwas verwundert, machte schnell den Einwurf und war wieder im Getümmel auf dem Platz verschwunden.

Nach zwanzig Minuten ging Rudi weiter, dachte noch mal an die beiden Türkenjungen. Niedliche Burschen waren das, drahtig und schnell, wie man sie sich wünschte. Er würde hier in den nächsten Tagen wieder vorbeigehen. So ganz zufällig. Man konnte die beiden ja mal ansprechen. Das war gar nicht so schwierig. Er würde ihnen sagen, dass er Spielerbeobachter vom VfL Bochum wäre. Nicht von Schalke oder Dortmund, das hätten sie ihm nicht abgenommen. Aber Bochum, das glaubten die allermeisten. Das war ja eigentlich nur ein Provinzverein.

Ein paar VfL-Schals hatte er für solche Zwecke immer in der Tasche. Natürlich standen viele der Herner Jungen auf Schalke, aber wenn ihnen ein Probetraining bei einer der Jugendmannschaften des VfL versprochen wurde, dann kippte die Zuneigung sehr schnell zur anderen Seite. Man musste das nur gründlich mit den Jungen besprechen. Er würde sie vorher einladen, vielleicht ins Lago, das Schwimmbad im Gysenberg. Da konnte man ein gutes Gespräch führen, mal hören, was sie sonst so machten, wie es um ihre Entwicklung stand und ob es da irgendwelche Wünsche gab. Er hatte Zeit genug, man durfte so etwas nicht übers Knie brechen.

Es war schon halb drei, als er aufbrach. Er hatte genug gesehen, nahm den nächsten Weg nach Hause, auf der anderen Seite am Kanal entlang bis zur Scharnhorststraße. Von dort waren es nur noch ein paar Schritte. Er wusste nicht, ob Karin zu Hause war. Die machte gern ihr eigenes Ding. Aber sollte sie doch. Ihm lag nicht viel an seiner Frau. In den letzten Jahren war sie ihm äußerlich zu üppig geworden, hatte nicht mehr diese knabenhafte Figur wie früher. Genau genommen war sie ihm zu fett geworden. Sie selbst drückte das anders aus, sagte, sie wäre etwas fraulicher und das wäre gut fürs Geschäft.

Im Bett störte ihn diese Entwicklung seiner Ehefrau ganz erheblich. Mit ihren Brüsten konnte er sowieso nicht viel anfangen. Und bei so viel Fraulichkeit hatte er Mühe, sich auf das Wesentliche zu konzentrieren. Hinzu kam, dass Karin bei dem Gerangel immer mehr die Regie übernahm, wo es denn lang gehen sollte. Sie kam immer wieder auf neue Ideen, hatte diverse Tricks drauf, die ihm überhaupt nicht gefielen. Die Folge war, dass er sich fürchterlich anstrengen musste und trotzdem bei ihm nichts mehr lief. Wenn sie merkte, dass er einknickte, lachte ihn das gemeine Luder auch noch aus.

Früher war das alles kein Problem gewesen. Da war er noch richtig scharf gewesen auf sie. Damals hatte sie auch die Haare noch anders getragen, kürzer und ohne Locken. Fast wie ein Junge hatte sie ausgesehen. Das hatte seine Phantasie beflügelt. Jetzt waren ihre Haare blond gefärbt und hingen ihr bis auf die Schulter.

Als er in die Lützowstraße einbog, stand Max Hunold mit Ajax an einer Straßenlaterne. Der hatte ihm gerade noch gefehlt. Rudi war nicht sicher, ob der es nicht manchmal mit seiner Karin trieb, wenn er selbst in seiner Loge saß und die Ein- und Ausgänge kontrollierte. Es passte ihm nicht, dass Max so dicht an sie herankam, im selben Flur wohnte. Undurchsichtig war der in jeder Beziehung, hatte irgendwas zu verstecken. Und der Köter war immer dabei. Der guckte genauso beschisssen aus den Augen wie sein Herrchen.

Schon von weitem rief Hunold, der gut gelaunt war: „Ah, der Herr Vermieter, warst wohl wieder auf Wanderschaft. Oder?"

„Was heißt Wanderschaft? Ich komme von der Arbeit."

„Das hätt ich jetzt auch gesagt an deiner Stelle."

Sawatzki ging auf die Anspielung nicht ein, sondern wechselte das Thema: „Und du willst mit dem Hündchen noch mal an die frische Luft? Komm mal her, Ajax, guter Hund."

Ajax schnüffelte an einem Fahrrad, das jemand an der Laterne abgestellt hatte. Als Rudi die Hand ausstreckte, um ihn zu streicheln, knurrte der Hund ihn an. Sein Herrchen nahm ihn in Schutz: „Der ist nicht gut drauf, der muss mal raus."

„Wie? Ist nicht gut drauf?" fragte Sawatzki.

„Hat doch gestern den Toten gefunden. Den Jungen, da hinten am Kanal."

„Das macht dem Köter doch nichts aus."

„Das glaubst du auch nur, der ist ganz empfindlich. Hat die ganze Nacht gefurzt, dass ich nicht schlafen konnte. Und vorhin hat er auch noch die Schweineohren wieder ausgekotzt."

„Hoffentlich nicht in unsern Flur!"

Hunold lachte: „Doch, mitten im Flur. Pass auf, wenn du reingehst. Dass du nicht ausrutschst und auf die Schnauze fällst."

„Verarschen kann ich mich allein!" sagte Rudi und ließ Hunold auf der Straße stehen. Dem machte das nichts aus, denn sein Auge ruhte auf Ajax, der in diesem Augenblick das Hinterbein an dem Fahrrad hob und einen stolzen Strahl produzierte.

Im Hausflur war natürlich nichts von irgendeiner Hundekotze zu sehen. Dieser Hunold war eine rotzfreche Sau. Und er, Rudi Sawatzki, musste sich als Vermieter noch solche dämlichen Sprüche anhören. Vielleicht sollte man mal dem Sozialamt etwas von dem Segelboot erzählen, das der Hunold am Kemnader See liegen hatte. Das war doch sicher nicht erlaubt, dass der als Empfänger von Sozialhilfe so was besaß. Vielleicht würden die mal einen Gerichtsvollzieher vorbeischicken. Auch der neue Fernseher in Hunolds Wohnung war eine Unverschämtheit. Dem Herrn musste mal einer ganz gehörig auf die Finger hauen. Oder auch sonst wohin.

In der Wohnung klingelte das Telefon. Es war Karin. Als er sich meldete, schnitt sie Rudi gleich das Wort ab, kam sofort zur Sache: „Das kann heute später werden. Ein Kotelett liegt noch im Kühlschrank. Kannst du dir warmmachen. Salat ist auch da. Warte nicht auf mich."

Rudi legte auf, ohne zu antworten. Vielleicht war es ganz gut, dass die Schlampe nicht zu Hause war. Dann konnte er sich im Internet noch ein paar Bildchen ansehen.

14

Die beiden Herner Polizisten, die an diesem Septemberabend auf der Polizeiwache in Wanne-Eickel Dienst taten, waren ein Streifenpaar und wurden von ihren Kollegen „Bodo und Harry" genannt. Dieser Doppelname war ihnen verpasst worden, seit auf SAT 1 das Bochumer Kollegenteam „Toto und Harry" zur Belustigung des ganzen Ruhrpotts seine nächtlichen Streifzüge unternahm, die stets von der TV-Kamera begleitet wurden. Glücklich waren die Herner nicht über diese Bezeichnung, denn das Wirken der beiden SAT 1-Polizisten wurde nicht von allen Kollegen geschätzt. Aber sie mussten damit leben. Bodo hieß wirklich Bodo, und Harry war eigentlich Harald, aber die Kurzform passte. Manche behaupteten, sie sähen auch so aus wie ihre illustren Bochumer Kollegen, aber das stimmte gar nicht. Bodo war lang und dünn, trug kräftiges schwarzes Haar, das kaum zu bändigen war und immer unter seiner Dienstmütze hervorquoll. Harald, der Ältere von beiden, war dagegen klein und dick, und auf dem Kopf war er kahl wie eine Ratze.

Als der Ruf einging, war Harry am Telefon. Der Anrufer hatte schwer getankt, machte beim Sprechen immer wieder ganz lange Pausen, aber man konnte noch verstehen, was er sagen wollte. Das Idiom klang heimatlich.

„Hömma, da liegt einer. Holt den mal ab!“ hieß es zunächst kurz und bündig. Der Mann musste aus einer Kneipe telefonieren, der typische Lärmpegel und die Mixtur der Geräusche im Hintergrund waren unverkennbar.

„Geben Sie mir bitte Ihren Namen und Ihre Anschrift!“ forderte Harry den Anrufer auf.

„Ker, wennsse den nich abholst, dann verreckt der euch noch!“

„Ihren Namen, bitte!“

Schweigen am anderen Ende und tiefes Durchatmen. Dann wurde etwas in den Raum hinein gerufen, was Harry nicht verstehen konnte. Er wiederholte seine Aufforderung und hatte jetzt auch Erfolg damit. Er wurde gehört.

„Wie Namen? Dat hat doch damit nix zu tun!“

„Hier ist die Polizei. Ich muss wissen, mit wem ich rede!“

Es entstand wieder eine lange Pause. Harry wartete geduldig, bis sich der andere wieder einschaltete: „Du sollst den abholen, sonst gar nix!“

„Was ist denn passiert?“

„Der liegt da und sagt kein' Pieps mehr. Den kannsse gleich im Marienhospital bringen, so wie der aussieht!“

„Wo sind Sie im Augenblick?“

„Wo ich bin, dat geht dich gar nix an!“

Aus der Kneipe war lautes Gelächter zu vernehmen. Eine Männerrunde. Einer von ihnen rief: „Attacke!“ Für einen Moment verstummten die Geräusche. Der Anrufer hatte wohl die Hand über das Mikrophon gehalten.

„Sie müssen mir wenigstens sagen, wo ich die Person auffinden kann, von der Sie sprechen!“ rief Harry ins Telefon.

Als keine Antwort kam, wiederholte er seinen Satz noch zweimal. Dann waren die Kneipengeräusche wieder zu vernehmen.

„Ich sach erst ma: Prost!"

„Prost!" sagte auch Harry, allerdings sehr nüchtern und ohne irgendein Anzeichen von Humor. Am anderen Ende wurde hörbar getrunken.

„Und du arme Sau hast Schicht! Wat würd mir dat stinken, wenn ich gezz Schicht hätte! Ker, biss ne arme Sau, ehrlich! Aber hömma, willsse eigentlich nich wissen, wo der liegt? Oder wat?" meldete sich der Anrufer zurück.

„Das habe ich Sie gerade dreimal gefragt!"

„Musse lauter sprechen, wennsse willst, dat ich dich hören tu. Oder bisse nur am flüstern? Bisse sonne Bullen-Schwuchtel, oder wat?"

„Bitte den Ort, wo wir die Person finden können, wenn Sie mir schon Ihren Namen nicht sagen wollen!"

„Ker, komm inne Gänge. Fahr hin zur Kirmes, denn siehsse, wat los is."

Der Anrufer rülpste mehrere Male kräftig in die Leitung hinein und fuhr dann fort: „Den sein Kumpel is auch dabei. Aber den Kumpel kannsse liegen lassen. Der sacht nix mehr. Hol den andern da weg, sonst is bei dem auch Hängen im Schacht! Und du bisset auch noch in schuld! Los, hau inne Wand, Meister!"

Nach dem letzten Satz wurde das Telefon ausgeschaltet. Harry überlegte, was sie tun sollten. Wahrscheinlich war es doch wieder falscher Alarm. Aber man konnte nie ganz sicher sein. Bodo hatte sich gerade eine Tasse Kaffee eingeschenkt. Harry signalisierte ihm durch ein knappes Kopfnicken, dass es etwas zu tun gab. Bodo nahm noch einen letzten Schluck aus der geblümten Tasse, die nur er benutzen durfte, spülte sie kurz aus und stellte sie auf die Fensterbank. Dann setzten sie ihre Dienstmützen auf und verließen die Wache. Der Kollege am Schalter blickte mitleidig hinter ihnen her.

Draußen war die Nacht klar. Auch in Wanne-Eickel schienen manchmal die Sterne. Wanne-Eickel, das war schon längst Geschichte. So hatte die Bergbaustadt mit dem Thermalsolbad, von dem in der restlichen Welt niemand etwas ahnte, vor ihrer Umbenennung in ‚Herne 2' einst geheißen. Auch heute funkelte es am Himmel hier und da. Nur der im Schlager besungene Mond hatte sich hinter einer Wolke verzogen.

„Was hat er gesagt? Wo soll das sein?“ fragte Bodo.

„Wir sollen zur Kirmes fahren.“

„Kirmes ist nicht mehr.“

„Aber wir fahren mal zum Platz.“

„Hat er überhaupt gesagt, dass er uns hier meint? Vielleicht meint der auch Gelsenkirchen! Oder Wattenscheid! Wir wissen doch gar nicht, was der gemeint hat!“

„Irgendwo müssen wir ja anfangen!“

Damit war das Thema erst mal erledigt. Sie fuhren auf der Dorstener Straße die kurze Strecke zum Kirmesplatz. An der Kreuzung mit der Rathausstraße wendeten sie um 180 Grad und stellten ihren Dienstwagen auf dem Seitenstreifen direkt vor dem Menelaos-Grill ab. Ein paar Autos fuhren in beide Richtungen, sonst war niemand zu sehen. Die Polizisten gingen die wenigen Schritte bis zum Cranger Tor. Das war der Eingang zum großen Kampfplatz, auf dem sich in den ersten beiden Augustwochen die Cranger Kirmes ausbreitete. Das Oktoberfest für Westfalen. Dann war der ganze Pott in Herne versammelt. Manche feierten hier eine Woche lang und verzichteten auf ihren Mallorca-Urlaub. Früher waren an dieser Stelle Wildpferde versteigert worden. Heute beherrschten Rummel und Suff die Szene.

Der ‚Cranger Hof‘, das Lokal an der Ecke, hatte schon geschlossen. Hinter dem Cranger Tor öffnete sich nach wenigen Metern in alle Richtungen der riesige Platz, auf dem sich noch vor ein paar Wochen das pralle Leben abgespielt hatte. Links lag die kleine evangelische Kirche mit dem viel zu großen Friedhof dahinter.

Der Kirmesplatz schien genauso tot wie der Friedhof nebenan. Dicke Baumstämme blockierten die Zufahrt. Sie lagen dort, um Menschen, die aus Sicht der Herner Stadtverwaltung nicht unbedingt willkommen waren, daran zu hindern, in der kirmesfreien Zeit ihre Wohnwagen aufzustellen. Manch einer behauptete auch, dass die Baumstämme dazu dienten, allzu geschäftstüchtige Damen davon abzuhalten, an dieser Stelle ihre gepolsterten Kombis zu parken und den Platz in einen Autostrich zu verwandeln. Unmittelbar vor den Baumstämmen stand ein Taxi. Es war ein deutsches Auto, ziemlich alt, ein Mercedes. Die beiden Polizisten leuchteten mit ihren Taschenlampen ins Innere des Wagens hinein. Aber da saß niemand, weder ein Fahrer noch ein nächtlicher Gast. Der Wagen trug polnische Kennzeichen.

Bodo und Harry stiegen über die ersten Stämme hinweg und marschierten langsam auf die Mitte des Platzes zu, dabei beleuchteten sie mit ihren Taschenlampen links und rechts das Gelände. Außer den Motorgeräuschen, die von der Dorstener Straße herüber geweht wurden, war es still. Bodo beschleunigte nach und nach seine Marschzahl, er war ungeduldig, hatte vor, die Sache so schnell wie möglich hinter sich zu bringen. In langen Schritten marschierte er in nordwestliche Richtung, auf den Hafen von Wanne zu. Der Rhein-Herne-Kanal tangierte das Kirmesgelände.

„Verdammte Kacke!" hörte Bodo hinter sich rufen. Als er sich umdrehte und rückwärts leuchtete, sah er, dass Harry auf dem Boden saß. Er war ausgerutscht, weil er in einen Haufen mit Hundescheiße getreten war. Bodo half ihm hoch. Nebeneinander gingen sie jetzt weiter, einer leuchtete links, der andere rechts.

„Weißt du, was?" sagte Bodo.

„Nee, ich weiß gar nichts!" antwortete Harry mürrisch, immer noch etwas verstört durch sein Missgeschick.

„Hier ist überhaupt nichts los. Die haben uns ganz schön verarscht. Lass uns bloß zurückfahren."

„Nun warte mal! Wir gehen eben noch rüber zur linken Seite und dann an der Mauer lang, da drüben, direkt am Friedhof."

„Das ist doch alles Blödsinn!" sagte Bodo, aber er ließ sich trotzdem auf den Vorschlag des älteren Kollegen ein.

Sie überquerten den Platz, marschierten bis hin zur Mauer und leuchteten auch dort das Gelände aus. Auf der anderen Seite der Mauer lag der Kirchhof. Bodo schob sich die Mütze tiefer ins Gesicht. Eigentlich kannten sie sich in dieser Gegend bestens aus. Wenn sie auf Streife waren, dann gingen sie manchmal am Tage an den Gräbern entlang, weil sich hier immer ein paar Obdachlose herumtrieben, von denen sich die Friedhofbesucher belästigt fühlten. Bodo und Harry hatten sich gewundert, dass auf den Grabsteinen so viele polnische Namen standen, obwohl die Polen doch eigentlich katholisch waren.

„Da ist was!" rief Bodo, der wieder vorn war, und lief auf ein dunkles Bündel zu, das sein Lichtstrahl getroffen hatte.

„Sei vorsichtig!" ermahnte ihn Harry.

„Pass du auf, ich gucke mir das mal an!" sagte Bodo. Harry blieb stehen und tastete nach seiner Dienstwaffe. Er verfolgte den Lichtkegel von Bodos Taschenlampe. Als er nichts hörte, näherte er sich auch der Stelle.

„Ein Hund, ein toter Köter", rief Bodo. „Und dem haben sie auch noch einen Schalkeschal um den Hals gewickelt. Ich glaube, der Hund ist erschossen worden!"

Es war ein Schäferhund. Harry untersuchte den Schal, den man um den Hals des Hundes gewickelt und zweimal verknotet hatte. Tatsächlich S 04, ein Schal, wie ihn die Schalke-Anhänger trugen. Ein paar Meter weiter hörten sie jetzt jemanden stöhnen. Sie liefen beide auf die Stelle zu. Dort saß ein Mann, irgendwie mit seinem Körper völlig verdreht und mit der Stirnseite an die Mauer gelehnt, in einer Pfütze.

„Ist der besoffen?" fragte Bodo.

„Nein! Das ist Blut!" sagte Harry.

Er rief vom Handy aus einen Notarztwagen an, während Bodo versuchte, den Verletzten auf die Seite zu legen. Der stöhnte immer lauter, war aber sonst nicht ansprechbar. Aus der Hosentasche des Mannes war ein Ausweis herausgefallen. Bodo hob ihn auf und leuchtete ihn an.

„Max Hunold, so heißt er."

Aus der Richtung des Cranger Tores hörte man, wie eine Wagentür zugeschlagen wurde. Ein Auto wurde gestartet, ein Diesel. In der Ferne vernahmen sie das Signal des Notarztwagens.

15

Philipp Rohrbach saß mit zusammengekniffenen Augen vor dem Monitor seines Computers. Man hatte ihm zwar versichert, er habe da ein besonders augenfreundliches Exemplar erworben, aber trotzdem schmerzten die Augen, tränten, waren an den unteren Lidrändern entzündet. Es musste mit der exzessiven Arbeitszeit zusammenhängen, die er vor dem Gerät verbrachte. Rohrbach hatte die Aufgabe, den Sonntagsboten um eine Online-Abteilung zu erweitern. Und dieses Projekt hatte er sich zusätzlich aufhalsen lassen, neben der üblichen Arbeit im Redaktionsraum. Die Online-Ausgabe des Sonntagsboten fertigte er zu Hause an. Nicht selten saß er bis um drei, vier Uhr nachts vor dem Bildschirm.

Die Arbeit wollte an diesem Abend nicht so flott von der Hand gehen. Immer wieder warf er einen Blick auf das Telefon, das vor ihm auf dem Schreibtisch stand, so als könne man dessen Läuten nicht nur hören, sondern auch vorausahnend sehen. Aber der Kommissar hatte gestern nach der Pressekonferenz nicht angerufen, hatte auch heute noch nicht angerufen, würde wahrscheinlich nie anrufen. Bevor sich die von der Polizei dazu herabließen, einen Reporter um Hilfe zu bitten, würden sie lieber auf ihren ungelösten Fällen sitzenbleiben.

Als ihm das Wort ‚Reporter' durch den Kopf ging, lächelte Rohrbach gequält. Er war alles andere als ein Reporter. Denn was da an belanglosen Nachrichten in die Redaktion kam, betrachtete er schlicht als Müll. Wen interessierte es schon, ob der Kleingärtnerverein ‚Heimaterde' einen Grillabend veranstaltete oder nicht. Oder ob jemand im Altersheim hundert geworden war. Ein Mordfall war dagegen ein anderes Kaliber. Mit exklusiven Informationen erscheinen zu können, hätte dem eigenen Image gut getan. Da hätte er sich ‚Reporter' nennen können. Jetzt noch nicht.

Über seine Karriere machte er sich nichts vor. Beim ‚Sonntagsboten' bekam er das Gnadenbrot, nachdem ihm sonst im Leben nichts gelungen war. Weder beruflich noch privat. Das Studium der Slavistik hatte er abgebrochen, jahrelang herumgejobbt bei Blättern, die niemand kannte, eine Zeit lang von

Sozialhilfe gelebt und damals jeden Pfennig bei Aldi fünfmal rumgedreht. Urlaub kannte er nur aus Abenteuerbüchern, und selbst die hatte er sich nicht kaufen können.

Im sogenannten Liebesleben war es ihm nicht besser ergangen. Da war er scheu gewesen, zurückhaltend. Sprach er mit einer Frau, so hatte er das Gefühl, sie würde ihm nur auf die Narbe starren, die ihm die linke Gesichtshälfte verunstaltete. Die Narbe hatte er sich mit fünf Jahren eingehandelt, durch den Hund eines Nachbarn. Die Wange war ihm in der Klinik wieder zusammengeflickt worden. Den Hund hatte es schlimmer getroffen. Der war eingeschläfert worden, lebte aber in ihm, so jedenfalls sah es Rohrbach, weiter. Jedenfalls in dem Sinne, dass er jetzt ein Hundeleben führte.

Mit den Frauen war es also nichts. Was nicht an den Frauen lag, sondern an Rohrbachs eigener Beklemmung. Das wusste er besser als jeder andere. Aber er kam einfach nicht von dem Gefühl los, man würde nur auf seine Wange starren. „Sie bilden sich das nur ein!" hatte ihm ein Psychologe einmal gesagt. „Streicheln Sie die Narbe! Lieben Sie auch Ihre linke Hälfte!"

Er hatte das zwei-, dreimal versucht und es dann sein gelassen. Er konnte das vernarbte Gewebe ja nicht wegstreicheln. Was sollte das also! Das war vertane Zeit vor dem Spiegel, ein dummer psychologischer Trick! Und dann, das war gerade ein halbes Jahr her, schien alles doch noch eine Wendung zum Besseren zu nehmen. Er hatte etwas Geld gespart und war auf östliche Brautschau gegangen. Ein Kumpel hatte ihn dazu verführt, hatte gesagt: „Die gucken nicht, ob du schön bist, die haben noch Herz."

Zehn Frauen wurden ihm von einer Agentur vorgestellt, und Rohrbach hatte sich kühn für eine Schönheit entschieden, die fast zwanzig Jahre jünger war als er. Sechs Wochen später war er mit Gabriela verheiratet und wohnte nicht mehr allein.

Er hatte sich großzügig aus der Urlaubskasse bedient. Aber zu Hause wurde er wieder knauserig, musste es auch sein. Gabriela sah ihre Träume vom Goldenen Westen dahinschwinden und bemerkte rasch, dass sie auch in finanzieller Hinsicht mit Philipp Rohrbach nicht das attraktivste Exemplar erwischt hatte. Die Streitereien häuften sich. Bald schlief Rohrbach allein im Bett und sie im Wohnzimmer auf dem Sofa. Dann wiederum dauerte es nur ein paar Wochen, da war ein anderer Mann im Spiel, ein viel jüngerer als Rohrbach selbst, und Gabriela war oft unterwegs.

Zum wiederholten Male sah er auf die Uhr. Es war fast elf. Und wenn der Kommissar doch noch anrufen würde? Noch war ja Zeit. Erst am Samstagmorgen hatten die Seiten für den ‚Sonntagsboten' zu stehen. Eine hübsche Schlagzeile müsste er sich noch ausdenken. Vielleicht aber, so überlegte er, wäre es besser, damit noch hinterm Berg zu halten, um die Polizei nicht zu verstimmen.

Von der Straße her hörte er plötzlich Gegröle. Das war nichts Neues für ihn. Er wohnte dicht am Stadion. Nach den Spielen des VfL, wenn die Fans abzogen, war das immer so. Er hatte sich schon daran gewöhnt. Aber heute war kein Spiel. Das Gegröle, das er nicht genau verstand, verstummte. Es war ganz still. Für eine Minute, vielleicht auch länger.

Rohrbach zuckte zusammen, als es klingelte. Gabriela, fuhr es ihm durch den Kopf. Aber das konnte nicht sein. Sie würde nicht zu ihm zurückkommen. Und wenn doch? Aber sie musste einen Schlüssel haben. Oder hatte sie ihn verloren? Es klingelte wieder – und noch einmal.

Er stand auf, ging durch den Flur, wollte auf den Türöffner drücken, überlegte es sich anders. Elf Uhr. Um diese Zeit? Er ging zurück in sein Arbeitszimmer, stellte sich ans Fenster, spähte vorsichtig durch die Scheibe nach draußen. Er konnte nichts sehen. Das Licht der Laterne vor dem Haus fiel nur auf ein paar einsam parkende Autos. Wer immer da geklingelt hatte, würde wahrscheinlich noch im Eingang stehen, warten. Er öffnete das Fenster, lehnte sich hinaus. Da sah er den Schatten, der sich bewegte. Und dann noch einen. Es waren zwei. Die Gestalten lösten sich vom Haus, gingen auf dem Plattenweg zwischen den gestutzten Hecken, passierten die Teppichstange, näherten sich dem Bürgersteig, kamen in den Lichtkegel der Laterne. Der eine war schlank, hochgewachsen, trug eine olivgrüne Hose mit Reißverschlusstaschen an der Seite. Schwarze

Stiefel waren fest um die Waden verschnürt. Der Pullover, genauso olivgrün wie die Hose, hatte oben am rechten Ärmel ein aufgesticktes Emblem. Das kannte Rohrbach. Es war eine rote Sichel. Und auch der kahle Schädel, der da im Licht unter der Laterne glänzte, war ihm schon mal begegnet. Es gab keinen Zweifel. Was der Kahle unter den Arm geklemmt hatte, konnte Rohrbach nicht genau erkennen. Es sah aus wie ein gelber Ball.

Der andere war dieser große, massige Typ mit rötlichem Vollbart und den kleinen Augen, die mongoloid wirkten. Auch ihn hatte Rohrbach schon einmal gesehen. Der Redakteur wollte das Fenster vorsichtig und leise schließen, sich ins Zimmer zurückziehen. Aber es war zu spät. Die beiden blickten nach oben, erspähten ihn.

„Komm runter, Sackgesicht!“ rief der mit dem Vollbart. „Wir haben zu reden.“

„Es gibt nichts zu reden“, erwiderte Rohrbach und war sich nicht sicher, ob die ihn überhaupt gehört hatten. Er hatte eher leise gesprochen. Ihm war der Auftritt peinlich. Es wohnten noch andere Leute im Haus.

„Na gut!“ rief der Kahle nach oben. „Wir wollten dich nur noch mal erinnern, dass du nichts gesehen hast.“

Der Kahle lachte, holte den gelben Ball hervor, reckte ihn nach oben.

„Hier, Halloween ist zwar erst in zwei Monaten, kriegst aber vorweg ne kleine Sondervorstellung. Wir zünden dir ein Kerzchen an. Beim nächsten Mal nehmen wir deinen Kopf. Vorher hängen wir dich an der Teppichstange auf.“

Er setzte den Kürbis auf den Bürgersteig, so dass Rohrbach die ausgehöhlten Löcher sehen konnte. Der Massige holte aus der Hosentasche eine Kerze, zündete sie mit einem Feuerzeug an, stellte sie hinein.

„Du weißt Bescheid“, rief der Kahle. „Wir machen keinen Spaß. Und schöne Grüße von Odin.“

Dann lachten die beiden, reckten die Fäuste nach oben und gingen.

Eine Weile noch stand Rohrbach am Fenster und sah nach

unten. Die Kerze brannte. Aus den Augenhöhlen flackerte ihm das Licht entgegen.

16

Ob er irgendwann in der Nacht geschlafen hatte, wusste Rogalla nicht mehr so genau. Wahrscheinlich nicht. Er hatte sich hin und her gewälzt, hatte gegrübelt, vor sich hin gedöst und noch den Kater vom Montag gespürt. Den kriegte man in seinem Alter nicht mehr so schnell aus den Knochen heraus. Er würde erst einmal konsequent auf Mineralwasser umsteigen.

Am Dienstagabend waren Ingrid und er gegen elf ins Bett gegangen, hatten beide noch versucht, ein bisschen zu lesen, was ihm selbst aber nicht gelungen war. Ingrid hatte das gemerkt und ihm aus ihrem Buch erzählt, einem englischen Krimi von Elizabeth George. Er hieß „Wo kein Zeuge ist“ und war ein Wälzer von 800 Seiten. Rogalla würde ein ganzes Jahr an solch einem Buch lesen. Wahrscheinlich müsste er dauernd wieder von vorn anfangen, weil er die Namen der Personen vergessen hatte. Aber Ingrid war schon auf den letzten Seiten; sie las schnell, und es entging ihr nichts. Manchmal machte sie sich Notizen, wen sie aus welchen Gründen für den Täter hielt. Später, nach der Auflösung, verglich sie den Hergang der Ereignisse mit ihren eigenen Aufzeichnungen.

Als sie merkte, dass Erich zu unruhig war, hatte Ingrid sich zu ihm umgedreht und ihm erzählt, dass es in dem Roman von der George um einen Serientäter ging. Die Polizei hatte nicht die blasseste Ahnung, was los war, denn es gab keine Zeugen, nur sehr vage Hinweise, eher Vermutungen. Doch der Fall erhielt plötzlich eine Wendung, die massiv in das Leben des leitenden Kommissars eingriff. Der hieß Thomas Lynley, war eigentlich ein Graf und hätte es gar nicht nötig gehabt, für die Polizei zu arbeiten, aber aus unerfindlichen Gründen tat er es trotzdem. Schlimm wurde es für ihn, als seine schwangere Frau auf den Stufen ihres Hauses im vornehmen Londoner Stadtteil Belgravia erschossen wurde. Jemand hatte sich für Lynleys Nachforschungen gerächt, mit denen der Kommissar, ohne es selbst zu wissen, dem Täter zu nahe auf den Leib gerückt war.

Nachdem Ingrid ihm von den Ereignissen ihrer Lektüre berichtet hatte, legte sie das Buch weg, knipste das Licht aus und ließ Rogalla mit seinen Gedanken allein. Warum hatte sie ihm aus dem Roman erzählt? Sollte er sich klarmachen, dass so etwas auch im richtigen Leben passieren konnte? Oder dass es vielleicht schon passiert war? Hatte Ingrid sagen wollen, dass der Mord an Michael womöglich gar nicht dem Jungen, sondern dem Onkel, dem Polizisten Rogalla, gegolten hatte?

Aber da gab es auch erhebliche Widersprüche. Wie waren dann die Zusammenhänge mit dem Materka-Fall zu erklären? Die Parallelen, die gar nicht zu übersehen waren? Was hatte er, Rogalla, mit Materka zu tun? Er kannte ihn nicht, war ihm nie begegnet, jedenfalls nicht, solange der noch am Leben war.

Rogalla war kein ängstlicher Mensch, beileibe nicht. Und das Glück, das man in seinem Beruf brauchte, war ihm bisher treu geblieben. Doch jetzt hatte ihn die erste Katastrophe erreicht. Michael war nicht mehr da. Rogalla wusste nicht, ob er jemals wieder ruhig schlafen würde. Hinzu kam, dass Michaels Tod ein Zeichen sein konnte, dass er selbst in eine Schieflage geraten war, aus der man keine Chance hatte, wieder herauszukommen. Jede Woche seinen Tippschein bei Odset abzugeben, würde da nicht helfen. In seiner Umgebung wusste jeder, dass Michael auch zu ihm, dem Onkel, gehört hatte, dass der Junge ein Teil seines Lebens gewesen war, und nicht erst seit der Trennung seiner Eltern.

Es war jetzt fünf Uhr am Morgen, eigentlich noch zu früh um aufzustehen. Erinnerungen kamen hoch, gegen die er sich nicht wehren konnte. Als Michael klein war, hatte er an Wochenenden oft hier in der Wattenscheider Emilstraße übernachtet. Wenn der Onkel am Sonntag nicht im Dienst war, kam Michael schon um diese Zeit an sein Bett, zog ihn an beiden Armen hoch und zerrte so lange an ihm, bis sie im Wohnzimmer landeten. Dort wartete auf dem Tisch ein Brett aus Spanplatte, auf dem ein grünes Filztuch aufgeklebt war: das Spielfeld aus Rogallas altem Tipp-Kick-Spiel, das er seit seiner Kindheit besaß. An den Kopfenden waren die Tore in der Platte arretiert, so dass sie nicht umkippen konnten. Zwei Feldspieler aus Metall gehörten zum Spiel und zwei Torhüter aus Plastik. Leider trug keine der Mannschaften blaue Trikots, es gab nur die Farben gelb und rot. Da Michael sich weigerte, die gelbe Seite zu übernehmen, war das Rogallas Mannschaft. Und dabei war es geblieben, Michael die Roten, der Onkel die Gelben.

Stundenlang konnte der Junge spielen. Den Schussfuß seines Spielers hatte er so geschickt mit einer Feile bearbeitet, dass er den Ball mit einer Drehung in den Winkel des gegnerischen Tores schlenzen konnte. Rogalla war oft machtlos, freute sich aber mit dem Jungen, dass der in ihrem Wettkampf immer besser wurde und dem Onkel bald keine Chance mehr ließ.

So war das gegangen mit dem Tipp-Kick in der Emilstraße, bis die Computerspiele anfingen, das Kinderzimmer zu beherrschen. Das war das Ende dieser Geschichte. Michael kam auch nicht mehr so häufig über Nacht nach Wattenscheid, denn die Wochenenden verbrachte er oft bei einem Schulkameraden, oder einer von denen schlief bei ihm. Bis in die Nacht hinein saßen die Kinder vor ihren Flimmerkisten und spielten Spiele, die Rogalla nicht mehr verstand oder in deren Regelapparat er sich nicht hineindenken wollte.

Er wälzte sich wieder von einer auf die andere Seite. Das Brett mit dem aufgeklebten Spielfeld musste noch irgendwo im Hause herumstehen. Er hatte es aufgehoben in der stillen Hoffnung, dass der Junge später einmal sagen würde, man solle doch das Spiel wieder hervorholen, wie in den alten Zeiten. Aber das war nie geschehen, wahrscheinlich hatte Michael das Spiel sogar vergessen. Es gab immer wieder Dinge im Leben, die man aufhob, weil man sich von ihnen erhoffte, dass sie noch einmal an Bedeutung gewinnen würden. Der Keller war voll davon. Meistens kam es anders, und man stellte eines Tages fest, dass man sie schon lange nicht mehr brauchte.

Rogalla stand auf, horchte auf Ingrids Schlafgeräusche. Als er sicher war, dass er sie nicht geweckt hatte, verließ er den Raum und schloss leise die Schlafzimmertür, die während der Nacht immer offen stand. Im Flur zog er sich seinen Trainingsanzug an, nahm einen der vielen Schlüssel vom Brett, das neben der Eingangstür hing, und ging aus der Wohnung. Unten im Keller rückte er ein Holzregal, in dem sein Werkzeug lag, zur Seite und zog das Tipp-Kick-Brett hervor. Es war staubig, die Spieler waren mit Leukoplast an den Toren befestigt worden. Auch zwei von den zwölfeckigen Spielbällen waren noch da.

Draußen war es dunkel, doch die Straßenlaterne gab ihm genügend Licht. Er warf einen Blick auf seinen Astra, der auf der anderen Straßenseite stand, ging ums Haus herum bis zu den Mülleimern. Leise schob er die Klappe des Containers für den Restmüll hoch und legte das Brett mit dem Tipp-Kick-Spiel hinein. Für einen Augenblick hielt er die Klappe geöffnet, blickte in den Behälter hinein, aus dem ein modriger Fischgeruch zu ihm aufstieg. Er ließ die Klappe zurückrollen, ohne dass die Räder quietschten. Ein Blick auf die Rollläden zeigte ihm, dass die Nachbarn noch schliefen.

17

Brenner schob Rogalla den Bericht der Spurensicherung und der Pathologie zu. Der legte die Stirn in Falten, warf einen kurzen Blick auf die Akte, die ungeöffnet vor ihm lag.

„Ich darf ermitteln?"

„Ja, ich habe den PP überzeugen können, dass unsere Chancen in dem Maße steigen, wie du beteiligt bist. Befangenheit träfe auch auf mich selber zu. Ich kenne den Jungen. Wir haben ja einige Male zusammen Fußball gespielt."

Brenner stand auf, schob sich einen Kaugummi in den Mund, ging ein paar Meter durch den Raum, blieb am Fenster stehen, sah hinaus auf den Parkplatz, der zwischen Präsidium und Bergbaumuseum lag. Bilder, Erinnerungen, die noch nicht allzu lange her waren, tauchten auf. Vor drei Wochen erst hatte Rogalla Michael mit zum Kollegensport gebracht. Der Junge hatte im Tor gestanden und ihm, Brenner, zwei Elfmeter weggefischt und auch ein paar andere todsichere Dinger gehalten. Brenner hatte sich noch nicht einmal darüber geärgert, sondern anerkennend den Daumen hochgestreckt.

Der Kommissar wandte sich vom Fenster ab, drehte sich Rogalla zu: „Hahn wird eine Mordkommission einsetzen."

„Und? Wie viele kriegen wir?"

„Zehn. Sie führen weitere Befragungen bei den Fangruppen durch, analysieren noch einmal die Videos aus Bochum und dann die aus der Schalker Arena."

Der Kommissar machte eine kleine Pause, schüttelte den Kopf. „Weißt du", sagte er, „ich habe Probleme, so etwas nachzuvollziehen, es mir vorzustellen. Wie ist jemand drauf, der dann noch bei dem Opfer die Zunge heraustrennt? Was geht in so einem vor? Was treibt ihn? Es gibt nur wenige Fälle, die vergleichbar sind. Die Talkmasterin vor ein paar Jahren in Schweden. Da rächt sich jemand an ihr, bringt sie um und ist so in Rage, dass er dann noch zum Skalpell greift. ‚Du sagst jetzt nie mehr etwas! Schluss!' Manchmal hasse ich unseren Beruf, weil er uns zwingt, in eine kranke Seele hinabzusteigen. Es ist wie eine Vergiftung. Ich träume auch davon."

Brenner schwieg. Er verweigerte sich der bildhaften Vorstellung. Das Heraustrennen der Zunge kam eigentlich nur in Märchen oder Sagen vor, und da wirkte es anders. Marie hatte ihm einmal so eine Geschichte erzählt. Da steckte sie in einem Seminar über mittelalterliche Literatur, und da ging es auch mehr um eine unglückliche Liebesgeschichte. Tristan und Isolde. Tristan hatte einen Drachen getötet und ihm die Zunge herausgeschnitten. Aber nur zum Beweis, dass er der Drachentöter war und kein anderer. Da war das Heraustrennen eher nachzuvollziehen.

Rogalla hatte nichts gesagt. Er zündete sich eine Reval an, blickte an Brenner vorbei durch das Fenster. Dann ging er zurück zu seinem Schreibtisch, las den Bericht der Spurensicherung, ging ihn langsam, Wort für Wort durch. Schließlich nahm er einen letzten tiefen Zug aus der Zigarette, drückte den Stummel im Aschenbecher aus, schüttelte den Kopf. Sein Kollege stand immer noch am Fenster, murmelte etwas vor sich hin.

„Da fehlt was", sagte Rogalla. „Das können die nicht übersehen haben. Michael ist nie ohne sein Handy weggegangen.

Von einem Handy steht hier aber nichts. Das muss sein Mörder mitgenommen haben."

„Oder Hunold", sagte Brenner. "So ein Handy kann man verkaufen. Zwanzig, dreißig Euro, vielleicht sogar mehr. Für ihn eine Menge Geld. Wir sollten noch einmal mit ihm reden. Vielleicht verheimlicht er uns was."

18

„So, Sie wollen zum Hunold? Geht nicht. Den Hund haben sie ihm auch abgemurkst."

Die beiden Kommissare sahen Karin Sawatzki verblüfft an. Die Frau hatte sich im Türrahmen aufgebaut, beide Hände in die Hüften gestemmt. Dauerwellen hingen ihr strähnig vom Kopf herab. Wahrscheinlich war sie gerade erst aufgestanden. Es war zehn Uhr am Vormittag. Sie trug eine rote Bluse, schwarze Strickjacke und dunkelblaue Jeans, über deren stramm gezogenem Gürtel sich kleine Fettpolster wölbten.

„Ein bisschen der Reihe nach!" sagte Brenner. „Was heißt das: Den Hund haben sie ihm auch abgemurkst?"

„So? Wissen Sie noch gar nicht?"

Karin Sawatzki blickte triumphierend auf die beiden, als sei es eine besondere Genugtuung, endlich einmal mehr zu wissen als die Polizei. Sie schwieg ein paar Sekunden, schien zu überlegen, ob sie ihr Wissen preisgeben sollte.

„Den Max haben sie zusammengeschlagen", rückte sie schließlich heraus. „Und den Ajax erschossen."

Sie machte wieder eine kunstvolle Pause, schien es zu genießen, dass man etwas von ihr wollte.

„Wo ist er?" fragte Brenner.

„Im Anna-Hospital. Ist aber nicht zu sprechen. Ich habe da heute Morgen schon angerufen."

„Wer hat ihn zusammengeschlagen? Wo? Wann?" Der Kommissar stellte die Fragen in einem scharfen, ungeduldigen Ton, fügte hinzu: „Lassen Sie sich nicht alles stückweise aus der Nase ziehen!"

„Mach' ich doch nicht!" Karin Sawatzki blickte Brenner beleidigt an. „Was kann ich dafür, dass Sie das noch nicht wissen! Ich kann Ihnen nur sagen, dass irgendeiner den Max gestern Abend zusammengeschlagen und den Ajax erschossen hat. Auf der Cranger Kirmes. Also Kirmes ist ja jetzt nicht. Auf dem Gelände. Mehr weiß ich auch nicht. Ich war nicht dabei."

„Und woher wissen Sie das?"

„Na, von Ihren Kollegen. Die von der Trachtengruppe. Die waren ja in der Nacht noch hier, wollten sehen, ob der Familie hat oder ob es Verwandte gibt, zu denen er Kontakt hat."

„Frau Sawatzki", lenkte Brenner ein und wurde eine Spur freundlicher. „Es ist besser, wir gehen jetzt ins Haus und unterhalten uns dort weiter. Ihre Nachbarn müssen ja nicht sehen, dass Sie Besuch von der Polizei haben."

„Was wollen Sie denn damit sagen?" Sie runzelte die Stirn, strich sich mit der rechten Hand durch die Haare, blickte auf die Hausfassade gegenüber. „Als ob unsereins nicht schon genug Probleme hätte!"

Sie drehte sich in das Haus hinein, ging vor den Kommissaren her, die ihr in die Wohnung folgten. Die Küche war gleich der erste Raum an einem engen Flur. Ein Zimmer lag der Küche gegenüber. Am Ende des Flurs gab es eine weitere Tür, an der ein Schild mit dem Namen ‚Hunold' klebte. Mit dickem Filzstift war der Name geschrieben. Als sie die Küche betraten, murmelte Karin Sawatzki: „Nächstes Mal melden Sie sich bitte an!"

Was sie damit meinte, war rasch zu sehen. Die Spüle war vollgestellt mit Tellern und Töpfen, die verkrustet auf Säuberung warteten. Auf einem Esstisch standen Bierflaschen, ein Aschenbecher, randvoll mit Kippen.

„Sie wohnen alleine hier?" fragte Brenner.

„Nee, ich hab' auch einen Mann. Liegt aber noch in den Federn."

„Und Herr Hunold?"

„Ist zur Untermiete. Allein kann man sich eine Wohnung doch nicht mehr leisten."

„Hat Hunold Ihnen von dem toten Jungen an der Schleuse erzählt?" wollte Brenner wissen.

„Ja. Aber nicht viel. Nur dass der Ajax den gefunden hat."

Rogalla griff in seine Rocktasche, zog ein Päckchen Reval hervor, schnippte an den Boden der Packung, so dass sich ein paar Zigaretten nach oben bewegten, hielt sie der Frau vor die Nase.

„Auch eine?"

Karin Sawatzki betrachtete die filterlosen Zigaretten. Dann zog sie eine, meinte: „Von irgendwas geht man ja sowieso drauf."

Rogalla gab ihr Feuer.

„So", munterte er sie in freundlichem Ton auf. „Jetzt erzählen Sie einfach mal alles, was Ihnen gestern aufgefallen ist und was Hunold gesagt hat. Hat er Andeutungen gemacht? War er aufgeregt, nervös? Hat er Ihnen erzählt, warum er abends noch mal weggehen wollte?"

Die Frau schüttelte den Kopf. „Nee, gesagt hat der nichts. Ist nur mit dem Hund an uns vorbei. Aber komisch war er schon. Irgendwie anders. Ein bisschen geheimnisvoll. Gegen zehn war das."

„Wohin, hat er nicht gesagt?"

„Nee. Is ja eigentlich normal, wenn einer abends mit seinem Köter noch mal raus geht."

„Frau Sawatzki", fragte Brenner, „haben Sie etwas dagegen, wenn wir uns Herrn Hunolds Zimmer einmal ansehen?"

„Der Hunold schließt aber immer ab, wenn er rausgeht", wandte die Frau ein.

„Als Vermieterin werden Sie einen Schlüssel haben. Oder?"

„Wenn Sie's dem Hunold nicht sagen."

19

„Soll ich mit reinkommen?" fragte die Sawatzki.

„Sicher!" antwortete Rogalla. „Wir haben ja noch keinen Durchsuchungsbeschluss. Und vielleicht haben wir auch ein paar Fragen, die Sie uns direkt beantworten können."

Schweigend betrachteten die Kommissare Hunolds Wohnzimmer, das zugleich auch Küche war. Auf einem verschlissenen

Sofa lag eine Fernbedienung, daneben eine aufgeschlagene Programmzeitschrift. Der Rattantisch davor sah erbärmlich aus. Der Bast zerfaserte an den Beinen, die runde Glasplatte war verfleckt. Darauf standen ein paar Colaflaschen. In einem merkwürdigen Kontrast zu diesem Elend baute sich zwei Meter vor dem Tisch ein Fernseher auf, der das Prädikat ‚Heimkino' verdient hätte. Karin Sawatzki bemerkte den fragenden Blick der Kommissare.

„Vor einem Jahr hat er den geschenkt bekommen", sagte sie. „Von einem Kumpel. Dem hat er eine Gartenlaube gebaut."

Brenner und Rogalla warfen sich einen skeptischen Blick zu, als hätte man ihnen gerade was vom Nikolaus oder vom Osterhasen erzählt. Sie wandten sich einer Küchenzeile zu, neben der an der Wand ein Poster hing. Es zeigte die Mannschaft des VfL Bochum. Wie eine Girlande umrahmte sie ein blauweißer Schal, den Hunold mit Nägeln fixiert hatte. Nur einen Meter davon entfernt, auf der Arbeitsfläche des Küchenteils, lag ein Messer, und auf einem Holzbrett krümmten sich rosa Fleischreste.

Brenner wandte sich ab. Sein Blick wanderte nach links zum Fenster, ging kurz nach draußen in den Hof, wo ein schwarzer Golf vor sich hin rostete.

„Wo schläft Hunold eigentlich?" fragte er unvermittelt.

„Da!" sagte die Sawatzki und zeigte auf eine Tür. „Das gehört auch zu der Wohnung. Ist aber eher 'ne Abstellkammer. Können Sie sich schenken."

„Das überlassen Sie mal lieber uns!" Brenner drückte die Klinke herunter, öffnete die Tür und betrat einen Raum, der gerade mal Platz hatte für ein schlankes Stahlrohrbett, das mit Kissen und Decken belegt war. Auf einer Kommode lag ein Stapel Bücher. Eine Stehlampe war dicht an das Bett gerückt. Sonst war die Kammer leer und machte den Eindruck, als sei man plötzlich unter einen wolkenlosen Himmel getreten oder befände sich mitten auf dem Meer. Denn die Wände waren hellblau gestrichen. Ebenso auch die Decke.

Über dem Bett hing ein großformatiges Foto. Brenner machte ein paar Schritte darauf zu, betrachtete es. Es zeigte eine Segeljolle. Auf den unteren Rand des Fotos hatte jemand gekritzelt: „Das Meer ist die einzige Gegend, wo ich mich nicht als Fremder fühle.“

„Im Knast wird er es besser haben als hier“, meinte Rogalla, der inzwischen auch hereingekommen war. „Du interessierst dich für das Foto? Zeigt doch nur eine Jolle.“

„Ja, ja. Aber der Spruch ist seltsam. Hätte ich dem Hunold nicht zugetraut. So poetisch. Aber vielleicht ist der auch gar nicht von ihm. Kommen Sie doch mal bitte, Frau Sawatzki!“

Aber Karin Sawatzki stand schon an der Türschwelle und beobachtete die beiden.

„Kennen Sie den Spruch?“ fragte Brenner. „Hat Hunold sich den ausgedacht?“

„Ja, den kenn ich. Der Hunold nervt einen dauernd damit. Nee, selber ausgedacht hat er sich den nicht. Der ist von so einem Weltumsegler. Der Hunold verehrt den, hat ihm sogar geschrieben und hat dann das Foto bekommen mit dem Spruch. Wie der Mann heißt, weiß ich nicht mehr. Ist ein berühmter. Müssen Sie den Hunold fragen. Auf jeden Fall träumt der auch von einer Weltumseglung. Die Kammer hier ist seine Traumhöhle. So nennt er sie jedenfalls. Der Hunold verbringt Tage auf dem Bett und liest. Abenteuerromane, Reisebeschreibungen. Wie man um die Welt kommt. Mit dem Fahrrad, dem Motorrad oder einem Boot. Der Hunold verschlingt das alles. Aber mit seiner Nussschale kommt der noch nicht mal bis Duisburg.“

Brenner wandte sich dem Stapel zu, der auf der Kommode lag, nahm einige der Bände in die Hand. ‚Das Glück war jeden Tag an Bord‘, ‚Wellen, Wind und Abenteuer‘, ‚Tausend Tage Robinson‘, so lauteten die Titel. Es waren Bücher, in denen es darum ging, dass sich jemand aus der Enge des üblichen Alltages verabschiedet hatte und aufs weite Meer hinausgefahren war. Und so etwas mochte auch gelingen. Aber bei Hunold? Wie wollte er das machen?

„Nussschale, Frau Sawatzki, sagten Sie eben. Mit seiner Nussschale. Was meinten Sie damit?“ fragte Brenner.

„Na, ja. Jolle eben. Der Hunold hat sich ja so ein kleines

Ding zugelegt. Aber da kann er grade mal den Ajax mitnehmen. Den Segelschein hat er auch noch nicht fertig. Ein paar Stunden nur. Dann geht ihm wieder die Kohle aus. Mit der Segelschule…"

„Wo hat er die Jolle?" unterbrach Rogalla ungeduldig die Frau.

„Na, am Kemnader See. Da hat er das Boot liegen."

„Am Kemnader See? Da ist er oft?"

„Was geht's mich an! Fragen Sie ihn doch selbst. Warum wollen Sie das eigentlich alles wissen?"

„Berufskrankheit. Aber sagen Sie, wie kommt der Hunold denn zu einer Jolle. Das ist doch nicht ganz billig."

„Von wegen. Haben Sie ne Ahnung! Sie müssten den Kahn mal sehen. Gebraucht ist der. Nur dreihundert Euro hat der Hunold hinlegen müssen. Den Trailer wollten sie ihm noch dazu schenken. Aber der hat ja kein Auto."

„Wissen Sie, wie der Kahn heißt? Schiffe haben doch immer einen Namen."

„Nee. Weiß ich nicht mehr genau. Hat er aber nach dem Boot von dem Weltumsegler genannt. Kati oder Kata oder so ähnlich."

„Frau Sawatzki", sagte Brenner, „wir werden uns hier noch mal genauer umsehen. Die Tür wird jetzt versiegelt. Gleich kommen unsere Kollegen. Sie gehen hier nicht wieder rein!"

„Ja, ja!" entgegnete die. „Glauben Sie, ich hätte in der Bruchbude Brillanten versteckt?"

Sie drehte sich um, legte den Kopf in den Nacken, rauschte durch den Flur und verschwand in der Küche.

20

Sie saßen draußen im Wagen, vor dem Haus in der Lützowstraße. Es hatte zu regnen begonnen. Das Wasser sprühte an die Windschutzscheibe, bildete Tröpfchen, verlief zu Rinnsalen, die unregelmäßige Muster bildeten und die Sicht auf die Straße nahmen. Ab und zu schaltete Brenner die Scheibenwischer ein, ließ sie ein paar Takte laufen, bis der Blick wieder freigegeben war auf den grauen Asphalt vor ihnen. Seltsam leblos, wie verwunschen war die Szene um diese Zeit. Nichts regte sich, nichts bewegte sich. Kein Auto kam, kein Mensch war zu sehen, nur die Häuser ragten mit ihren öden Fassaden nach oben und schienen übergangslos in einen verhangenen Himmel zu laufen. Wahrscheinlich spielte sich alles Leben hinter den Fenstern ab oder war überhaupt nicht vorhanden.

Minutenlang hatte Brenner telefoniert. Ein Durchsuchungsbeschluss war unterwegs, die Spurensicherung bestellt. Er war schließlich auch weitergeleitet worden zur Wache an der Eickeler Hauptstraße, wo er mit einem der beiden Kollegen sprach, die Hunold entdeckt hatten.

„Ihr müsst herausfinden, woher der Anruf kam", hatte er zum Schluss gesagt. „Wenn's wirklich eine Kneipe war, dann haben wir ja Glück gehabt."

„Glaubst du, dass Hunold der Täter ist?" fragte Rogalla. „Das waren ja ein paar merkwürdige Informationen eben."

„Ich weiß es nicht", entgegnete Brenner. „Das ist kein Zufall, dass er ausgerechnet gestern zusammengeschlagen wurde. Und dann auch noch die Geschichte mit der Jolle und dem Segelschein. Aber dass der so abgebrüht sein soll, dann auch noch die Polizei zu rufen..."

Brenner ließ die Fensterscheibe herunter, schielte kurz auf Rogallas Reval, schob sich aber einen Kaugummi in den Mund. Dann setzte er zu einem Monolog an: „Dass der selber die Polizei ruft, besagt eigentlich nichts. Das haben wir ja schon bei einigen Tätern erlebt. Die glauben, die hätten damit ein besonders wertvolles Alibi. Und dann darf man nicht vergessen: Der Hunold ist arbeitslos. Der ist gerade mal vierzig Jahre alt, aussortiert, wahrscheinlich ohne eigenes Verschulden. Er fühlt sich als Opfer, hat nichts, vor allem keine Zukunft. Er kommt sich minderwertig vor, unnütz. Er träumt von großen Taten, Weltumsegelung. Anerkennung und Abenteuer. Einzigartigkeit. Herausgehoben aus der grauen Masse. Er wird auch einen Hass haben auf die Gesellschaft. Auf seinem Panoramabildschirm sieht er täglich die Reichen, die Schönen, die Gefeierten, die Mächtigen. In der Zeitung liest er, dass es auf Moral und Anstand nicht ankommt. Politiker ergaunern sich Luxusreisen, erhöhen sich nach Belieben Diäten. Manager, die Fehler gemacht haben, bekommen Millionenabfindungen. Er selbst wird gedemütigt, wenn er nur zehn Euro mehr im Monat beantragt. Die Welt stimmt für ihn nicht mehr, trägt ihn nicht mehr. Er identifiziert sich mit dem VfL Bochum. Die Fans anderer Vereine sind seine Feinde. Aber auch beim Fußball ist er nur Zuschauer. Beeinflussen kann er nichts. Er verfällt auf die Idee, auch einmal Macht auszuüben. Er sucht sich ein Opfer, einen Feind, bringt ihn um, schneidet die Zunge heraus, so als sei der Tod noch nicht genug. Erst wenn er die Zunge hat, beruhigt er sich, sieht sich im Besitz einer Trophäe, fühlt sich wie ein Indianer, der einen Skalp erbeutet hat. Das stärkt ihn in seinem Selbstwertgefühl, kompensiert seine Ohnmacht."

Brenner schwieg einen Moment, zuckte dann mit den Schultern und sagte: „Na ja, ob das so stimmt, wird sich zeigen. Die werden ihm gleich die Bude auf den Kopf stellen. Vielleicht finden sie ja Michaels Handy."

Rogalla hatte ihm schweigend zugehört. „Du glaubst nicht so ganz, was du sagst", meinte er. „Du konstruierst. Du bist nicht überzeugt von deiner eigenen Theorie. Aber es könnte die Wahrheit sein. Der Hunold träumt nämlich tatsächlich davon, etwas Außerordentliches anzustellen. Dass er die Weltumseglung nicht schafft, müsste ihm dämmern. Er hat gar kein Geld für so was, und eine Landratte wie der kommt wirklich nur bis Duisburg. Aber er hat sich damit gebrüstet, hat angegeben, hat das überall rumerzählt, was er für ein großartiger Kerl ist. Und doch weiß er, das klappt nicht. Da verlegt er sich auf etwas anderes, um Aufmerksamkeit zu erregen. Den Materka hat er am Kemnader See getroffen. Vielleicht war zunächst alles ganz friedlich. Die beiden haben zusammen getrunken. Dann hat es Streit gegeben. Der Hunold hat zugeschlagen. Und dann kam ihm die Idee, daraus einen Fanmord zu machen und das als Ritual zu zelebrieren. Seine Spuren zu beseitigen, dazu hatte er jede Menge Zeit. Da war ja niemand am Kemnader See. Und dann, nach dem Schalke-Spiel, ist ihm zufällig Michael über den Weg gelaufen. Du wirst dich wundern, mein Lieber. Deine eigene Theorie könnte dich einholen."

21

Karin Sawatzki stand in der Küche hinter der Gardine, beobachtete die beiden Kommissare, die im Wagen warteten. Sie überlegte, wer von den beiden der gefährlichere war. Brenner, der durch die Windschutzscheibe starrte, als habe er irgendetwas zu fixieren. Oder war es der andere, der ihr gemütlicher vorkam? Aber das konnte auch eine Verstellung sein, ein Trick. Vielleicht tat der nur wie ein Pfarrer.

Wie lange die beiden Kommissare wohl noch warteten? Immer wieder sah sie ungeduldig auf die Uhr, auf den großen Zeiger, der unbarmherzig weiterrückte. Das Treffen an der Schleuse hatte sie abgelehnt. Das war zu einsam. Was wusste sie schon von dem Mann, der sie sprechen wollte? Als Reporter hatte er sich vorgestellt, seinen Namen aber nicht genannt.

„Das muss unter uns bleiben, Frau Sawatzki", hatte er gesagt. „Sonst bekomme ich Ärger mit der Polizei und erfahre von denen nichts mehr."

Eigentlich hatte sie sich auf so etwas nicht einlassen wollen. Die ganze Sache war schon schlimm genug. Aber der Mann hatte ihr einen Fünfziger versprochen. Das war richtiges Geld, und sie brauchte dafür nicht mal ihre Jeans aufzuknöpfen.

Sie hatte für das Treffen die Trinkhalle an der Ecke vorgeschlagen, beim Türken. Da konnte sie ihn erst einmal in Augenschein nehmen, und bevor sie ihm auch nur ‚Guten Tag' sagen würde, hatte er das Geld rauszurücken. Sonst würde sie stumm bleiben, ihrem Alten wie immer das Bier kaufen und wieder verschwinden.

Sie sah hinaus zu dem Wagen, in dem die beiden Polizisten saßen. Wenn die anderen kamen, um das Zimmer zu durchsuchen, musste sie ja nicht unbedingt dabei sein. Wahrscheinlich durfte sie auch gar nicht dabei sein. Dann hätte sie die Gelegenheit, nach draußen zu gehen, so wie sie es eigentlich immer um diese Zeit tat. Wenn sie Glück hatte, würden die Kommissare sie in Ruhe lassen. Sie würden nur klingeln, um in die Wohnung zu kommen. Den Schlüssel zu Hunolds Zimmer hatten sie kassiert und dann Streifen über Türrand und Rahmen geklebt. Sie entfernte sich von der Gardine, ging in das gegenüberliegende Zimmer.

„Steh auf!“ sagte sie. „Wir kriegen Besuch.“

Mit einem Ruck öffnete sie die Vorhänge. Mattes Licht drang in den Raum. Auf dem Bett räkelte sich eine Gestalt, verzog das Gesicht, legte die Hand vor die Augen, grummelte irgendetwas vor sich hin. Er hatte die Angewohnheit in voller Montur zu schlafen. Ihr war egal geworden, dass er sie nicht mehr anrührte. Früher war das mal anders gewesen. Da hatten sie öfter Picknick am Kanal gemacht und selbst in der Öffentlichkeit konnte er seine Hände nicht bei sich behalten.

„Los, steh auf!“ wiederholte sie. „Du musst deinen freien Tag nicht verpennen! Ich sag‘ dir dann, wer gleich kommt.“

Ein paar Minuten später erzählte sie ihm von dem Besuch, schob ihm einen Becher Kaffee unter die Nase, was ihr mit einem müden Lächeln quittiert wurde.

„Wenn die Herren in Hunolds Zimmer sind“, sagte sie, „geh‘ ich einkaufen. Du bleibst da sitzen. Und dass du mir die Schnauze hältst! Du weißt von nichts. Und jetzt gib mir Geld.“

„Ich hab’ keins mehr.“

„Sagst du immer.“

Rudi Sawatzki verzog das Gesicht, nestelte hinten an seiner Hosentasche, zog ein Portemonnaie heraus, kramte in der Münzabteilung, durchsuchte die hinteren Fächer.

„Gib mir den Zwanziger!“ sagte seine Frau. „Sei nicht so kleinlich!“

Bevor sich ihr Mann entschieden hatte, zog sie den Schein heraus, faltete ihn, schob ihn in ihre Hosentasche. Sie stellte sich wieder hinter die Gardine, beobachtete die beiden Kommissare, während ihr Mann stumm an dem Kaffee nippte.

Zehn Minuten später kam ein zweiter Wagen vorgefahren. Es klingelte. Karin Sawatzki verließ ihren Posten, ging in den Hausflur, öffnete die Tür. Brenner hielt ihr ein Papier vor die Nase, das sie gar nicht erst las. Der andere Kommissar war im Wagen geblieben. Ein Trupp schweigender Männer zog an ihr vorbei, verschwand in der Wohnung. Sie folgte mit ein paar Metern Abstand, bog dann ab in die Küche, setzte sich ihrem Mann gegenüber an den Tisch. In Hunolds Zimmer gab Brenner leise Anweisungen. Was er sagte, konnte sie nicht verstehen.

Kurze Zeit darauf eilte er an der Küche vorbei, ohne sie eines Blickes zu würdigen. Sie stand auf, stellte sich wieder hinter die Gardine, beobachtete, wie die beiden Kommissare in raschem Tempo abfuhren. Nach einem Blick auf die Uhr fluchte sie leise, drehte sich vom Fenster weg, ging ein paar Meter zu einem Spind, griff sich eine Einkaufstasche. Sie zog sich einen Mantel über und verließ das Haus.

22

Hunold sah erbärmlich aus. Der Oberkörper war bandagiert, der Kopf turbanartig umwickelt, die Oberlippe geschwollen. Eine frischgenähte Wunde leuchtete auf der linken Backe, und der rechte Arm, bis zur Schulter in Gips, hing in einer Schlinge. Ein dünnes Laken bedeckte seinen Körper bis zum Bauchnabel. Hunold stierte mit offenen Augen an die Decke des Zimmers und gab durch nichts zu erkennen, ob er den Besuch an seinem Bett wahrgenommen hatte.

Erst als Brenner sich dicht über ihn beugte und sagte: „Na, da hat die Frau Sawatzki Sie aber mächtig verprügelt“, zuckte es kurz in seinem Gesicht, und er bewegte die Lippen.

„Die doch nicht!“

„So? Wer denn?“

„Weiß ich nicht. Zwei Kerle waren das. Die standen plötzlich hinter mir. Einer hat auf den Ajax geschossen, der andere mich rumgerissen und mir das Knie in den Bauch rein. Dann haben die auf mich eingetreten. Ich hab’ denen doch nichts getan.“

„Das mit dem Ajax wissen Sie?“ fragte Rogalla.

„Ja. Bin ja noch zu dem Hund hin. Die Drecksäcke!“

Brenner setzte sich vorsichtig auf die Kante am Fußende des Bettes, so als richte er sich auf ein längeres Gespräch ein.

„Eins, Herr Hunold, verstehe ich nicht. Da führen Sie den Ajax, wie Sie mir am Montag noch erzählt haben, immer am Kanal spazieren, und dann begeben Sie sich auf einmal, in der

Dunkelheit schon, zum Cranger Kirmesplatz. Also…“

Da kam wieder dieses Zucken in Hunolds Gesicht. Er blinzelte mit den Augenlidern, hob den Kopf ein wenig, so dass er den Kommissar sehen konnte, und entgegnete vorwurfsvoll: „Ist doch nicht verboten, mal woanders ein bisschen spazieren zu gehen.“

„Das nicht“, entgegnete Brenner. „Aber warum ausgerechnet da und zu dieser Zeit?“

Hunold stierte an die Decke. Es schien in ihm zu arbeiten, ob er was sagen sollte oder nicht.

„Na gut, Sie erfahren es ja doch“, meinte er dann. „Auf dem Platz gibt's billig Zigaretten. Da kommt manchmal abends ein Wagen, und da kann man sich ein paar Stangen kaufen. Polnische.“

„Und warum werden Sie dabei so zugerichtet? Sie wollten nicht bezahlen, oder?“

„Doch. Ich hatte ja schon bezahlt. Aber dann sagte der eine, der Glatzkopf: ‚Das nächste Mal kommste ohne den Pissköter.' Der sagte das richtig drohend. Und da fing der Ajax an zu knurren, zog an der Leine und wollte auf den zu. Ja, und da hatte der plötzlich eine Pistole in der Hand und hat geschossen. Ich dann zu dem Ajax. Der lag da und hat sich nicht mehr gerührt. Da hab' ich geschrien: ‚Ihr Schweine!', ja und dann hat mich der andere, einer mit Baseballkappe, rumgerissen und mir das Knie in den Bauch gerammt.“

Rogalla lachte. „Erzählen Sie das Ihrer Großmutter! Warum sollen die beiden einen, der ihnen was abkauft und wiederkommen will, so zurichten? Sie glauben doch Ihre eigene Geschichte nicht!“

„Doch!“ beharrte Hunold. „So war's. Genau so.“

„Ist tatsächlich ein bisschen dünn, Herr Hunold“, sagte Brenner. „Haben Sie denn vorher schon mal von den beiden Zigaretten gekauft? Kennen Sie die vielleicht näher?“

Hunold schüttelte kaum merklich den Kopf. Auch die kleinste Bewegung schien ihm wehzutun.

„Nein“, antwortete er. „Das sind immer andere. Die stellen den Wagen irgendwo in der Dunkelheit ab. Da kann man nichts erkennen, auch nicht das Nummernschild. Und die sagen auch nicht, wie sie heißen. So ein Handel geht blitzschnell. Dann sind die wieder weg."

„Die Zigaretten haben die dann wieder mitgenommen und auch das Geld. Richtig?"

Rogalla war näher an das Bett herangetreten und hatte mit lauter Stimme gesprochen. Hunold drückte den Kopf ins Kissen und starrte dem Kommissar ins Gesicht.

„Weiß ich nicht. Woher soll ich das denn wissen?" stammelte er.

„Nein, können Sie auch nicht wissen", sagte Rogalla jetzt ruhig. „Es war ja dunkel, und Sie waren bewusstlos. Aber etwas anderes können Sie wissen. Der Junge, den Sie gefunden haben, der Michael, der hat immer ein Handy dabei gehabt. Das interessiert mich mehr als Ihre Zigarettengeschichte. Wo ist das? Haben Sie es mitgenommen? Hunold, Sie stehen unter Mordverdacht! Ist Ihnen das überhaupt klar."

Rogalla schien die Beherrschung zu verlieren. Seine Stimme war wieder lauter geworden.

Hunold atmete durch, holte tief Luft, presste aber sogleich beide Hände auf die Brust, richtete den Kopf ein wenig empor: „Wie kommen Sie auf den Blödsinn?"

Der Arzt stand plötzlich in der Tür. „Ich habe Sie gebeten, vorsichtig mit ihm umzugehen! Hier wird nicht rumgeschrien. Sie sehen doch, in welchem Zustand er ist. Ich habe Ihnen nur erlaubt, nach den Tätern zu fragen. Eigentlich hätte ich Sie gar nicht reinlassen dürfen."

Brenner erhob sich. „Eins noch, Herr Hunold", sagte er. „Wie heißt Ihre Segeljolle? Und wo liegt sie?"

„Nichts da!" herrschte der Arzt ihn an. „Sie gehen jetzt auf der Stelle. Ich habe die Verantwortung für den Patienten, nicht Sie."

„Schon gut, schon gut", winkte der Kommissar ab. „Wir kommen wieder. Bis dahin passen Sie auf ihn auf, damit er uns nicht abhanden kommt."

Der Doktor schüttelte den Kopf. „Sie haben wohl wirklich keine Ahnung, wie's um Herrn Hunold steht. Der kann noch nicht mal einen Schluck Wasser trinken, ohne dass ihm alles wehtut."

Bevor sie den Raum verließen, beugte sich Rogalla zu Hunold herunter und flüsterte ihm zu: „Noch liegst du bequem, mein Freundchen. Aber das ändert sich!"

23

Kurt Bölling öffnete ein Auge, ließ für eine Sekunde das Tageslicht herein und schloss es gleich wieder. Denn mit dem Licht hämmerte der Schmerz noch intensiver und rhythmischer gegen seine Schläfen.

Als es wieder dunkel war, hörte er eine Stimme. Jemand rief seinen Namen laut durch die Siedlung. Vertraut war die Stimme, und doch kam sie von weit her. Er war noch ein Kind, zehn oder elf Jahre alt, hatte über die festgesetzte Zeit hinaus auf dem Stoppelfeld mit seinen Freunden Fußball gespielt, gleich hinter dem Bahndamm. Jetzt rief seine Mutter, lehnte sich weit aus dem Fenster, und Kurt wusste, der Vater stand schon hinter der Tür mit dem Lederriemen.

Der Junge steckte die Hände in die Hosentasche und stieg die Treppen zur Wohnung hoch, ganz langsam. Oben klingelte er zweimal. Aber die Tür war nur angelehnt, sie öffnete sich wie von selbst. Hinten im Flur stand die Mutter mit rotem Gesicht, die Hand vor dem Mund. An der Wohnungstür wartete der Vater, der ihn packte und über den dreibeinigen Schemel legte. Vielleicht hätte der Junge weinen sollen, aber er tat es nicht. Zwanzig Schläge waren es, immer genau abgezählt, dann noch ein Tritt, und Kurt stolperte in das Zimmer, das er sich mit seinen Brüdern teilen musste. Noch einmal hörte er die ängstliche Stimme der Mutter. Den Ruf aus der Kindheit, der sich vor dem Dröhnen des Schädels behauptete.

Ganz dicht war das ungeliebte Gesicht des Vaters vor seinen Augen erschienen, ein hartes Gesicht, schnaufend vor Wut über den störrischen Sohn. Wie oft hatte sich Kurt später geschworen, dass er Michael, seinem eigenen Sohn, ein guter, ein besserer Vater sein wollte. Er würde alles anders machen.

Irgendwo im Haus schlug eine Tür. Es musste schon Mittag sein. Der Lehrer, der mit seinem Freund in der Nachbarwohnung lebte, kam wohl von der Arbeit nach Hause. Dann war es still, nur der pochende Schmerz im Schädel blieb. Kurt versuchte, seine Gedanken zu ordnen. Was war heute für ein Wochentag? Was war gestern, vorgestern? Die letzten Tage verschwammen in seinem Kopf zu einem Brei von Alkohol und Trauer.

Am Abend war er ganz allein durch das Bermuda-Dreieck geschwommen, hatte sich vorbei an den jungen Leuten gedrängelt, von denen viel zu viele so aussahen wie Michael. Im „San Diego" hatte er angefangen, ein paar Bier getrunken, dazu zwei oder drei Korn. Später zwang er sich, etwas zu essen, nicht die Currywurst von Dönninghaus, die Michael so geliebt hatte, sondern eine Pizza Salami. Am Stand in der Kortumstraße hatte er sich die Pizza in eine Pappschachtel packen lassen und sie auf der Bank am Engelbert-Brunnen gegessen. Die Pappe war bald durchgesifft, und er spürte, wie die ölige Suppe auf seine Hose tropfte.

Gegenüber, im „Sausalitos", hatte er sich dann an der großen Theke festgesoffen. Erst gegen Mitternacht wurde es dort so richtig voll, die jungen Leute kamen jetzt in Massen, und er selbst war eigentlich schon abgefüllt, wollte zum Bahnhof, wo er den letzten Bus noch kriegen würde. Aber auf dem Heimweg war er zufällig vor einer Kneipe an der Brüderstraße gelandet, wo ihm drei Glatzen gleich am Eingang den Weg in das Lokal versperrten und ihn einfach aus der Tür hinaus schoben. Sie hatten ihm nichts getan, aber sie wollten ihn auch nicht in den Laden lassen. Er wusste nicht, was drinnen passierte.

Trotzdem hatte er sich geärgert, und über den Ärger war wieder der Durst gekommen. Also marschierte er den Weg zurück, die Kortumstraße entlang in umgekehrter Richtung, vorbei am Engelbert-Brunnen, wo die schmierige Pizzaschachtel nach wie vor aus dem Papierkorb ragte, dann weiter halbrechts und am KAP noch einmal rechts. Im Tucholsky war ein Platz an der Theke frei. Kurt blickte sich um. An den vorderen Tischen saßen Leute vom Bochumer Schauspielhaus. Einige von ihnen hatte er schon auf der Bühne gesehen, konnte sich aber nicht mehr erinnern, in welchem Stück. Er bestellte Pils und Whisky, immer wieder, bis er vom Hocker fiel.

Als er dann irgendwann aufgewacht war, so gegen fünf Uhr am Morgen, saß er im „Intershop" und dämmerte vor sich hin. Späte Trinker waren dort versammelt, die meisten einsam, ein verhuschtes Pärchen, das sich aber auch nichts mehr zu sagen hatte. Der junge Mann hinter der Theke bestellte für Kurt ein Taxi, bediente sich aus seiner Geldbörse. Kurt ließ es geschehen. Als die Taxifahrerin ihn abholte, wunderte er sich, dass er überhaupt wusste, wohin er wollte.

„Aufstehen", sagte er sich, „ich muss jetzt aufstehen und was tun. Irgendwas."

Auf der Arbeit in der großen Müllverbrennungsanlage war er für die ganze Woche abgemeldet. Er war Chemotechniker, hatte die Emissionswerte zu überwachen und auf einer großen digitalen Tafel am Eingang des Geländes anzugeben. Der Job war Routine, langweilte ihn, und die Emissionswerte waren ihm sowieso egal. Vergiftet wurde einem das Leben auf ganz andere Weise.

Sein Hausarzt hatte ihn, ohne lange zu überlegen, krankgeschrieben. Eigentlich könnte man überhaupt liegen bleiben, dachte er, öffnete aber trotzdem erneut die Augen. Der Hammer in seinem Kopf reagierte hysterisch, aber Kurt hielt ihm stand. Er tastete nach rechts. Da war nichts. Wie denn auch? Christina war seit vielen Stunden im Büro. Wahrscheinlich war sie schon aufgestanden, als ihn das Taxi hier in der Aggerstraße in Bochum-Grumme abgesetzt hatte. Entweder hatte er Christina nicht mehr wahrgenommen, oder sie hatte die Begegnung mit ihm bewusst gemieden, war vielleicht zu ihrer Tochter ins Bett gegangen. Sie lebten hier in dem hohen Wohnblock zu dritt, teilten sich eine Etagenwohnung, achtzig Quadratmeter, das reichte normalerweise.

Er wälzte sich aus dem Bett. Beide Knie schmerzten, in der Nacht musste er noch irgendwo hingefallen sein. Dass er überhaupt die Haustür hatte aufschließen können, war ein großes Wunder. Vielleicht war ihm auch die Taxifahrerin behilflich gewesen. Sein Portemonnaie mit den Kreditkarten lag vor dem Bett, neben der verklumpten Hose. Wie viel Geld im Portemonnaie sein musste, konnte er nicht mehr nachhalten. Also zählte er erst gar nicht, es war sowieso egal. Die Unterwäsche vom Vortage hatte er noch an, auch die Strümpfe. Die Augen juckten, taten ihm weh. Es war viel zu hell im Zimmer, die Rollläden waren bis zum Anschlag hochgezogen. Das Fenster gab den Blick frei auf den Kötterberg. Ganz oben, wo heute die Bochumer Fußballvereine trainierten, waren früher die Bergleute in die Schachtanlage VI/VII der Zeche Constantin eingefahren.

Er merkte erst jetzt, dass er pinkeln musste. Auf der Toilette kam es ihm wie eine Ewigkeit vor, bis der Strahl abknickte. Nach dem Pinkeln schmiss er Unterhose und Unterhemd in den Wäschekorb. Einen Moment lang blieb er im Badezimmer vor dem großen Spiegel stehen, der den Blick auf seinen unbekleideten Körper freigab bis hinunter zu den Oberschenkeln. In dem zerfurchten Gesicht, das er wahrnahm, störte ihn der Schnurrbart, der überhaupt nicht mehr in die Zeit passte. Keiner der jungen Männer, die er gestern gesehen hatte, trug einen Schnurrbart. Sein Bauch war in der Proportion zu dick für seine geringe Körpergröße, und das Geschlecht wirkte unappetitlich, wie ein Fremdkörper. Dass man mit so einem komischen Gerät Leben in die Welt setzen konnte, war schon merkwürdig. Irgendwie, dachte er, war der Mensch doch eine Fehlkonstruktion, da hatte jemand nicht richtig aufgepasst.

Kurt ging nackt, wie er war, zum Telefon, das im Flur aufgehängt war, und wählte. Die Knie schmerzten, aber er wollte sich so nicht auf den kalten Stuhl setzen. Es dauerte eine Zeit, bis abgenommen wurde.

„Ich bin's," sagte er und wusste, dass der Gesprächspartner ihn trotz seiner versoffenen Stimme erkennen würde.

„Du hörst dich schlimm an!" kam es von der anderen Seite.

Kurt ignorierte die Bemerkung. Der andere sagte: „Lass dich jetzt bloß nicht hängen! Du musst wieder auf die Beine kommen, Kurt!"

„Da stehe ich gerade drauf. Aber ich glaube, heute Morgen bin ich auf allen Vieren nach Hause gekrochen."

„Was sagt Christina dazu?"

„Weiß ich nicht. Die habe ich seit Montag nicht mehr gesehen. Vielleicht hat sie mich ja gesehen, das kann schon sein."

„Pass auf, dass sie dir nicht abhaut!"

„Die ist in Ordnung."

„Hauptsache, du bist in Ordnung!"

„Mach dir keine Sorgen!"

„Das sagst du! Also, was ist los? Du willst wissen, ob wir weiterkommen, oder?"

„Ist doch klar, vielleicht habt ihr ja was?"

„Nein, eigentlich nicht. Also jedenfalls nichts Handfestes. Sonst hätte ich mich schon gemeldet."

„Wirklich? Überhaupt nichts?"

„Das Einzige, aber das ist noch völlig unklar, da läuft so was mit irgendwelchen Schalkern. Mit harten Jungs. Hatte Michael Kontakt zu solchen Kollegen?"

Kurt überlegte, war sich wohl nicht ganz sicher: „Also da kennt er welche, kannte welche. Die haben sich immer in so einer Kneipe getroffen in Herne. Ganz in der Nähe vom Kirmesplatz. Crange, du weißt schon ..."

„Klar weiß ich. Vielleicht kenne ich sogar die Kneipe. Und das würde auch passen. Mal sehen, ob wir da was rauskriegen."

„Sag mal, ihr glaubt doch nicht ernsthaft, dass ein paar Schalker Fans ihren eigenen Kumpel umbringen, oder?"

„Natürlich nicht. Aber vielleicht haben sie was mit der Sache zu tun. Ich sag dir Bescheid, wenn es was Neues gibt."

„Bist ein echter Kumpel, Erich!" sagte Kurt und legte auf.

Gleich darauf klingelte das Telefon noch einmal. Er sah auf dem Display, dass es seine Exfrau war. Der Anruf kam unmittelbar nach dem Gespräch mit Erich Rogalla. In so kurzer Zeit hätte der seiner Schwester nicht mitteilen können, dass Kurt zu Hause war. Nein, das konnte nur ein Zufall sein. Er ließ es klingeln.

24

Brenner hatte darauf bestanden, den Ort, an dem man Hunold gefunden hatte, erst im Dunkeln zu besichtigen. Aus welcher Kneipe der Anruf am Dienstagabend gekommen war, wussten sie. Die Anrufer mussten naiv oder eben schon sehr betrunken gewesen sein. Das Display auf der Wache in Wanne-Eickel hatte die Telefonnummer registriert, und die gehörte zu ‚Bernis Stube', einem Treffpunkt für Schalke-Fans. Sie lag nur ein paar hundert Meter vom Kirmesgelände entfernt.

„Was versprichst du dir davon?" hatte Rogalla gefragt, der den Lokaltermin gerne schon am Nachmittag hinter sich gebracht hätte.

„Tatorte sehen im Dunkeln anders aus, ganz anders", hatte Brenner lakonisch geantwortet.

„Hunolds Geschichte von den Zigaretten ist doch sowieso gelogen", meinte Rogalla. „Erstens hätten die niemals auf der Wache angerufen, sondern sich schleunigst aus dem Staub gemacht, und außerdem läuft so ein Deal ganz anders. Da wird ein Termin in einer privaten Garage ausgemacht. Der Wagen fährt nachts mit ausgeschalteten Scheinwerfern rein, das Tor geht runter, und dann werden die Stangen verteilt. Niemals auf einem öffentlichen Platz."

„Trotzdem", entgegnete Brenner. „Ich will mir ein Bild machen."

Sie waren hinter den Eickeler Kollegen durch das Cranger Tor gefahren, hatten die Wagen abgestellt, da, wo das Kirmesgelände begann. Von der Dorstener Straße her fiel Laternenlicht auf das Vorfeld, ließ Konturen aber kaum erkennen. Eine ungewisse Strecke geradeaus musste der Kanal verlaufen. Nach links, nach Westen, zog sich die Friedhofsmauer in eine undurchdringliche Dunkelheit. Bodo und Harry gingen mit der Taschenlampe voraus, die Mauer entlang. Nach ein paar Metern ertastete der Strahl ein Schild ‚Camping verboten', dann waren es noch etwa zwanzig Meter, bis sie stoppten, das Licht kreisen ließen, und Bodo sagte: „Hier hat er gelegen. Der Hund direkt daneben."

Brenner betrachtete den Ort, der in völliger Dunkelheit lag, und sagte: „Hier geht man nicht im Dunkeln spazieren, auch nicht mit Hund. Hier kauft man auch keine Zigaretten. Hunold wird einen Grund gehabt haben, der mit Michaels Tod in Zusammenhang steht."

„Hätt' ich dir auch schon vorher sagen können", war Rogallas Kommentar. Aber Brenner erwiderte nichts darauf. Er holte ein Feuerzeug aus der Jackentasche, drehte mit dem Daumen das geriffelte Rad, hielt die Flamme neben seine Armbanduhr. Es war halb elf.

„Wir sehen uns jetzt noch die Kneipe an", meinte er.

‚Bernis Stube' enttäuschte sie. Sie hatten sich eine verräucherte Kaschemme vorgestellt, grölende Typen an der Theke, einen Hauch von Aggressivität in der Luft. Diese Kneipe aber war bürgerlich, bieder, normal, mit eher dezenten Hinweisen auf S 04. Ein blauweißer Schal an der Wand, daneben eine Zinnuhr mit dem Emblem des Vereins, in einer Vitrine die Nachbildung des DFB-Pokals und verloren, in einer Ecke hängend, ein Foto von Berni Klodt.

Scheinbar beiläufig und in Sekundenschnelle nahm Brenner das Umfeld auf. Drei ältere Herren saßen brav an der Theke, vor sich ein Pils und einen Kurzen. Schweigsam waren sie, rauchten.

Brenner hielt dem Wirt den Ausweis unter die Nase. „Hier ist gestern Abend ein Telefongespräch mit der Polizei geführt worden. Sie erinnern sich?"

„Telefongespräch? Hier wird jeden Abend telefoniert. Meinen Sie, das kann ich mir alles merken?"

„Können Sie. Das von gestern war lang und laut genug, selbst für Schwerhörige. Also?"

Der Wirt strich sich über die dunkelblonden Haare, rückte die Brille zurecht, obwohl sie gut saß. „Na, ja", meinte er, „jetzt, wo Sie's sagen. Da waren gestern Abend tatsächlich ein paar Typen, kamen rein, haben ein Telefon verlangt und sich zwei Pils bestellt. Dann sind die sofort wieder abgehauen."

„Sie kennen die?" fragte Rogalla.

„Nee, die hab' ich noch nie gesehen."

„Dann beschreiben Sie die trotzdem mal!“ forderte Brenner den Wirt auf.

„Hab’ ich da genau hingeguckt? Nee. Na, zwei sind länger geblieben, beide so um die dreißig. Einer mit Bart und Kappe. Der andere kahl. Der mit der Kappe, der hat telefoniert.“

„Weiter!“ drängte Brenner. „Dünn, dick, groß, klein, Narben, schiefe Nase, große Ohren?“

Der Wirt schüttelte den Kopf. „Will ich die malen? Der mit der Kappe war groß, schlank. Der andere war kleiner.“

„Meister“, sagte Brenner, „wenn wir nicht die Lippen ein bisschen weiter auseinander kriegen, wird’s ungemütlich.“ Er deutete rasch eine Bewegung an, als schnappten Handschellen zu.

Der Wirt verzog das Gesicht, wandte sich an die drei an der Theke. „Wisst ihr mehr?“

Alle drei schüttelten die Köpfe. Einer sagte: „Seien Sie uns nicht böse, Herr Kommissar. Die kamen hier rein gestürmt, schrien ‚Attacke!‘. Als dann der mit der Mütze anrief, da wussten wir, dass das ganz brutale Schläger sind. Sie müssen uns verstehen, Herr Kommissar, wir wollten die nicht provozieren und haben weggeguckt.“

„Na, schön“, sagte Brenner. „Dann nehmen Sie alle sich bitte für morgen nichts vor. Wir malen ein bisschen und unterhalten uns nett. Wir sind aber erst zufrieden, wenn wir zwei schöne Bildchen haben. Wo das Bochumer Präsidium ist, wissen Sie. Elf Uhr. Ich lasse Ihnen ein Kärtchen hier.“

Brenner zog eine Visitenkarte und knallte sie auf die Theke. Wortlos verschwand er nach draußen.

Rogalla folgte ihm und meinte: „Warum so gereizt? Du solltest deinen Tabak wieder am Kiosk kaufen!“

25

Scheiße, das ist die Marlene Dücker, dachte Bodo, als eine energische Frau in den späten Dreißigern die Polizeiwache betrat. Es war ein ganz gewöhnlicher Donnerstagnachmittag. Er hatte sich gerade einen Bürostuhl zurechtgestellt, so dass er seine Storchenbeine darauf ablegen konnte. Beim Versuch, eine dienstlich angemessene Sitzposition einzunehmen, blieb er mit dem Absatz im Futter des Stuhls hängen und hatte Mühe, sich aus der selbst gestellten Falle zu befreien.

Harry konnte ihm jetzt auch nicht helfen, der war auf der Toilette. Dort war er immer, wenn man ihn brauchte. Die Frau war groß, trug ein etwas zu straff sitzendes, helles Kostüm und Schuhe mit flachen Absätzen. Ihre Haare waren mit zwei Kämmen hochgesteckt, eine Hornbrille mit dunkelbraunem Rand dominierte das durchaus attraktive Gesicht.

Bodo war der Schreck in alle Glieder gefahren. Er fürchtete, dass der Besuch dieser Dame ihm persönlich galt. Ihre Bekanntschaft lag weit zurück. Auf der Realschule waren Marlene und er in dieselbe Klasse gegangen. Sie hatten sich als Jugendliche sogar einmal näher gestanden, nichts Ernstes, völlig unschuldig, waren miteinander gegangen, wie man damals sagte. Badeanstalt und öfter mal ins Kino, aber dort nicht in die letzte Reihe; das ging nicht, weil Marlene kurzsichtig war. Einmal hatte Bodo im Kino trotzdem versucht, ihr an die Bluse zu gehen. Aber da hatte sie ihm dermaßen auf die Finger gehauen, dass er es nie wieder probierte. Allerdings hatte er sich vor seinen Kumpels damit gebrüstet, er würde sie regelmäßig flachlegen, zweimal die Woche sei das mindeste, wovon er berichten könne. Diese Einlassung war wiederum Marlene zu Ohren gekommen.

Das war natürlich das Ende vom Lied. Sie hatte ihn fallen gelassen wie eine heiße Kartoffel. Und sie hatte ihn auch noch vor der ganzen Klasse bloßgestellt. Ob er glaubte, sie würde sich mit kleinen Jungen abgeben? Er sollte sich doch mal im Spiegel ansehen, so ein Spargeltarzan wie er glaubte doch wahrscheinlich noch an den Klapperstorch. Der ganze Haufen hatte auf dem Klassenboden gelegen vor Freude. Das war eine schwere Stunde für ihn gewesen.

Später war man sich hier und da zwangsläufig über den Weg gelaufen, Herne war ja eigentlich ein Dorf. Aber wenn Bodo seine alte Perle irgendwo getroffen hatte, dann spürte er, dass da ein bitterer Nachgeschmack geblieben war. Eine Zeit lang hatte er sich mit dem Gedanken getröstet, sie sei wahrscheinlich im Grunde ihres Herzens eine Lesbe, aber sie war heute mit einem stattlichen Kerl verheiratet und hatte mehrere Kinder. Jetzt stand sie vor dem Tresen an der Polizeiwache in Wanne-Eickel. Sie gaben sich die Hand, Marlene schien sich sogar ein bisschen zu freuen.

„Siehst du", sagte sie, „habe ich mir doch gleich gedacht, dass ich dich hier antreffe. Wüsste auch gar nicht, ob ich die Sache einem andern erzählen könnte."

„Was denn? Hast du was angestellt?" fragte Bodo.

„Nee, natürlich nicht. Bin noch immer so anständig wie damals."

Jetzt auf einmal eine anzügliche Bemerkung. Das war wohl das Alter, anders konnte Bodo sich das nicht erklären. Er lächelte gehorsam und schwieg erst einmal. Sollte sie doch einfach sagen, was sie wollte. Vielleicht war es was Berufliches. Oder sie hatte wieder einem Verehrer zu kräftig auf die Finger gehauen. Das war ja ihre Spezialität. Vielleicht hatte sie einem zudringlichen Mitarbeiter sogar ein paar Knochen gebrochen. Marlene arbeitete auf der Geschäftsstelle der ‚Westdeutschen Allgemeinen', die nur ein paar Hausnummern weiter lag. Dort war sie irgendwie zuständig für Inserate und alles, was damit zusammenhing.

„Wir haben heute so eine komische Anzeige gekriegt, auf der Geschäftsstelle", sagte sie.

„Die hat so'n Schalker aufgegeben. Ich hab mir erst nichts dabei gedacht. Der hat auch gleich bezahlt, das war alles in Ordnung."

„Also, Marlene, wo liegt das Problem?" fragte Bodo und versuchte, einen Beamtenton aufzusetzen, der ihr imponieren würde.

„Da ist doch dieser Junge umgebracht worden, am Kanal, an der Schleuse. Hieß der nicht Michael?"

„Ja, das ist korrekt", sagte Bodo, glücklich, dass er sich auf sicherem Terrain bewegen durfte. „Der hieß Michael, Nachname Bölling."

„War das ein Fußballer?"

„Weiß ich nicht. Aber jetzt sag mal, was mit diesem Schalker los war und was der für eine Anzeige aufgeben wollte."

„Die war so merkwürdig. Irgendwie war das eine Todesanzeige, aber dann auch wieder nicht. Als ob sich jemand entschuldigen wollte."

„Was stand denn drin?"

„Erstmal sah es aus wie eine normale Todesanzeige. Aber der Text war anders als sonst. Oben ganz groß der Name, also Michael, nur der Vorname. Und darunter stand diese Botschaft, die ich nicht verstanden habe. Ich hab sie für dich kopiert."

Sie überreichte Bodo einen Zettel, auf dem der Text zu lesen war:

Michael
Das haben wir nicht gewollt
Du warst doch einer von uns
Aber auch da
Wo du jetzt bist
Halten die
Cranger Knappen
Zusammen

„Seltsam", sagte Bodo.

„Fand ich auch. Das sollte in der Anzeige stehen. Und drum herum dieser schwarze Rand, wie bei einer richtigen Todesanzeige."

„Was war das für einer, der sie aufgegeben hat?"

„Wie gesagt, ein ganz komischer Kerl. Ich dachte erst, das ist ein Verrückter, so vermummt wie der aussah, Schlägermütze und Schalke-Schal, dreimal um den Hals gewickelt. Also, das konnte nur ein Bekloppter sein."

„Und da sind dir Bedenken gekommen? Nur wegen dem Schalke-Schal?"

„Quatsch, weil der Name Michael auftauchte. Und außerdem – so eine Anzeige hat es bei uns überhaupt noch nicht gegeben! "

„Hast du den Mann gefragt, ob das der ermordete Junge wäre, dieser Michael?"

„Nein, natürlich nicht!"

„Der hat also nicht mitgekriegt, dass du dachtest, die Anzeige hätte was mit dem Mord an Michael Bölling zu tun?"

„Nein. Der war ja schon wieder draußen, als ich anfing, darüber nachzudenken. Da war der schon über alle Berge, hatte bezahlt und wieder raus aus der Tür. Vielleicht ist ja auch mit dem alles in Ordnung. Das weiß ich nicht. Gibt ja solche Kappsköppe, gerade unter den Schalkern."

„Sag das nicht so laut, die ganze Wache hier marschiert bei jedem Heimspiel auf Schalke. Die nehmen dich gleich in Schutzhaft."

„Die sollen sich nur an mir vergreifen! Du kennst mich! Aber jetzt mach mal einen konstruktiven Vorschlag! Was können wir denn tun? Du bist doch der Polizist! Oder glaubst du, ich rede Blödsinn?"

„Das würde mir nicht im Traum einfallen! Warte mal. Ich rufe die Kollegen von der Kripo in Bochum an. Das mit diesem Michael, das ist deren Fall. Die sollen sich damit rumschlagen."

„Rumschlagen ist gut!" sagte Marlene.

Aber Bodo hörte nicht mehr zu. Er wühlte in seiner Tasche herum, machte sich dann am Telefon zu schaffen, fand aber nicht, was er suchte. Wahrscheinlich eine Handynummer.

„Einen Moment mal", sagte er, „bin gleich wieder da."

Derweil starrte Marlene gebannt auf ein Poster an der Wand. Darauf waren Fotos abgebildet von Kriminellen, die immer noch dummerweise frei herumliefen. Sie kannte keinen von ihnen, obwohl einer ein bisschen so aussah wie ihr Onkel Willi. Der hatte auch einen Dachschaden wie dieser Verrückte heute auf der Geschäftsstelle. Aber Onkel Willi gab keine Anzeigen auf, der züchtete im Hinterhaus Kaninchen.

Als Bodo zurückkam, lächelte er milde. Wenigstens konnte er ihr heute mal einen auswischen, ein bisschen zurückzahlen von dem, was sie ihm angetan hatte. Denn eins war klar, so schnell würde die hier nicht wieder wegkommen. Das konnte dauern. Und ihr Alter musste sich heute sein Abendessen selber machen. Das hatte sie nun davon, wenn sie sich so wichtig nahm mit ihrem beschissenen Anzeigenjob bei der WAZ.

„Hab gerade mit der Kripo in Bochum gesprochen. Die wollen dich kennen lernen, schicken gleich einen rüber. Sagen, es wäre ganz wichtig. Du musst also noch ein bisschen hier bleiben. Vielleicht nehmen die dich auch mit nach Bochum."

Marlene schien das gar nicht zu stören. Als ob sie wusste, dass er sich über sie ärgern würde, warf sie ihm einen triumphierenden Blick zu, setzte sich mitten auf die Bank am Eingang des Raumes und fragte ihren ehemaligen Mitschüler: „Hast du wenigstens mal eine Tasse Kaffee? Bei Kommissar Wallander gibt's auch immer Kaffee!"

26

„Sah er eher so aus oder so?" fragte Brenner Marlene Dücker. Der Kommissar hatte ihr zwei Phantombilder vorgelegt. Die waren am Vormittag entstanden. Alle vier aus ‚Bernis Stube' waren brav erschienen. Ein Spezialist vom LKA war angerückt und hatte auf seinem Laptop gezaubert.

Die Frau sah sich die Ausdrucke an, schüttelte den Kopf. „Ich weiß nicht. Der war doch bis zur Nase in den Schal gewickelt. Vielleicht war der erkältet. Gesprochen hat er auch ganz wenig. Genuschelt hat er wie einer, der gerade vom Zahnarzt kommt. Der hat auch seine Stimme verstellt."

„Und die Größe? Die wissen Sie doch hoffentlich. Wenigstens ungefähr."

„Weiß nicht", sagte Marlene. „In so was bin ich ganz schlecht. Ich nehme Anzeigen entgegen, muss die Leute doch nicht wiegen oder vermessen."

„Natürlich nicht, Frau Dücker. Aber so einen kleinen optischen Eindruck bekommt man doch mit. Oder?"

„Na, ja. Ein Meter siebzig. So ungefähr. Vielleicht ein bisschen weniger, vielleicht ein bisschen mehr. Aber eins achtzig nicht und eins sechzig auch nicht. Von den beiden hier, glaub' ich, war das keiner."

„Und das Alter?"

„Ich weiß es nicht."

„Schätzungsweise. Wenigstens in einem groben Intervall.

Sagen Sie aber bitte nicht: zwischen fünfzehn und fünfzig."

Marlene Dücker war verstimmt. Sie sah Brenner vorwurfsvoll an und sagte: „Bin ich denn hier in einem Verhör. Ich wollte doch nur helfen. Ich weiß es nicht. Ich kann nur sagen, der war vermummt und hat seine Stimme verstellt."

„Ist gut", brummte Brenner und wandte sich an Rogalla. „Wenn wir den finden wollen, müssen wir halb Schalke verhaften. Ein Meter siebzig, blaue Kappe, Schalkeschal, blauer Anorak, Jeans."

„Habe ich Ihnen denn überhaupt nicht helfen können?" wandte sich die Frau an Rogalla.

„Doch, doch", sagte der. „Sehr sogar. Es war gut, dass Sie zur Herner Wache gegangen sind wegen der Anzeige. Wir haben jetzt eine wichtige Spur."

Marlene strahlte wieder, drehte Brenner demonstrativ den Rücken zu und fragte Rogalla: „Ist eine Belohnung ausgeschrieben?"

„Noch nicht, Frau Dücker. Warten Sie's ab. Für heute jedenfalls war es das. Sie hören bestimmt noch von uns."

Er nickte ihr freundlich zu, stand auf, ging zur Tür. Marlene Dücker folgte ihm, ohne sich von Brenner zu verabschieden.

„Was hältst du von der Geschichte?" fragte Brenner seinen Kollegen anschließend.

„Diese Anzeige ist schon merkwürdig. ‚Michael, das haben wir nicht gewollt.' Ein Schalker gibt diese Anzeige auf. Cranger Knappen."

„Ich habe auch keine Erklärung. Nur eine einzige, vage", entgegnete Rogalla. „Michael hat dazugehört, vielleicht wollten die nach dem Spiel gemeinsam was unternehmen, es hat Krach in der Truppe gegeben. Und dann haben sie ihn allein ziehen lassen und fühlen sich jetzt mitschuldig."

Es klopfte kurz an der Tür, und dann trat, ohne eine Aufforderung abzuwarten, der Leiter der Spurensicherung ein. Er hielt zwei Tickets in der Hand und legte sie dem Kommissar vor.

„Der Hunold hat beide Spiele besucht", sagte er. „Das in Bochum und das auf Schalke. Und das hier wird euch auch interessieren."

Er überreichte Brenner ein kleines Heft, das etwa die Größe eines Reisepasses hatte.

„Das ist von der Segelschule am Kemnader See. Da werden die einzelnen Stunden bis zur Abschlussprüfung abgestempelt. Hunold hat zwölf Stunden hinter sich. Die letzte am Sonntag, dem 24. August, um 11Uhr. An dem Tag war auch Materka am See.

„Dann haben wir ihn ja", sagte Rogalla, stand auf und ging zu seinem Mantel.

„Langsam!" hielt Brenner ihn auf. „Da ist noch gar nichts bewiesen. Hunold ist vormittags am See. Später ist er beim Spiel des VfL Bochum. Materka ist aber erst nach dem Spiel zum Kemnader See gefahren."

„Na und?" wandte Rogalla ein. „Hunold kann nach dem Spiel ja noch mal zum See gekommen sein. Wollte sich um seine Jolle kümmern oder einen kleinen Abendtörn unternehmen."

„Möglich", meinte Brenner. „Aber Hunold läuft uns nicht weg. Erst werden noch die Phantombilder an die Presse weitergereicht. Die zehn Minuten haben wir noch."

27

Hunold lag still da und starrte an die Decke. Jeder Atemzug tat weh und war wie ein Stich. Überhaupt konnte er an seinem Körper nicht mehr unterscheiden, wo der Schmerz begann und wo er aufhörte. Drehte er den Kopf ein wenig nach rechts, blickte er auf das Infusionsgerät. Tropfen lösten sich dort monoton, liefen durch einen Schlauch in den Handrücken.

„Sie haben noch mal Glück im Unglück gehabt", hatte ihm der Arzt gesagt. „Hätte schlimmer kommen können. Vor allem mit der Milz. Kleiner Anriss nur. Werden Sie überstehen. Die beiden Rippen, na ja, das tut weh. Ich weiß. Aber das können Sie auch zu Hause auskurieren. Und die Kopfschmerzen gehen auch bald weg. In einer Woche sind Sie raus."

„Glück im Unglück". Hunold verzog den Mund. So einer wie er hatte nie Glück. Hatte man einmal in die Scheiße gegriffen, hing man daran fest, lebenslang. Da kam kein Glück mehr. Einmal rausgefallen aus der gesellschaftlichen Ordnung, kam man nicht mehr rein. Er jedenfalls nicht. Einem wie ihm gelang nichts mehr.

Jetzt wollten sie ihn ins Gefängnis stecken. Die Weltumseglung konnte er streichen. Jetzt kam es noch schlimmer, als es schon vorher war.

Eine Weile lag er noch ganz still, starrte an die Decke, bewegte ab und zu die Lippen. Dann verzog er das Gesicht, krümmte den Rücken, schob erst das rechte Bein, dann das linke über den Bettrand, gebrauchte die Hände als Stütze und saß schließlich aufrecht auf der Kante. Er zog die Infusionsnadel heraus, ließ sie achtlos über dem Boden hängen, versuchte vorsichtig die ersten Schritte durch den Raum.

Am Schrank öffnete er die Tür, war erleichtert, als er unten das gefaltete Kleiderbündel sah und auch die Schuhe. Der Anorak hing über einem Bügel. Als er die Kleidung überprüfte, bemerkte er, dass sie mit Blut und Schmutz verfleckt war. Aber das war ihm jetzt egal. Er musste nur sehen, dass er unbemerkt aus dem Krankenhaus kam. Bis zum Taxistand würde er es schaffen.

Hunold durchwühlte seine Hose, fand hinten in der Tasche das Portemonnaie, öffnete es, sah erleichtert den Zehner, den einzigen, der drin steckte. Aber wie kam er mit dem Gipsarm in den Anorak? Er musste versuchen, sich ihn umzuhängen, draußen die Kapuze über den Kopfverband streifen. Mit der Hose würde er klarkommen. Auch mit den Schuhen. Das Hemd war überflüssig, ebenso die Strümpfe. Schweiß trat ihm auf die Stirn. Er wischte ihn mit der linken Hand ab, erlaubte sich nur kurze, rasche Atemzüge. Die taten weh genug, und er hechelte wie ein Hund. Mehr vor Aufregung als vor Anstrengung. Schließlich hatte er es geschafft, den Anorak überzustreifen. Beim Versuch, den Reißverschluss hochzuziehen, scheiterte er. Hunold ließ es, raffte die Säume mit der linken Hand zusammen, so dass man seine bandagierte Brust nicht mehr sehen konnte.

Vorsichtig öffnete er die Tür, lauschte, blickte nach links, nach rechts. Da war niemand. Ohne zur Seite zu sehen ging Hunold durch den Flur, hielt den Kopf gesenkt, nahm die Treppe, verharrte dort einmal, schloss die Augen, versuchte durchzuatmen, nahm dann auch die letzten Stufen. Als er sich der Pförtnerloge näherte, stellte er erleichtert fest, dass es keine Fragen geben würde. Der Pförtner hatte ihm den Rücken zugedreht, verfolgte auf dem Fernsehschirm irgendeinen Film.

Als Hunold nach draußen trat, sah er, dass es regnete. Er streifte sich die Kapuze über, grinste. Er hatte den Vorsprung gewonnen, den er brauchte.

28

Brenner stand am Fenster, starrte hinaus und schüttelte ab und zu kaum merklich den Kopf. Die Szene, die sich den Kommissaren beim Betreten von Hunolds Zimmer geboten hatte, war nicht zu missdeuten. Der Schlauch mit der Infusionsnadel hing über dem Boden, tropfte noch. Eine Lache hatte sich gebildet, vergrößerte sich. Es konnte höchstens zehn Minuten her sein, dass Hunold sich verabschiedet hatte. Die Schranktür stand offen. Innen nur ein Hemd und ein Paar Socken. Sonst nichts.

Rogalla hatte wütend reagiert, geschimpft: „Das Schwein ist abgehauen!" Und dann hatte er dieses „Siehst du!" hinzugefügt, das nichts anderes als ein Vorwurf war, weil sein Kollege an Hunolds Schuld gezweifelt und gemeint hatte, so eilig sei es nicht. Sie waren eher gemütlich zum St. Anna gefahren.

„Und jetzt?" knurrte er den Kollegen an.

Brenner reagierte nicht sofort. Aber dann riss er sich plötzlich aus seiner merkwürdigen Lethargie und antwortete: „Weit ist er nicht und weit kommt er nicht", sagte er mit einem Blick auf die noch tropfende Infusionsnadel. „Wahrscheinlich ist er unterwegs zu seiner Wohnung, und dort wird er auch empfangen werden."

„Von wem?"

„Von uns."

Rogalla schob die Augenbrauen hoch. „Und wenn der ganz woanders untertaucht?"

„Wo denn? In dem Zustand! Dass der überhaupt aus dem Bett steigen konnte, ist schon ein Wunder. Also, beruhige dich! Komm! Die Stationsschwester oder den Arzt können wir uns schenken. Die merken sowieso, was los ist.“

Die beiden Kommissare verließen das Zimmer, eilten durch den Gang, dann die Treppe hinunter. An der Pförtnerloge stoppte Brenner, klopfte ungeduldig an die Scheibe.

„Machen Sie schon!“ fuhr er den Pförtner an, der sich nur unwillig vom Fernseher wegdrehte.

Der Mann erhob sich umständlich, kam mit vorgestrecktem Kopf an die Scheibe, aber ehe er noch etwas sagen konnte, hatte Brenner ihm den Ausweis vor die Nase gehalten.

„Hat jemand das Krankenhaus verlassen, ein Mann, so vor zehn Minuten oder zwanzig, vielleicht auch einer halben Stunde. Verband um den Kopf, Verletzungen im Gesicht, Arm in Gips?“

Der Pförtner schüttelte den Kopf. „Nein, da war niemand. Die Besuchszeiten sind schon vorbei.“

Sie hatten das Signallicht aufgepflanzt. Brenner fuhr.

„Glaubst du es wenigstens jetzt?“ fragte Rogalla.

„Die Flucht ist zumindest das Eingeständnis seiner Verwicklung.“

„Verwicklung!“ stieß Rogalla verächtlich hervor. „Verwicklung. Der hat den Jungen auf dem Gewissen, und uns hat er Theater vorgespielt.“

Brenner schwieg, konzentrierte sich auf den Verkehr. Sie jagten auf der Rottstraße Richtung Horsthausen, wo Hunold wohnte. Vor dem Haus in der Lützowstraße stoppten sie, sprangen aus dem Wagen, klingelten Sturm bei Sawatzki. Nach einer geraumen, den Kommissaren ewig erscheinenden Weile hörten sie Schimpfen auf dem Flur. Noch bevor die Tür ganz geöffnet war, fuhr den Kommissaren ein wütendes „Noch ganz dicht!?“ entgegen, und dann stand die Sawatzki für eine Sekunde drohend vor ihnen, duckte sich jedoch etwas, als sie sah, wer da so stürmisch geklingelt hatte. Rogalla schob sie wortlos beiseite, eilte in den Flur. Brenner folgte. In der Küche war niemand. In dem gegenüberliegenden Schlafzimmer auch nicht. Das Siegel an Hunolds Wohnungstür war unverletzt. Das Treppenhaus lag gespenstisch leer, und im Keller stolperten sie nur über Müll.

29

Rogalla saß mit Karin Sawatzki in der Küche und versuchte, die Frau zu beruhigen, die sich über das ungefragte Eindringen beschwert hatte.

„Wir können keine langen Anträge schreiben. Es ist auch in Ihrem Interesse. Sie wollen doch nicht mit einem Mörder zusammenwohnen."

Brenner kam zurück. Er war draußen gewesen, hatte telefoniert, Hunold zur Fahndung ausschreiben lassen und Kollegen zur Durchsuchung aller Wohnungen im Haus angefordert.

„Wo könnte der Hunold sich verstecken?" fragte er. „Hat er Freunde, Bekannte? Hier in der Nähe?"

Karin Sawatzki schüttelte den Kopf. „Nee, richtig befreundet ist der mit keinem. Weiß ich, wo der hingeht? Wahrscheinlich hängt der in irgendeiner Kneipe rum und besäuft sich erst mal."

„Das macht er bestimmt nicht", widersprach Rogalla. „So einer haut nicht ab, um sich an der nächsten Theke fangen zu lassen. Was wissen Sie? Wenn Sie uns etwas verschweigen, hängen Sie mit drin, dann tauschen Sie ihre Küche gegen ein vergittertes Zimmerchen. Also?"

Karin Sawatzki ließ sich nicht beeindrucken. Sie sah Rogalla verächtlich an, schwieg, und ihr Blick war beredt genug, um zu vermuten, dass sie gerne „blöder Bulle" gesagt hätte.

„Wahrscheinlich weiß die dumme Kuh wirklich nichts", meinte Rogalla, als sie wieder im Wagen saßen. Sie waren ein paar Meter weiter gefahren, bis zu einem türkischen Kiosk an der Ecke, parkten dort, hatten den Eingang zum Haus der Sawatzki im Blick, warteten auf die Kollegen.

Brenner schüttelte den Kopf. „Ich war mir sicher, dass der hierher kommt. Wohin sonst? In seinem Zustand! Kohle hat der auch nicht. Der ist auf Hilfe angewiesen."

„Fragt sich nur, von wem. Du hast den Kerl unterschätzt, hast ja fast Mitleid mit ihm gehabt."

„Ach was!“ Brenner begann mit den Fingern auf dem Lenkrad herumzutrommeln. „Mitleid, Mitleid. Natürlich nicht. Ich habe ihm das einfach nicht zugetraut. Ich hatte ein ganz anderes Bild vom Täter im Kopf.“

„Dann hast du es hoffentlich jetzt ausgetauscht.“

Die Kollegen kamen. Brenner gab die Anweisung, das Haus zu durchsuchen. Jede Wohnung, den Keller noch einmal, den Hinterhof, jeden Winkel, jedes mögliche Versteck. Aber weder er noch Rogalla glaubten ernsthaft daran, dass Hunold sich im Haus aufhielt. Vielleicht würde er warten, am nächsten Tag kommen. Man würde das Haus beobachten und er säße in der Falle. Aber auch daran zweifelten sie jetzt, und Brenner räumte ein, sich in Hunold getäuscht zu haben. Der hatte den Hilflosen gespielt, den Erschrockenen und war in Wirklichkeit eiskalt und gefährlich.

*

Diese Vermutung verdichtete sich mehr und mehr zur Gewissheit. Sie fanden Hunold nicht. Es gab keine Spur. Brenner nahm den vorwurfsvollen Blick des Polizeipräsidenten kommentarlos hin, vergrub sich in Täterprofile, wälzte Akten zu Serientaten, las sich durch ein Pandämonium der Scheußlichkeiten und kehrte immer wieder zu der Vorstellung zurück, wie sich Hunold über sein Opfer beugte und ihm die Zunge herausschnitt. Genau da hatte er ihn offensichtlich unterschätzt, geglaubt, dass der nie und nimmer dazu fähig wäre.

30

Odin musterte die mittelalterlichen Umhänge, die er in seinem Schrank verwahrte und die dort eine besondere Abteilung bildeten. Zweiundzwanzig waren im Laufe der Zeit zusammengekommen. Alle waren schwarz, hatten aber unterschiedliche Stoffe und Schnittmuster. Einige waren aus Baumwolle oder Hanf, andere aus Filz, einer, ein ganz besonderer, aus Kaschmirwolle. Es gab Umhänge mit Kapuze und ohne Kapuze, mit oder ohne Kragen, mit einer silbernen Schnalle, um sie oben am Hals zu schließen und eine ganze Reihe ohne jedes schmückende Beiwerk. Odin hatte diese Umhänge im Internet bestellt, in Läden, die auf Mittelalterliches und Gothic spezialisiert waren. Manche der Kleidungsstücke stammten auch von mittelalterlichen Märkten. Die waren dort, wo Ritterturniere durchgeführt wurden, die er gerne und häufig besuchte. Dafür nahm er mit seinem VW-Bus manche Reisestrecke auf sich.

Alle diese Umhänge, so unterschiedlich sie auch in Schnitt und Stoff sein mochten, hatten eins gemeinsam. Oben am rechten Ärmel war eine Sichel aufgestickt, in Gold. Diese Farbe war sein Vorrecht. Die anderen aus der Truppe hatten rote Sicheln. Nicht auf mittelalterlichen Umhängen – die durfte nur Odin tragen – sondern auf olivgrünen Pullovern oder, wenn sie wollten, auf irgendwelchen Hemden.

Die Sichel in Gold war das Zeichen der Druiden. Nur sie durften mit goldenen Sicheln Misteln schneiden. Überhaupt war die Sichel ein kosmisches Symbol. Sie stellte die Sonne dar und den Mond, sie kam in der Apokalypse vor, wenn die Welt abgeerntet wurde, und sie tauchte in Sagen auf, wenn plötzlich jemand vor einem stand und einem in der Mittagsstunde den Kopf abschnitt, weil man eine Frage nicht richtig zu beantworten wusste.

Odin lebte in seiner eigenen Welt. Das Philosophiestudium hatte er an den Nagel gehängt, nicht aus intellektuellem Unvermögen, sondern aus Überzeugung. Die Welt war nicht rational zu erklären, sondern magisch. Mythen und germanische Göttersagen bedeuteten ihm mehr als Descartes' platte Einsicht ‚Ich denke, also bin ich.' Man war nicht, weil man dachte, sondern weil es immer noch die alten Götter gab, die einen hielten und insgeheim Einfluss übten.

Ein Studium einfach abzubrechen, konnte er sich leisten. Mit 35 Jahren wohnte er noch zu Hause, war Einzelkind. Er konnte sich nicht daran erinnern, dass ihm die Eltern jemals einen Wunsch abgeschlagen hätten. Der Vater verdiente sein Geld zwar mit Nichtswürdigkeiten, und er verachtete ihn dafür, aber die Scheine, die ihm in beliebiger Höhe zugesteckt wurden, nahm er trotzdem, musste sie auch nehmen, verdrängte allerdings ihre Herkunft. Der Vater hatte ein Imperium für Handyhüllen aufgebaut, besaß ein Monopol, das durch ein Geflecht scheinbar selbständiger osteuropäischer Firmen getarnt war. Was das Geld betraf, hielt Odin sich an den Spruch, dass es nicht stinkt. Wichtig war nur, dass man es für geheiligte Zwecke einsetzte. Und so ein Zweck war das Ritual, mit dem man Macht ausüben, Beistand leisten konnte. Beistand hatte der Verein, für den Odin schwärmte, bitter nötig. Die Fans waren beim Fußball der berühmte zwölfte Mann. Und wenn man beim gegnerischen Verein diesen zwölften Mann lähmte, ihm die Zunge raubte, half man der eigenen Mannschaft. Zwar hatte Odin selbst noch nie gegen einen Ball getreten, aber das Spiel, das die Massen elektrisierte, faszinierte auch ihn.

Unter den Fußballfans aber, vor allem bei den Ultras, fand er den einen oder anderen, der ihm begeistert folgte. Dass manche von denen nicht gerade dem hellsten Bereich der Menschheit entstammten, war ihm nur recht. So war er sich bei dem kleinen Kreis seiner Anhänger der Gefolgschaft sicher, konnte sie beherrschen. Dabei half auch das Geld. Denn seine Anhänger kamen aus einer Schicht, wo es an Münzen und Scheinen stets mangelte.

Odin holte den schwarzen Kaschmir-Umhang aus dem Schrank, legte sich das mittelalterliche Gewand um die Schulter, schloss oben am Hals die silberne Schnalle. Der Umhang war ohne Kragen und auch ohne Kapuze. Er merkte, wie sich sein Körper straffte und die Schultern noch breiter wurden.

31

Die Sache mit Michaels Handy war Rogalla nicht aus dem Kopf gegangen. Er hatte sich bei Monika erkundigt, sich noch einmal versichert, dass der Junge tatsächlich das Handy mit sich gehabt und auch nicht die Telefonnummer gewechselt hatte. Zum Glück war es noch dieselbe. Die Ziffern, die auf die Vorwahl folgten, hatte Michael selbst ausgewählt: 2731986. Sie gaben die Geburtsdaten des Schalker Torwarts an. Rogalla hatte die Experten seiner Dienststelle darauf angesetzt und über den Handy-Anbieter herausbekommen, dass von Michaels Apparat nach seinem Tod noch mehrmals telefoniert worden war. In zwei Fällen war dieselbe Handynummer angerufen worden. Einzelverbindungen konnten nachgewiesen werden.

Jetzt hatte er zumindest einen Ansatz. Die Folge der Recherche war, dass auf seinem Schreibtisch ein Zettel mit einem Namen und der zugehörigen Adresse lag. Hildegard Polzenberg aus Gelsenkirchen war die Besitzerin des Handys, wohnhaft in der Reckfeldstraße im Stadtteil Bismarck. Das war der Stadtteil, in dem einst das Schalker Fußballidol Berni Klodt aufgewachsen war. Rogalla wusste, wo das war. Wenn man auf der A 42, dem Emscherschnellweg, nach Oberhausen oder nach Duisburg wollte, fuhr man genau dort vorbei.

Brenner kam spät vom Mittagessen zurück. Rogalla erklärte ihm, was er rausbekommen hatte, aber dem Kollegen schien die Sache irgendwie lästig. Er hatte keine rechte Lust, sagte, das könnten auch die Gelsenkirchener übernehmen. Oder die Kumpels aus Wanne-Eickel, die den Hunold gefunden hatten. Die machten ja sonst nichts Gescheites. Und außerdem glaubte er wohl immer noch, dass die Spuren, die von Hunold ausgingen, sowieso nichts erbrachten.

Schließlich aber hatte Brenner sich überreden lassen, und jetzt verließen sie die Autobahn am Abzweig Gelsenkirchen-Bismarck. Die Reckfeldstraße hatte nichts Besonderes, sie ähnelte Tausenden anderer Straßen im Ruhrgebiet, ohne dass man auf Anhieb hätte sagen können, warum. Sechs Familien wohnten in dem Haus, das aus den fünfziger Jahren stammte und so langweilig aussah wie seine Nachbarn links und rechts. Nur drei Schilder konnte man entziffern, davon war der Name Polzenberg der einzige in deutscher Sprache.

Der Türsummer verschaffte den Kommissaren Zutritt ins Haus. Im ersten Stock wurde die Wohnungstür nur einen Spalt breit geöffnet. Eine Kette hing davor. Es roch nach Bratwurst und Sauerkraut.

„Wat is?“ fragte eine rostige Frauenstimme.

„Frau Polzenberg?“

„Wer will dat wissen?“

„Wir sind die Polizei. Kripo in Bochum. Wir möchten Sie gern sprechen", sagte Rogalla, während Brenner sich im Hintergrund hielt.

„Hamm'se auch ne Visitenkarte, also, Sie wissen schon?"

„Hier ist mein Ausweis. Rogalla, mein Name. Und hinter mir, das ist der Kollege Brenner."

Geräuschvoll wurde die Tür entriegelt und geöffnet. Die Dünste aus der Küche steigerten sich. Aus dem Hintergrund drang Kindergeschrei.

„Ich bin Hildegard Polzenberg. Wat is gezz schon wieder los? Meinen Mann brauchen Sie hier gar nicht suchen. Der ist schon vor einem Jahr über alle Berge."

Frau Polzenberg war ein Prachtexemplar. Rogalla fragte sich, wie sie normalerweise durch die Tür passte, wahrscheinlich quer, aber das war auch nicht einfach, denn dem quadratischen Gesäß entsprachen weiter oben derartig wuchtige Titten, dass der im Ruhrpott so oft strapazierte Vergleich zwischen einem Büstenhalter und zwei Hauszelten hier zu passen schien. Auch die Beine waren nicht von schlechten Eltern, Sauerkrautstampfer sagte man dazu, was wiederum im Einklang stand mit der heutigen Menükarte. Vielleicht gab es in dieser Familie ja immer Sauerkraut, dachte Rogalla. Das Gesicht der Frau war sogar mal hübsch gewesen, zeigte aber Spuren, die das Leben hinterlassen hatte. Sie mochte Anfang fünfzig sein. Um die Haare hatte sie ein Tuch gebunden, wohl um nicht zu viel von dem Küchenmief auf die Kopfhaut dringen zu lassen. Gegessen wurde hier um die Zeit, wenn andere Kaffee tranken.

„Sie haben ein Handy?" mischte sich Brenner ein. Wahrscheinlich wollte er so schnell wie möglich wieder raus aus der Wohnung, insbesondere raus aus der Küche, in die sie Frau Polzenberg gefolgt waren.

„Ja, sicher habbich ein Handy! Is dat verboten?"

„Nein, natürlich nicht."

„Also, wat wolln Sie?"

„Sie sind am Dienstag auf dem Handy angerufen worden. Wir möchten wissen, von wem."

„Am Dienstag? Am Handy? Woher soll ich dat wissen? Mein

Sohn schleppt dat Dingen immer mit sich rum. Und ich kann nachher die Rechnung bezahlen."

Sie trat auf den Flur und rief durch die Wohnung: „Sascha, hier is Kundschaft für dich. Da hat einer angerufen, auf dat Handy."

„Wer sagt das?" erklang es von hinten.

„Hier is Polente im Haus. Die Bullen."

„Komme gleich! Bin auf'n Pott."

Sie warteten. Frau Polzenberg machte sich am Herd zu schaffen, fragte, ob sie was trinken wollten, einen Kaffee vielleicht. Oder ein Bier. Sie hätte noch genug im Kühlschrank. Und was sie denn überhaupt von ihrem Sascha wollten. Der könnte doch keiner Fliege was zuleide tun. Dann hörten sie Geräusche in der Toilettengegend und ein Junge, der etwa zehn Jahre alt sein mochte, kam angelaufen: „Mama, der Sascha ist aus'n Fenster gefallen. Jetzt liegt er unten und kann nicht mehr."

In wenigen Sekunden waren die Kommissare im rückwärtigen Hof des Hauses. Da lag ein bärtiger junger Mann, dessen lange Beine seltsam verdreht aus seinem Körper herausragten. Sein rechtes Bein blutete, und er wimmerte leise vor sich hin. Ein paar Kinder, die dort gespielt hatten, standen um ihn herum.

„Sascha Polzenberg?" fragte Rogalla, der sich wunderte, dass eine dicke Mama so einen dünnen Sohn hatte.

Der junge Mann nickte mürrisch und zugleich vorwurfsvoll, als ob Rogalla ihn aus dem Fenster gestoßen hätte. Er versuchte, sich zu bewegen, was ihm offensichtlich weh tat. Als Rogalla ihm unter den Arm griff, um ihn hochzuziehen, stöhnte er laut auf und sackte wieder in sich zusammen.

„Können Sie nicht aufstehen?"

Sascha blickte wütend zu ihm rauf, wandte dann den Kopf wieder zurück und murmelte vor sich hin: „Ker, dat seht ihr doch, dat ich nich aufstehn kann. Wie soll dat denn gehn?"

„Wir holen einen Krankenwagen. Mein Kollege hat schon telefoniert."

Sascha stöhnte wieder, schien etwas sagen zu wollen, biss dann aber auf seine Lippen und schwieg. Er drehte den Kopf weg und starrte auf den Boden.

„Warum sind Sie aus dem Fenster gesprungen?"

„Ihr wollt mir wat anhängen. Dat is doch sonnenklar. Aber dat zieht bei mir nicht! " sagte Sascha leise, zum Boden gewandt.

„Was wollen wir Ihnen anhängen?"

„Ker, is doch klar! Dat mit dem Michael. Aber dat ist alles Kappes. Michael, dat war doch ein Schalker wie wir auch. Auch der andere wollte uns dat anhängen."

„Welcher andere?"

„Der Prolloarsch mit dem Schäferhund."

„Dann haben Sie und Ihr Kollege den Hunold zusammengeschlagen!"

„Der hat die beschissene Töle auf uns gehetzt, der Pisskopp. Und Knete hat er auch verlangt. Der wollte richtig Asche, dat er nix sagt. Ker, war dat ne Zecke!"

„Dafür haben Sie ihn halbtot geschlagen."

„Wie – halbtot? Der war doch noch voll in Ordnung, wie wir weggingen. Saß nur da, auf seinem fetten Arsch. Direkt anner Mauer."

„Von wegen, in Ordnung! Und seinen Hund haben Sie erschossen. Das ist keine Kleinigkeit."

„Dat war mein Kumpel. Da hab ich nix mit zu tun."

„Wer hat aus der Kneipe angerufen?"

„Dat war auch mein Kumpel. Oder war ich dat? Ker, wir waren voll steif. Sonst wär dat nicht passiert. Tut mir ja leid, mit dem Hund."

„Wir sprechen uns noch", sagte Rogalla und ließ ihn liegen, wo er war.

Fast gleichzeitig fuhren der Kombi des Notarztes und zwei Streifenwagen der Gelsenkirchener Polizei auf den Hof. Brenner klärte die Kollegen auf, erbat sich schnelle Rückmeldung und ein Protokoll der ersten Befragung. Dann fasste er Rogalla unter den Arm, zog ihn beiseite.

„Komm her. Lass uns nach Hause fahren."

„Wieso, das geht doch jetzt erst richtig los!"

„Die waren das nicht. Den Kumpel von dem schnappen sich die Kollegen. Und wegen der schweren Körperverletzung und unerlaubten Waffengebrauchs müssen die beiden sich sowieso verantworten. Aber das mit Michael war jemand anders."

„Woher willst du das wissen?"

„Das passt nicht zusammen. Warum sollten die Schalker sich für verlorene Spiele des VfL Bochum rächen? Übrigens – die Alte hat uns ganz schön an der Nase herumgeführt. Die hat doch genau gewusst, dass der Junge aus dem Fenster springen würde, hat nur nicht geglaubt, dass er dabei auf die Schnauze fällt."

Auf dem Rückweg nach Bochum saß Brenner am Steuer. Rogalla blickte auf seine Uhr. Es war schon halb sechs. Draußen war es grau und kühl. Das nasskalte Wetter spiegelte Rogallas Verfassung. Die Welt erschien ihm als eine verbrecherische Einrichtung, in der er zur Erfolglosigkeit verdammt war. Alle Spuren, denen sie nachgingen, führten ins Leere, und wie zum Hohn ließ auch Hahn, der Präsident, nicht ab von den stummen Vorwürfen in Mimik und Gestik, und ab und zu fiel auch ein spitzes Wort. Brenner schien zu wissen, was in dem Kollegen vorging. Er legte die Hand auf Rogallas Arm und sagte: „Lass es gut sein!"

Aber Rogalla knurrte nur zurück: „Nichts ist gut! Gar nichts!"

32

Die Bundesliga hatte Fahrt aufgenommen. Es war Sonntag, der 30. November 2008, der fünfzehnte Spieltag der Hinrunde. Noch zwei Partien, dann würden sich auch die Spieler des VfL Bochum zum Winterschlaf unter den Tannenbaum zurückziehen und erst im neuen Jahr wieder wach werden, wenn im Trainingslager der Speck runter musste.

Turnusmäßig war Klaus Brenner an der Reihe, denn in seinem Privatleben besaß er eine Dauerkarte für die Heimspiele des VfL Bochum, genauer gesagt, eine halbe Dauerkarte. Die andere Hälfte gehörte einem Nachbarn, mit dem er sich abwechselte. Aber seit den Ereignissen der letzten Wochen und

Monate war für ihn der Fußball keine Privatsache mehr. Eigentlich nicht mehr, seit er am Kemnader See den toten Materka mit dem VfL-Schal im blutverschmierten Rachen gesehen hatte.

Mit einem mulmigen Gefühl in der Magengegend war er morgens aufgewacht. Selten hatte er so wenig Lust auf Bundesligafußball gehabt wie an diesem Sonntagmorgen. Die Befürchtung, dass nach ein paar ruhigen Wochen wieder etwas passieren könnte, hatte sich dumpf in seinem Hinterkopf eingenistet, beschäftigte ihn und überlagerte die Brisanz des Spiels.

Das änderte sich ein bisschen um die Mittagszeit. Er hatte genügend Muße, die Zeitung zu lesen mit allen Vorberichten und Prognosen. Heute also der HSV. Mit einem Sieg würde sich der VfL ein bisschen aus dem Tabellenkeller entfernen, den Kopf raus stecken aus dem Loch und wieder Luft holen. Um Schönheit konnte es in dem Spiel nicht gehen, Kampf war angesagt. Dass der VfL da unten stand, war sicher nicht sehr angenehm, aber auch keine riesige Überraschung, denn die ehemals Unabsteigbaren waren inzwischen zu einer routinierten Fahrstuhlmannschaft mutiert.

Rogalla, der Bereitschaftsdienst hatte, rief aus dem Präsidium an, wünschte Glück für das Heimspiel des VfL. Brenner hatte den Eindruck, dass der Kollege das Telefonat schnell beenden wollte. Rogalla war seit ein paar Tagen reserviert, wortkarg. Wahrscheinlich nahm er Brenner übel, dass der in der Hunold-Theorie immer noch Widersprüche entdeckte und überhaupt, dass sie nicht weitergekommen waren, dass Michaels Mörder immer noch frei herumlief.

Bevor er auflegte, rief Rogalla noch in den Hörer: „Pass gut auf!“

Als Brenner auf dem Sheffieldring in den Bochumer Norden fuhr, dachte er über Rogallas Bemerkung nach. Ihm war nicht klar, was der Kollege gemeint hatte. Vielleicht war es nur ein dummer Spruch gewesen. Sollte Brenner im Stadion nach einem Mörder suchen? Wie denn, bitte? Sollte er sich in der Ostkurve durch die Fangruppen schleichen, um zu gucken, ob einer ein scharfes Messer in der Tasche hatte? Und wenn es um die Schals ging, würde er gleich das halbe Stadion verhaften müssen. Natürlich war Vorsorge getroffen worden. Die Kontrollen an den Eingängen waren genauer als sonst. Und man hatte das Kontingent der Bereitschaftspolizei für das heutige Spiel vergrößert. Mehr konnte man im Augenblick nicht tun. Außerdem hatte der Täter erst nach den Spielen gegen Wolfsburg und Schalke zugeschlagen. Ohne dass es vorher Hinweise gegeben hatte. Wie wollte man ein Opfer schützen?

Seinen Wagen parkte er hinter der JVA Krümmede, dem Bochumer Gefängnis, das wie eine gewaltige Festung aussah. Auf der Karl-Lange-Straße ging er eine ganze Weile an der hohen Außenmauer entlang, über deren Zinnen sich an einigen Stellen der Nato-Draht bissig wölbte. Das war eine interessante städtebauliche Partnerschaft: Stadion und Justizvollzugsanstalt. Brenner hatte sich oft dienstlich in den Mauern der Anstalt aufhalten müssen. Er glaubte nicht, dass viele der dort einsitzenden Kameraden den Bochumern Glück wünschten.

Er folgte dem Strom von Fahnen- und Schalträgern, wanderte über die Castroper Straße hinweg und um die Ostkurve herum. Bevor er hineinging, kaufte er sich vor dem Stadioncenter noch eine Bratwurst. Zu Hause hatte er wegen seines flauen Magens aufs Mittagessen verzichtet. An der Pforte zu den Blöcken L und M wurde genau kontrolliert. Zwischen Zaun und Stadion gab es die Bierstände. In mehreren Reihen drängelten sich die Besucher und kämpften gegen Seiteneinsteiger um die Plätze. Brenner hatte kein Bedürfnis, sich an der Schieberei zu beteiligen, und stieg direkt neben der Herrentoilette die Stufen zum Block M hinauf.

Sein Platz war in der Reihe 9. Er begrüßte Willi aus Datteln, der schräg hinter ihm saß. Willi wusste alles, was man wissen musste, konnte stundenlang aus der einschlägigen Sportpresse zitieren. Allerdings fand vor seinem kritischen Blick kaum einer der Spieler Gnade, auch kein Bochumer. Brenner informierte sich bei Willi über die letzten Details der Aufstellungen.

In der ersten Halbzeit spielte der VfL mit der Ostkurve im Rücken. Nach vorsichtigem Beginn gab es bald viel zu tun für die Heimmannschaft. Dann die erste Großchance für Sestak, den besten Bochumer, dessen Schuss vom Hamburger Torwart pariert wurde. Willy aus Datteln stöhnte auf, dass „so ein Blinder" den Ball nicht im Tor unterbrachte. Kurz vor der Halbzeit gab es für die Bochumer einen Freistoß von der rechten Eckfahne, die Hamburger bekamen den Ball nicht weg, und Sestak besorgte das 1:0 per Fallrückzieher. Die Ostkurve versank im Meer der Fahnen.

Das Stadion war für Bochumer Verhältnisse gut besucht, Brenner schätzte, dass mindestens 25000 Zuschauer gekommen waren. Da es im Verlauf der ersten Halbzeit eine Menge Spielunterbrechungen gab, ging in solchen Phasen Brenners Blick immer wieder nach links in die Ostkurve hinüber. Die unterschiedlichen Fangruppen hatten ihre Plakate am Zaun positioniert. Auf der steilen Treppe wogten die Schals hin und her.

Natürlich war es nicht völlig ausgeschlossen, dass dort jemand stand, der wusste, was mit Materka und Michael Bölling passiert war. Vielleicht saß der Mörder sogar im Stadion, oder hier auf einem Sitzplatz, direkt neben ihm. Aber das konnte nicht sein, denn rechts von ihm saß eine junge Frau mit wachen Augen und blauem Schal, die ihn an Marie erinnerte, und den Platz links hatte ein großer Junge besetzt, der auch einen blauen Schal trug, aber einen aus Hamburg. Jedes Mal, wenn seine Mannschaft einen Angriff startete, sprang er vor Aufregung auf.

„Ha-es-vau! Ha-es-vau!" schrie der Hamburger Junge, streckte die Arme hoch und deutete mit den Zeigefingern in den Bochumer Himmel.

Hinter ihm brüllte Willi aus Datteln: „Setz dich hin, Fischkopp!"

Gegen Ende der ersten Halbzeit wurden die Aktionen der Hamburger spielbestimmend, ein Treffer wurde ihnen wegen vermeintlichen Handspiels aberkannt. Die Bochumer stemmten sich gegen die Angriffswucht der Hanseaten. Der Halbzeitpfiff erlöste sie. Erhobenen Hauptes marschierten die Spieler des VfL zum Tee in die Katakomben des Stadions.

Willi aus Datteln war trotz der Führung noch skeptisch:

„Ich sag' dir eins – dat geht nicht gut!"

Auf der Toilette standen die Männer in Doppelreihe. Irgendwann pinkelt mir einer aus der zweiten Reihe in die Manteltasche, dachte Brenner, als er endlich vor dem Becken stand. Beim Rückweg zu seinem Platz mied er wieder den Bierstand.

Zu Beginn der zweiten Halbzeit ging es gleich richtig los. Hamburg drückte, Bochum versuchte zu kontern. Die Bochumer kassierten gelbe Karten, mehrmals wälzte sich ein Hamburger am Boden und drehte sich noch ein paar Mal um die eigene Achse.

„Der hat nichts", schrie Willi aus Datteln. „Der will nur Zeit schinden, der Blinde!"

Das gab allerdings keinen Sinn, da die Hamburger zurück lagen. Brenners Nachbar sprang wieder auf, brüllte seine Anfeuerung heiser zur Hamburger Trainerbank hinunter.

„Setz dich hin, Fischkopp!" rief Willi. „Du hast hier gar nichts zu sagen."

Und als die Hamburger kurz danach das Tor zum Ausgleich schossen, verfiel er in tiefe Resignation: „Da hast du die Scheiße! Ist doch immer dasselbe."

Die Bochumer Fans wollten ein Hamburger Foul gesehen haben: „Hängt den Schirri in der Ostkurve auf!" intonierte der harte Kern.

Brenner hatte solche Parolen nie ernst genommen. Sollte er sich geirrt haben? War die Schwelle zwischen verbaler Attacke und der Tat längst unscharf geworden? Klar, was in Bochum nach manchen Bundesligaspielen zwischen gegnerischen Fangruppen passierte, hatte nichts mit einem Kindergeburtstag zu tun. Im Polizeipräsidium gab es sogar zwei Sammelzellen für streitende Schlägertrupps. Aber Mord?

Willi haute Brenner zum Abschied auf die Schulter und quetschte sich missmutig durch die Reihe. Das Spiel war gelaufen. Sestak hatte noch eine dicke Chance, traf aber nur den Pfosten. Wenn man Brenner vor dem Spiel gesagt hätte, dass es eine Punkteteilung geben würde, wäre er zufrieden gewesen, doch wer nach einer Führung wichtige Punkte verlor, war immer der Dumme.

Die Pforte zu den Blöcken L und M war jetzt weit geöffnet. Brenner verließ zusammen mit vielen mäßig gelaunten Menschen das Stadion. Er spürte wieder seinen Magen. Wenn heute etwas passieren sollte, dann würde die Sache wahrscheinlich in den nächsten Stunden angebahnt werden. Aber wo? Es war völlig sinnlos, nach einem Mörder, dessen Gesicht keiner kannte, zu suchen.

Fans aller Couleur kamen ihm entgegen. Ein Grüppchen, es mochten etwa fünf Leute sein, erschien ihm merkwürdig. Sie hatten es sich an der Mauer des Stadions bequem gemacht, gleich hinter dem Block Q an der Castroper Straße. Dort hockten sie auf der Erde, blickten auf die „Krümmede". In den Händen hielten sie Fahnen mit aufgemalten roten Sicheln. Ein paar Transparente lagen auf der Erde. Auf Pappschildern waren Parolen aufgedruckt, deren Inhalt Brenner im Vorbeigehen nicht lesen konnte. Irgendwas mit Drachen oder so ähnlich. Der Fußball brachte schon merkwürdige Typen hervor. Auch Spinner waren darunter.

Zu Hause guckte Brenner sich die Zusammenfassung des Spiels in der Sportschau an. Nichts von der Beklemmung und von den Befürchtungen, die ihn die meiste Zeit begleitet hatten, war zu spüren. Harmloser konnte ein Stadion gar nicht aussehen als das an der Castroper Straße. Nach der Szene, die zum Führungstor führte, erfasste die Kamera einzelne Bochumer Zuschauer. Hunold war nicht darunter. Der war seit vielen Wochen verschwunden. Es gab keinen Hinweis, noch nicht einmal die vage Aussage eines Zeugen: „Ja, das könnte er gewesen sein. So einen oder so ähnlich habe ich jemanden am Bahnhof gesehen."

Überall hingen Plakate mit Hunolds Konterfei. Sie versprachen eine Belohnung von 5000 Euro. Auch in den verschiedenen Zeitungen war sein Bild erschienen. Zeugen meldeten sich, die ihn gesehen haben wollten. Aber das waren Wichtigtuer oder Menschen, die nicht richtig hingeschaut hatten. Was zunächst aussah wie eine Spur, führte immer ins Nichts.

2. Teil

33

In der zweiten Dezemberwoche verlor der VfL sein letztes Punktspiel der Hinrunde gegen den 1. FC Köln mit 1:2. An einem tristen Samstag, Weihnachten war nicht mehr weit. Wieder einmal hätte man über fehlendes Glück jammern können. Aus drei Gelegenheiten machten die Kölner zwei Tore. Die Bochumer dagegen hatten mehr Chancen, lehnten Weihnachtsgeschenke aber ab und trafen nur einmal.

Jetzt war es halb sieben. Die letzten Colonia-Gesänge waren an der Castroper Straße längst verklungen. Auch die anhänglichsten unter den einheimischen Besuchern des rewirpowerStadions, wie das Ruhr-Stadion seit einiger Zeit in schönstem Neudeutsch hieß, hatten sich in die umliegenden Kneipen verzogen. Die Parkplätze waren leer. An der Heckertstraße stellten ein paar VfL-Fans nach längerer Suche fest, dass ihre Fahrzeuge abgeschleppt worden waren, wahrscheinlich weil sie dummerweise dem Bus der Linie 336 den Weg in die Innenstadt versperrt hatten. Auch die Damen und Herren der Bereitschaftspolizei hatten sich auf den Heimweg begeben.

Im Stadion war an den Flutlichtmasten der Strom abgeschaltet worden, nur die Innenbeleuchtung brannte noch. Manfred Hüsken, ein älterer und aufgrund des Spielverlaufs deprimierter Mitarbeiter des Vereins, wanderte durch die Reihen der Blöcke K, L und M, um nachzusehen, ob irgendwelche Schäden angerichtet worden waren, ob in den nächsten Tagen Sitze repariert werden müssten, weil frustrierte Stadionbesucher mal wieder zu kräftig gegen die Lehne des Vordermanns getreten hatten.

Obwohl Hüsken über achtzig war, wollte man in der Führungsetage des VfL auf seine Dienste nicht verzichten, zumal sie nichts kosteten. Hüsken war Idealist und galt als zuverlässig. Als junger Mann war er Jagdflieger bei der Luftwaffe gewesen, anfangs begeistert von allem, was da in Deutschland veranstaltet wurde. Er hatte sogar einmal Adolf Hitler die Hand gegeben, nachdem der Führer auf dem Bückeberg bei Hameln eine seiner berüchtigten Reden gehalten hatte. Später, nach dem Kriege, hatte Hüsken dem Spuk abgeschworen und nur noch

Antikriegsbriefe an alle namhaften Politiker der jungen Republik geschrieben.

In Hüskens anständiges Weltbild passte es nicht, dass er hier im rewirpowerStadion herumlief. Was waren das nur für Menschen, die solch einen blödsinnigen Namen erfanden? Der VfL konnte denen nicht am Herzen liegen. Wahrscheinlich kannten diese Werbefritzen auch nicht mehr die alten Spieler, die immer noch ins Stadion kamen, Lothar Wölk, Atta Lameck oder Jupp Tenhagen. Früher, als die noch spielten, war Hüsken ins Stadion an der Castroper Straße gepilgert, später ins Ruhr-Stadion, zwei Namen, mit denen man sich identifizieren konnte. Die waren mit einer Portion Heimatgefühl verbunden, und die Spieler, die in das Stadion einliefen, kannten das Wort Ehre noch. Das war jetzt alles weg, passte nicht mehr in die Zeit. Der neue Name war nur noch das i-Tüpfelchen auf dieser Entwicklung.

Aber anderswo war es ja genauso. Auch da hatte man mit den Namen längst die Seelen der Vereine auf dem Markt verhökert. In Frankfurt spielten sie in der Commerzbank-Arena, in Nürnberg im easyCredit-Stadion und in Dortmund im Signal Iduna Park. Sollten doch die Mächtigen des DFB demnächst gleich die Herren aus den Vorstandsetagen, deren Namen die Stadien trugen, gegeneinander antreten lassen. Also Allianz gegen Veltins, rewirpower gegen Volkswagen, Mercedes gegen Bayer.

Während Manfred Hüsken die Sitzreihen inspizierte, hob er ein paar liegen gebliebene Bierbecher auf. Er watete durch Bierfilze der Fiege-Brauerei und über ungelesene Exemplare des Stadionmagazins „Mein VfL", der einschlägigen Haus-Postille des Vereins.

Es gab nichts Trostloseres als ein leeres Fußballstadion nach einer Niederlage. Auf dem Rasen des Spielfeldes sah man noch die Wunden, die der Kampf geschlagen hatte. Aber wo vor wenigen Stunden Menschen gelärmt, gejubelt und geweint hatten, dort waren die Ränge jetzt tot. Hüsken wanderte Reihe für Reihe ab. Im Block L lag auf einem Sitz in der 16. Reihe ein mit schwarzer Tinte beschriebener Zettel. Er hob ihn auf, schob sich die Lesebrille auf die Nase und versuchte zu entziffern, was dort hingekritzelt worden war.

Viele der verwendeten Worte waren ihm wohlbekannt, aber sie gaben in der Reihenfolge und in der Mischung, wie sie hier aufgeschrieben waren, keinen Sinn. Die vertrauten Worte stammten aus dem Bochumlied von Herbert Grönemeyer, in dem er schon vor vielen Jahren seiner Heimatstadt ein Denkmal gesetzt hatte. Das Lied ertönte jedes Mal kurz vor dem Anpfiff eines Bundesligaspiels aus den Stadionlautsprechern. Wenn die Zeile kam: „Machst mit dem Doppelpass jeden Gegner nass, du und dein VfL", sang das ganze Stadion mit, am lautesten natürlich die Fans in der Ostkurve.

Hüsken erinnerte sich an seinen trügerischen Optimismus, den er gespürt hatte, als heute am Nachmittag dieses Lied erklang. Er kannte jedes Wort, hätte alle Strophen mitsingen können, wenn er nicht so unmusikalisch gewesen wäre. Aber der Text, der hier auf dem Blatt stand, erschien ihm wie ein wildes Potpourri, das ihn völlig verwirrte. Er las die Strophen noch einmal durch. Es half nichts, er wurde nicht schlau aus der Sache:

Bochum, ich komm aus dir,
Aus deiner staubigen Sonne.
Blauweiß die Fahne, der Schal.
Im Osten der Kurve - nur Mut -
Fließt Drachenblut.
Sichel, du kalte, wach auf!
Hör deinen Laut in der Nacht,
Spür deinen schneidigen Puls.
Mein Vau-ef-el und ich
Machen mit doppeltem Spaß
Jeden Drachen blass.
Du graue Schönheit, Glück auf!
Wo tief im Westen
Die Sonne verstaubt,
Komm ich aus dir,
Schlägst du in mir.
Im Puls der Nacht

Färben Sicheln sich rot
Beim Drachentod.

Was war das für ein kindisches Zeug? Was sollte der Quatsch mit Sichel und Drachen? Waren das Drohungen? Wer sprach diese Drohungen aus? An wen waren sie gerichtet? Ihm war das alles höchst unsympathisch, besonders der aggressive Unterton, den man spüren konnte. Klar, unter den Bochum-Fans gab es auch ein paar Neonazis. Da musste man immer aufpassen. Aber irgendwie klang das hier anders als die Sprüche der kahlgeschorenen Flachköpfe. Die kannte er und wusste mit ihnen umzugehen. Nein, er kapierte nicht, was das bedeuten sollte. Vielleicht war es bloß ein Jux, ein Kölner Fan hatte sich über die Hymne der Bochumer lustig gemacht.

Manfred Hüsken wollte den Zettel eigentlich in den Mülleimer schmeißen, den er bei sich trug. Doch er besann sich und überprüfte die Rückseite, ob sich vielleicht ein Autor oder ein Absender ausfindig machen ließe. Das war nicht der Fall. Außer diesem seltsamen Kauderwelsch stand nichts auf dem Zettel. Die Reihe 16 im Block L gehörte seit ein paar Jahren schon zum VIP-Bereich, also zu einem Sektor, in dem die Karten erheblich teurer waren als die in den unteren Reihen. Daher steckte Hüsken den Zettel schließlich in seine Jackentasche. Vielleicht hatte ihn ein wichtiges Mitglied der neuen Zielgruppe, wie die VIP-Leute mit den großen Geldbörsen genannt wurden, verloren und würde später danach fragen. Allerdings musste diese Person ziemlich betrunken gewesen sein, falls sie das wirre Zeug selbst formuliert hatte. Oder es war noch anders, und jemand hatte sich nur seinen Frust über das Spiel gegen den Kölner Karnevalsverein von der Seele geschrieben. VfL-Anhänger waren eigenwillige Menschen.

Als Hüsken nach Hause fuhr, waren die Straßen im Bochumer Norden ziemlich leer. Die Menschen, die hier lebten, saßen vor dem Fernseher und guckten „Wetten, dass …?“ oder – noch schlimmer – das „Winterfest der Voksmusik“.

Nachdem er sein Auto vor dem Wohnblock in Hofstede geparkt hatte, ging er noch auf ein Bier hinüber in seine Stammkneipe. Die Wirtin kannte das Ergebnis, wusste, was mit ihm los war und vermied das Gespräch mit ihm. An der Theke war er der einzige Gast. Im Schankraum saßen zwei Herren in schwarzen Anzügen, die in diesem Aufzug sicher nicht beim Fußball gewesen waren. Er vermutete, dass sie von einer Beerdigung übrig geblieben waren. Hüsken starrte in sein Bierglas und versuchte, sich auf den nächsten Tag zu konzentrieren, aber das Spiel gegen die Kölner wollte nicht aus seinem Kopf.

Lag die Misere doch am Trainer? Es hatte schon ein paar Leserbriefe in den Zeitungen gegeben, die das behaupteten. Er sah das anders, mochte den Trainer, seine eher stille, unauffällige Arbeit. Außerdem war der zäh, ließ sich nicht so schnell aus dem Konzept bringen. Eins wusste Manfred Hüsken trotzdem ganz genau: Auch der Trainer des VfL würde heute schlecht schlafen, wie er selbst so oft in letzter Zeit. Als er um halbzehn in seine Wohnung kam, ging er sofort ins Bett. Den merkwürdigen Zettel in seiner Jackentasche hatte er vergessen.

34

In Bochum konnte man wohnen. Natürlich. Ob man hier auch leben konnte, hing nicht unbedingt von der Werbung eines bekannten schwedischen Möbelhauses ab, eher von der Lage des jeweiligen Objekts, wie geschäftige Wohnungsvermittler sich auszudrücken pflegten. Die Meinungen waren auch unter Bochumern zumindest geteilt. Sicher war jedenfalls, dass man gar nicht so lange zurückdenken musste, um mit einiger Bestimmtheit sagen zu können, welche Bochumer Häuserzeile von der Lage her ihre Bewohner seit den fünfziger Jahren auf die härteste Dauerprobe gestellt hatte. Wo auch Dreifachverglasung nichts genutzt hätte und wo höchstens der stocktaube Opa seine Freude hatte, wenn er von seinen Enkeln im Rollstuhl ans offene Fenster geschoben wurde.

Heute war das anders im Ortsteil Grumme. Zur Freude der Genossen im Bochumer Wohnungsverein waren die Stadtväter aktiv geworden. Und auch das Land hatte seinen Beitrag geleistet. Aber man erinnerte sich noch gut, denn es gab nicht nur

Opfer, sondern auch Überlebende. Wenn sie früher aus dem Fenster gesehen hatten, dann konnten die Mieter im Starenweg nicht ausweichen. Sie hatten keine Chance, ihr Blick war ungebremst auf die ewig stockende Schlange des Ruhrschnellwegs gelenkt worden. Angesichts der beträchtlichen Phonzahlen hätten den Mietern der Häuserzeile von Rechts wegen Ohrenschützer geliefert werden müssen.

Wie gesagt, das alles war Vergangenheit. Seit einigen Jahren blockierte eine große Abdeckplatte den Blick auf die stets überlastete Autobahn. Grummer Deckel, so nannten die Anwohner diese segensreiche Einrichtung, auf der inzwischen sogar ein richtiger Rasen wuchs, schöner als der im Stadion, das ganz in der Nähe lag. Auf dem riesigen Betondeckel boten Laubengänge eine neue Heimat für die Vögelchen, deren Namen die umliegenden Straßen bezeichneten, den Amsel- und den Meisenweg oder den Schwalbengrund. Auch ein großer Spielplatz war da, mit Klettergerüst aus Holz und einem Sandkasten.

Seit es den Grummer Deckel gab, war es ruhig geworden in dieser Gegend, fast so ruhig wie auf dem Grummer Friedhof, den die älteren Leute, ausgestattet mit Eimer und Harke, von hier aus in fünf Minuten zu Fuß erreichten. Am Tage saßen manchmal ein paar Mütter auf den Bänken des Deckels und passten auf, dass ihre Kinder nicht von der Leiter fielen und dass die Obdachlosen, die hier manchmal durchzogen, um ihre angestammten Plätze im Tal an den Grummer Teichen einzunehmen, ihren Kleinen nicht zu nahe kamen.

Anders verhielt es sich jedoch an solchen Tagen, an denen im Stadion gespielt wurde. Dann marschierten blau-weiß Geschmückte mit ihren Fahnen über den jungen Rasen, Schals flatterten im Wind, und vor dem Spiel war die Stimmung meist besser als hinterher. Während des Anmarschs auf das Stadion über den Betondeckel wurde vor lauter Freude auf das Spiel der ein oder andere Flachmann an den Hals gesetzt. Nach dem Spiel pinkelte auch schon mal ein frustrierter Stadionbesucher seinen Zorn an die Mauer.

Ganz ruhig wurde es hier am Abend und in der Nacht. Wenn die letzten Hunde ihr Geschäft verrichtet hatten, wenn sie über den Spielplatz gezerrt worden waren, wenn ihre Herrchen zu Hause die Pantoffeln angezogen und sich ihr zweites Bier eingeschenkt hatten, wenn die Spätnachrichten der Glotze durch den Spalt der flüchtig herabgelassenen Jalousien flimmerten. Um diese Zeit kehrte gewöhnlich Totenstille ein auf dem Grummer Deckel. Es sei denn, ein Pärchen suchte Schutz in diesem künstlichen Park aus Beton, weil es sonst keinen Platz gab in Bochum.

Karsten Vössing, der Opelaner, und Corinna Groskurth, die Sprechstundenhilfe, waren solch ein Paar. Nichts war einfach, was ihre Beziehung anging. Karsten musste zu Hause seiner Ehefrau glaubhaft versichern, dass es ihn noch einmal unwiderstehlich in die Kneipe zog. Das klappte am überzeugendsten, wenn am Nachmittag der VfL gespielt hatte, wie am heutigen Samstag gegen die Kölner, und wenn die beiden Kinder schon schliefen.

Corinna musste Rudi, ihrem Ehemann, vorher noch die belegten Brote schmieren für die Nachtschicht bei Opel, denn der war ein Arbeitskollege von Karsten und eigentlich sein bester Freund. Wenn alles passte, traf man sich um elf auf der Bank am Spielplatz. Manchmal lief man sich auch schon vorher in die Arme. Die beiden kamen aus verschiedenen Richtungen, Corinna vom Norden her, aus dem Amselweg, und Kasten vom Süden, aus der Grillparzerstraße. Das waren zwei Straßen, die früher für ganz verschiedene Welten standen, getrennt durch den Ruhrschnellweg. Heute schloss der Grummer Deckel die Kluft zwischen den Straßenzügen und vereinte die beiden Königskinder.

Ein Glück, dass in dieser Nacht die Luft viel zu mild war für die Jahreszeit. Corinna klammerte sich an Karsten. Der hatte seinen Arm um ihre Schulter gelegt. Sie stolzierten durch das glitschig-feuchte Gras und steuerten auf die Bank gegenüber dem Spielplatz zu. Irgendwo weit hinter ihnen verhallte der Ruf eines Unentwegten im Dunst der Nacht. „Vau-ef-el wird Meister“ lautete die Beschwörungsformel, die in die geisterhafte Stille gebrüllt wurde.

„Hörst du den?“

Corinna antwortete nicht, sondern drückte nur Karstens Handrücken als Zeichen ihrer Bestätigung. Als ein Kaninchen, aufgeschreckt durch ihre Schritte, ihnen fast über die Füße lief, klammerte sich Corinna noch fester an den Freund.

Von der Heckertstraße her hörte man, dass ein Auto angelassen wurde, danach knallte ein Garagentor, das Fahrzeug setzte sich zögernd in Bewegung. Noch ein Nachtschwärmer, den es nicht zu Hause hielt. Vielleicht einer, der den nächsten Tag noch nicht an sich heranlassen wollte.

Corinna zupfte Karsten am Ärmel: „Ich glaube, wir müssen weiter nach links."

Karsten strich ihr übers Haar, das sie am Hinterkopf nur flüchtig zusammengebunden hatte: „Beim nächsten Mal bringe ich meine Taschenlampe mit."

Er spürte, dass sie ihn anlächelte. Sie bedienten sich hin und wieder bestimmter Signale, die sie spielerisch in ihre kurzen Gespräche einflochten. Es war für beide wichtig, dass es ein „Später" gab, dass sie bei ihren Rendezvous' auch über die Stunde hinaus dachten. Das gab ihrer Beziehung den Halt und die Festigkeit, die sich beide wünschten. Ohne es jemals ausgesprochen zu haben, fürchteten sie doch, dass der Partner irgendwann einmal sagen würde, es sei jetzt das letzte Mal gewesen. Andererseits machten sie manchmal sogar Pläne für eine gemeinsame Zukunft, kamen aber nie weit damit.

Als sie die Bank erreicht hatten, holte Corinna ein Päckchen mit Tempo-Tüchern aus ihrem Anorak und versuchte, damit die Bank einigermaßen trocken zu wischen. Sie setzten sich in der gleichen Zuordnung wie immer, einander zugewandt, Karsten rechts von Corinna. Dann verharrten sie vielleicht für eine Sekunde, schüchtern, fast wie Fremde, bevor sie über einander herfielen. Karsten öffnete Corinnas Anorak und widmete sich dem, was unter ihrem Pullover verborgen war. Sie hatte keinen BH an, was die Sache wesentlich erleichterte. Corinna machte sich ihrerseits an Karstens Hose zu schaffen.

Die Bank knackte in ihren Grundfesten wegen der Aktivitäten, die sich auf ihrer Sitzfläche abspielten. Corinna hatte inzwischen ihre Hand tief in Karstens Unterhose vergraben und machte nun Anstalten, sich archäologisch zu betätigen. Auch Karsten war fündig geworden und versuchte mit seinen Händen, die Drehzahlen ihrer Lust zu steigern, als Corinna plötzlich aufschrie.

„Da ist einer!"

„Wo?"

Seine bis vor kurzem noch aktiven Lebensgeister verflüchtigten sich recht schnell. Das spürte auch Corinna, die ihre Hand aus Karstens Hose zog.

„Da vorn, am Klettergerüst!"

Karsten sah es jetzt auch. Er richtete sich auf: „Hör mal, du Spanner! Verpiss dich! Aber rapp-zapp, sonst kriegst du was auf die Nüsse. Dann gibt's Rührei, aber satt!"

Er war aufgestanden und hatte sich mit schnellem Griff den Reißverschluss der Hose hochgezogen. Gegenüber tat sich nichts. Keine Bewegung, kein Laut. Aber da musste etwas sein. An dem Holzgestell hockte doch jemand. Corinna hatte auch ihre Kleidung in Ordnung gebracht und hakte sich bei Karsten ein.

„Geh nicht hin! Lass den, wir hauen ab! Vielleicht ist es Rudi!"

„Quatsch, der hat Schicht!"

„Ja, sicher."

„Ey, Macker, ich sag das jetzt zum letzten Mal! Zieh Leine, aber sofort!"

Wieder gab es keine Reaktion. Corinna wollte ihn wegziehen. Doch Karsten blieb stehen und versuchte, den dunklen Klumpen, den sie ausgemacht hatten und der dort sicher nicht hingehörte, zu beobachten.

„Das ist was anderes. Lass uns mal gucken!"

„Ich hab Angst!"

„Bleib du hier. Hast du dein Handy dabei?"

„Nein, das weißt du doch! Ich will gar nicht hören, wenn Rudi anruft. Der denkt dann, ich schlafe schon."

„Also, ich laufe jetzt mal dahin."

„Wenn du gehst, gehe ich mit."

Sie fassten sich an den Händen und näherten sich dem Klettergerüst, das etwas beherbergte, das sie nicht kannten. Ihre

Hände waren kalt. Unter sich hörten sie entfernt das Brummen des Ruhrschnellwegs, der niemals schlief.

Karsten machte noch einen Versuch: „Verpiss dich jetzt, du Penner“, aber es geschah nichts.

Sie traten näher heran. Durch das Licht, das von den Straßenlampen an der Heckertstraße herüber schien, konnten sie nun die Umrisse eines Menschen erkennen, wohl eines Mannes, der dort kauerte oder irgendwie unten an dem Gerüst lehnte.

„Vielleicht schläft der?“

„Kann schon sein.“

Karsten ging jetzt ganz nahe heran an die Gestalt, die in sich zusammengesunken an den Holzplanken hockte. Er berührte ganz kurz die Hand des Mannes, die merkwürdig abgeknickt in dessen Schoß lag, und zog seine eigene Hand sofort wieder zurück.

„Der schläft nicht. Der ist tot.“

35

Scheinwerfer flammten über den Grummer Deckel, schnitten einen Kegel in die Nacht und tauchten den Spielplatz in grelles Licht. Rotweiße Absperrbänder ließen nur der Spurensicherung, dem Notarzt und den beiden Kommissaren Zutritt. Stummes Treiben spielte sich zwischen den Bändern ab. Zur üblichen Routine schien eine Spur Missmut zu kommen, Verärgerung über die gestörte Nachtruhe. Am meisten hatte Rogalla geflucht, während Brenner sich eher still verhielt. Er sah Probleme auf sich zukommen, mehr als ihm diese eine kaputte Nacht verursachen mochte.

Auf dem Weg zum Tatort hatte er spekuliert, der Tote könnte Hunold sein. Der sei nur geflohen aus Angst. Aus Angst, diejenigen, die ihn zusammengeschlagen hatten, würden noch einmal auftauchen und dann endgültig zulangen. Aber Hunold war es nicht. Der Mann, der da seltsam verrenkt am Gitter lehnte und eine rot-weiße Pudelmütze dicht in die Stirn gezogen trug, war jünger, kleiner und nicht so schlank. Sie hatten bei ihm eine Brieftasche gefunden mit

Ausweis, Geld und einem Ticket für das Bochumer Stadion, für das Spiel des VfL gegen die Kölner. Der Mann war 35, wohnte in Deutz. Die Mütze sowie ein rot-weißer Schal mit dem Emblem des FC Köln wiesen ihn als Fußball-Fan aus. Zu dem Ensemble passte allerdings nicht der blauweiße Schal, den man ihm in den Mund gestopft hatte. Den hatten sie unterhalb der Mütze sofort gesehen. Und dann auch geahnt, gewusst, was sich zeigen würde, wenn man den Schal herauszog.

„Die Zunge fehlt?", hatte Brenner den Arzt gefragt. Der hatte nur genickt.

Der Zeuge, Karsten Vössing hieß er, stand außerhalb der Absperrung. Ab und zu warf der Kommissar einen prüfenden Blick auf ihn. Nervös wirkte er. Nervöser noch als Hunold damals. Er hatte die Hände in den Anoraktaschen vergraben, zog sie wieder heraus, fuhr sich durch die Haare, nestelte danach an einem Taschentuch, ohne es zu benutzen, steckte die Hände zurück in die Taschen, um sie nach ein paar Sekunden wieder herauszuziehen. Das wiederholte sich mehrere Male.

„Es ist zwei Uhr nachts, und da laufen Sie ausgerechnet hier herum?" begann Brenner mit ironischem Unterton die Befragung.

Vössing zuckte mit den Schultern und sagte, an dem Kommissar vorbei blickend: „Ich konnte nicht schlafen."

„Schlaflosigkeit? Machen Sie uns nichts vor! Wir finden das sowieso heraus. Drei Tage Verhör auf dem Präsidium hat noch niemand überstanden."

Vössing atmete durch, verzog das Gesicht, schien zu überlegen. „Na, gut", sagte er dann. „Ich habe mich hier mit einer Frau getroffen."

„Sie haben kein Zuhause?"

„Doch. Aber da ist auch eine Frau."

„Verstehe. Und die Frau? Ich meine die, die Sie hier getroffen haben."

„Ich möchte keinen Namen nennen."

„Das müssen Sie aber. Es geht um einen Mord. Haben Sie den Toten gemeinsam gefunden?"

„Sie hat ihn zuerst gesehen und für einen Spanner gehalten. Ich bin dann hin und hab gemerkt, was los war."

„Und dann?"

„Hab ich sie nach Hause geschickt, danach bei Ihren Kollegen angerufen."

„Herr Vössing, sagen Sie uns bitte Namen und Adresse."

„Das darf ich nicht."

„Sie müssen. Wir nehmen Sie sonst mit. Erklären Sie das dann mal Ihrer Frau!"

Vössing fuhr sich mit der Hand über die Stirn, die jetzt aussah wie ein Faltenrock.

„Kommen Sie", munterte Brenner ihn auf, und sein Tonfall wurde eine Spur freundlicher. „Sagen Sie uns Namen und Adresse Ihrer Freundin, und wir können uns die Befragung Ihrer Frau sparen."

Vössing schloss die Augen, nickte. „Na, gut", sagte er und begann zu erzählen. Aber Brenner merkte bald, Vössing hatte nichts gesehen, sondern auf ganz andere Dinge geachtet.

„Fahr mich zum Präsidium!" sagte Brenner zu Rogalla. „Die Nacht ist gelaufen."

Es war vier Uhr. Nur ab und zu kam ihnen ein Fahrzeug entgegen. Die Scheinwerfer glänzten auf dem nassen Asphalt, blendeten. Einmal passierten sie einen Heimkehrer, der mit unsicheren Schritten über das Trottoir eilte.

„In ein paar Stunden", sagte Brenner, „staucht mich der PP zusammen. Wenn Sie den Hunold nicht hätten laufen lassen und so weiter."

„Nicht von der Hand zu weisen, leider", versetzte Rogalla. „Glaubst du immer noch an seine Unschuld? Der treibt doch sein Spiel mit uns."

„Ich weiß es nicht. Kann sein. Ja. Ein paar Minuten schneller, dann wäre das Thema erledigt gewesen. Ich hätte ihn sofort bewachen lassen müssen. Jetzt geistert er als Phantom herum."

Rogalla ließ seinen Kollegen vor dem Präsidium aus dem Wagen, fuhr nach Hause.

„Noch eine Mütze Schlaf", meinte er. „Täte dir auch gut, mein Lieber!" Aber Brenner winkte ab.

Ein paar Minuten später stand der Kommissar am Fenster seines Dienstzimmers, sah auf den Parkplatz hinaus und auf den Förderturm des Bergbaumuseums, der von Scheinwerfern angestrahlt war.

Um acht Uhr bat Hahn ihn zu sich. Der Präsident bot ihm dieses Mal keinen Kaffee an. Er sagte noch nicht einmal ‚Guten Morgen', sondern wanderte nur die kurze Strecke hinter seinem Schreibtisch hin und her, hielt einen Monolog.

„Ist Ihnen überhaupt klar", fragte er in einer Lautstärke, die unüblich war, „unter welchem Druck ich stehe? Fußball ist ein Millionengeschäft, ein Milliardengeschäft, ist Mittelpunkt unserer Gesellschaft, also alles andere als die wichtigste Nebensache der Welt. Die Fans sind verunsichert. Alle blicken auf die Ermittlungsarbeit der Polizei. Und da lassen Sie in Ihrer Narretei den Täter laufen. Entweder servieren Sie mir in den nächsten drei Tagen Hunold oder ich lasse Sie zur Verkehrspolizei versetzen."

„Ich bitte darum!" antwortete Brenner, verließ das Zimmer und das Präsidium und fuhr nach Hause.

Auch wenn das nur verbales Gepolter war und der PP am nächsten Tag wieder katzenfreundlich sein mochte, traf es Brenner im Nerv.

36

Die Tage waren kurz, in der letzten Nacht war es empfindlich kalt geworden. Viel länger konnte er hier nicht bleiben. Im schlimmsten Fall musste er noch die paar Nächte bis zum Weihnachtsfest ausharren. Vielleicht auch nicht, jedenfalls dann nicht, wenn die Dinge ihren Lauf nahmen, wie er sich das vorgestellt hatte. Die Weichen waren gestellt.

Auf dem Tisch stand ein Kasten mit Colaflaschen. Das war noch eins der sauberen Stücke in der Hütte. Der größte Teil des Inventars lag unter einer gräulichen Decke von Taubendreck, was für ihn selbst nicht unbedingt von Nachteil war, denn hier vermutete ihn niemand. Dass diese Bruchbude derartig zugeschissen war, lag daran, dass sie nach oben hin mit einem geräumigen Taubenschlag verbunden war mit freiem Durchgang zur guten Stube. Der Besitzer des Schlags war tot, und die Täubchen waren längst ausgeflogen.

Der Innenraum der Hütte lag um diese Tageszeit im Halbdunkel, ein blasser Lichtkegel der untergehenden Sonne drang durch die verschmutzte Scheibe. Es stank nach allem Möglichen, besonders nach Urin. Zum Pinkeln verließ Hunold am Tage den Raum nicht mehr. Nur wenn er das große Geschäft erledigen musste, begab er sich nach draußen und versenkte sein Gesäß in der Buchsbaumhecke.

Genau drei Flaschen waren noch im Kasten. Zwei davon musste er für das Gespräch reservieren. Das würde nicht ganz einfach werden, aber mit ein bisschen Cola ging alles besser, da war er lockerer und der andere wahrscheinlich auch. Die Wunde am Kopf schmerzte immer noch, auch die Rippen taten weh, aber zumindest hatte er kein Fieber mehr.

Sein Körper war weitgehend in einer Wolldecke verschwunden. Er saß nach vorn gebeugt auf einem Campingstuhl, hatte den Kopf mit dem verschmierten Pflaster auf den Rand des Tisches gelegt, den er auf dieser Seite notdürftig vom Taubenschiss gereinigt hatte, und besann sich auf das, was ihm bevorstand.

So verging der Nachmittag, er dachte nach und wartete. Ein paar Mal hatte sogar sein Handy geklingelt, das eigentlich gar nicht sein Handy war. Aber es klingelte nicht im richtigen Rhythmus. Er hatte mit dem anderen verabredet, dass gleich wieder aufgelegt werden sollte. Nach drei Minuten musste noch einmal angeklingelt und wieder aufgelegt werden, und erst danach durfte konsequent durchgeläutet werden. An dieses Zeichen hatten die Anrufer sich nicht gehalten. Deshalb hatte er es einfach bimmeln lassen, obwohl er schon gerne gewusst hätte, wer die am anderen Ende waren und was die von ihm wollten, von ihm oder von dem Toten. Auf dem Display waren keine Namen erschienen.

Draußen war es ruhig, nur ein paar Vögel, die den Absprung nach Süden nicht geschafft hatten, zwitscherten in der Dämmerung; gelegentlich raschelten sie durch das Gestrüpp der Hecke. In der hohen Tanne saßen ein paar Elstern, die das ganze Revier in Aufregung versetzten. Er dachte an seinen Hund, der die Elstern immer gejagt hatte und niemals aufgab, obgleich er nie eine gepackt hatte.

Was die Schalker mit seinem Ajax gemacht hatten, das würde er ihnen heimzahlen, das würde er mit denen genauso machen. Er wusste, an wen er sich zu halten hatte. Aber vorher galt es, an das Geld zu kommen. Es war nicht einfach gewesen, endlich auf die richtige Fährte zu gelangen. Man musste Rückschläge wegstecken in dem Geschäft, auf das er sich eingelassen hatte. Und man musste kalt bleiben wie eine Hundeschnauze.

Er reckte sich, griff in den Kasten und fischte die eine Colaflasche heraus, die er sich noch zugestanden hatte. Den Kronkorken schlug er mit dem Handballen an der Tischkante ab; dabei zerfaserte das Holz, und er löste ein paar Splitter vom Rand der Holzplatte, bevor er die Flasche an den Hals setzte. Im selben Moment hörte er draußen ein Geräusch, das er nicht einordnen konnte. Er spähte durch die verschmierte Fensterscheibe. Doch da war nichts, und auch die Elstern ließen sich nicht stören.

Er konnte sich nicht vorstellen, dass die Polizei ihn hier finden würde. Die hatte er doch elegant an der Nase herum geführt. Und die Sawatzki würde auch schweigen. Wenn die Geld in die Finger kriegen konnte, machte sie alles, was man ihr sagte. Er hatte sie schon mal an einem Scheinchen riechen lassen, da war sie ganz kirre geworden. Sie wusste ja nicht, dass er ihr nicht mal die Hälfte von dem geben würde, was er ihr versprochen hatte. Das war immer noch genug, um das geile Luder mundtot zu machen.

Was man aus so einem Handy alles herausholen konnte! Das war eine richtige Fundgrube. Und wenn man einmal angefangen hatte, einen Faden zu knüpfen, dann ergaben sich die Dinge beinahe von ganz allein. Schwierig war nur immer der Anfang. Man musste erst einmal einen Ton finden, der den Partner auf der anderen Seite daran hinderte, gleich wieder aufzulegen. Er hatte sich als ein Freund Michaels ausgegeben, der ihn noch einen Tag vorher getroffen hatte, einen Tag, bevor er umgebracht worden war. Das hatte gewirkt, und man konnte allmählich das Gespräch in eine andere Richtung lenken. Dabei musste man aufpassen, durfte sich natürlich nicht verplappern. Ein Glück, dass er in Michaels Handy die alte Prepaid-Karte der Sawatzki eingelegt hatte, so dass ihn niemand identifizieren konnte.

Draußen hörte er jetzt Schritte. Jemand bewegte sich auf die Hütte zu und machte sich an der Tür zu schaffen. Hunold griff nach dem Messer, das er zwischen den leeren Colaflaschen im Kasten versteckt hatte. Er stand auf und begab sich, so leise es ging, an die Tür.

„Ich bin es!" rief jemand von draußen.

„Ach du", sagte Hunold und öffnete. Das Messer warf er schnell auf die Liege hinter der Tür.

Draußen stand Karin Sawatzki. Sie trug eine dieser Regenjacken aus gelbem Gummi- oder Plastikstoff, wie sie vor zwanzig Jahren beliebt gewesen waren. Friesennerz hatte man dazu gesagt, es war damals auch noch die Zeit der Friesenwitze gewesen. Die Jacke war ziemlich vergammelt. Karin hatte die Kapuze über den Kopf gezogen und trug einen Korb in der Hand, aus dem eine Thermosflasche herausragte.

„Ja! Was dachtest du denn? Die Polizei vielleicht? Seh ich so aus?"

„Quatsch!"

„Na also! Hab dir was mitgebracht! Sollst doch was zu futtern haben für die nächsten Tage! Mach mal Platz!"

„Danke! Aber du kannst gar nicht erst reinkommen. Ich hab's eilig."

„Ach, der Herr hat's eilig!" sagte Karin und sah ihn bedeutungsvoll und auch ein wenig prüfend an. Dann legte sie einen beleidigten Ton auf: „Hör mal! Soll ich das Essen wieder mit nach Hause nehmen, oder was?"

„Nein, natürlich nicht! Und es soll ja auch dein Schaden nicht sein. Nur – im Augenblick ist es wirklich ein bisschen eng."

„Ist ja gut, der Herr hat Wichtigeres zu tun. Hab's geschnallt. Bin ja schon weg." Damit überreichte sie ihm den

Korb und rief ihm beim Weggehen noch zu: „Aber die Suppe, die musst du gleich essen. Die ist noch warm. Löffel liegt dabei."

„Danke, Karin! Und bis die Tage", sagte Hunold, schloss aber erst die Tür, als Karin hinter der Hecke verschwunden war.

Drinnen machte er sich sofort über die Suppe her. Karin hatte sie in eine Schüssel aus Tupperware gefüllt. Er zog eilig den Deckel ab und sah, dass es Erbsensuppe mit geräuchertem Bauchfleisch war. Auch ein Mettwürstchen schwamm im Topf. Hunold legte für ein paar Sekunden die Hände an die Schüssel. Er spürte die Wärme. Karin musste die Erbsensuppe gerade erst gekocht haben. Der Löffel hätte sauberer sein können. Er aß gierig und schnell, merkte erst jetzt, wie hungrig er war.

Das Mettwürstchen fischte er aus der Suppe heraus, um es aus der Hand zu essen. Gerade als er hineinbeißen wollte, war da wieder eine Bewegung an der Tür. Die Sawatzki war wohl noch einmal zurückgekommen, die blöde Schlampe! Hatte sie was vergessen? Wollte sie doch versuchen, ihn auszuhorchen? Oder nur den Korb wieder mit nach Hause nehmen?

Draußen schrieen die Elstern auf und entfernten sich kreischend. Die Tür wurde aufgestoßen, aber es war nicht Karin Sawatzki, sondern ein Mann, der sich einen Schal über das Gesicht gebunden hatte. Es war ein Schalke-Schal, blau und weiß samt dem verdammten Logo. Nur die Augen des Mannes lagen frei, wie bei den vermummten Muslimen, die im Irak auf die Amerikaner schossen oder Journalisten entführten. Hunold hatte diese Leute im Fernsehen gesehen.

„Ist er das?" fragte sich Hunold. „Warum hat der nicht vorher angerufen? Es war doch nicht vereinbart, dass er so einfach reinkommt!"

Hier war offensichtlich etwas schief gelaufen. Plötzlich schmerzte die Wunde am Kopf wieder ganz unerträglich. Hunold sprang auf, dabei kippte er sich den Rest der Erbsensuppe über die Hose. Er griff in den Colakasten hinein. Wo war nur das Messer? Ach ja, er hatte es auf das Bett geworfen, als Karin ihm das Essen gebracht hatte.

Der Mann machte zwei Schritte in den Raum hinein, sagte aber kein Wort; er trug einen Spaten in der rechten Hand und hob ihn hoch. Hunold hielt sich beide Unterarme vor die Stirn. Als der erste Schlag seine Schulter traf, dachte er noch: Bloß nicht auf den Kopf! Nicht auf meinen kaputten Kopf! Und: Ich muss an das Messer kommen! Der zweite Schlag traf seine Schädeldecke zentral. Er sackte zusammen, versuchte, sich am Tisch festzuklammern. Eins der morschen Tischbeine knickte weg, so dass der Tisch umkippte und mit ihm der Colakasten, dessen Inhalt sich über Hunolds fallenden Körper verteilte. Eine der beiden vollen Flaschen zersprang auf dem Betonboden. Der Inhalt schäumte auf, und das süßliche Aroma verschmolz mit dem Gestank der Hütte.

37

Der Dezember war lausig. Fußballbochum drehte am Stimmungsrad. Marcel Koller, der Trainer, war vor ein paar Jahren für den Aufstieg in die erste Bundesliga noch von allen überschwänglich gefeiert worden. Nach der trostlosen Hinrunde tauchten immer öfter Stimmen auf, die sagten, er gehöre gefeuert. Man wusste ja: Erfolge in der Bundesliga hatten kurze Beine.

Manfred Hüsken sah das entschieden anders. Er schwor auf den Schweizer. Der machte gute, stille Arbeit. Schon beim gemeinsamen Frühstück mit seiner Frau Elisabeth hatte sich Hüsken über die kritischen Kommentare in beiden lokalen Tageszeitungen geärgert. Da ging es nochmal um das Spiel gegen die Kölner, und nicht gerade im freundlichen Ton. Im Fußball sprach man in solchen Fällen vom ‚Nachtreten'. Die wollten sich nur aufspielen, diese Reporter. Sollten doch selbst mal was machen, selbst mal eine Mannschaft trainieren, und wenn es eine aus der Kreisliga B wäre. Aber wahrscheinlich hatten die noch nie gegen den Ball getreten, diese Fußball-Eunuchen.

Jetzt saß er in seinem Auto und fuhr die Tenthoffstraße hinauf. Der Audi 80 hatte auch schon bessere Zeiten gesehen. Das Auffälligste an dem Wagen wurde man erst gewahr, wenn er an einem vorbeigefahren war. Dann sah man hinten die beiden Sticker, die Hüskens Weltbild zusammenhielten; einmal den großen VfL-Aufkleber, der links auf der Heckscheibe prangte, und auf der anderen Seite die schöne Friedenstaube, denn Hüsken war nicht nur ein Bochumer Fußballfan, der am liebsten die ganze Wohnung blau tapeziert hätte, sondern auch Pazifist.

Seine eigene sportliche Karriere hatte nichts mit Fußball zu tun und lag schon viele Jahre zurück. Sie schien, wie manche seiner politischen Freunde meinten, seiner Weltanschauung zu widersprechen, was er allerdings immer vehement bestritt. Schon bei der Wehrmacht hatte Hüsken angefangen zu boxen. Er war Schwergewichtler, aber keiner von der ganz schweren Sorte, eher ein Techniker. Deshalb hatten gute Leute ihn immer wieder geholt, wenn sie einen Sparringspartner brauchten. In den Nachkriegsjahren war die Dortmunder Westfalenhalle sein zweites Zuhause gewesen. Solange Hüsken in den Ring gestiegen war, hatte er nie auf der Matte gelegen.

Er parkte sein Auto an der Hiltroper Straße, direkt unterhalb des Trainingsgeländes. Es würde ein stiller Arbeitstag auf dem Platz werden. Die Spieler hatten Winterpause, lagen jetzt irgendwo in der Sonne. Wurde trainiert, dann standen vor dem Gelände immer die Edelmarken der Sportskameraden. Hüsken sah sich dann gerne an, was der Coach üben ließ, ob er im Training irgendwelche Ideen umsetzte, Freistoßvarianten oder neu ausgeklügelte Doppelpässe. Man bekam schon einen Vorgeschmack auf das nächste Meisterschaftsspiel. Aber das würde es erst in fünf Wochen geben – gegen den Karlsruher SC.

Hüsken stieg den schmalen Weg zu den Sportanlagen hinauf. Die thronten sauber und adrett auf den Brachfeldern der alten Zeche Constantin. An dieser Stelle hatte man vor zwanzig Jahren viel Aufwand betrieben, hatte meterhoch den guten Mutterboden aufgeschüttet, damit die tückischen Relikte aus längst vergangenen Bergbautagen ganz sicher im Schoß der Erde ruhen konnten. Drei Plätze gab es inzwischen hier oben und auch eine Gaststätte. Einer der Plätze war sogar mit Kunstrasen ausgestattet. Das Gelände war vorzüglich abgeschottet.

Ein hoher Zaun hinderte übereifrige Fans daran, in das Trainingsgeschehen ihrer Lieblinge einzugreifen.

Hüsken hatte eigentlich ein leeres, einsames Gelände erwartet. Aber ein paar jüngere Leute standen am Zaun auf der gegenüberliegenden Seite der Anlage, schienen auf die Spieler zu warten, als hätten sie nichts von der Pause mitbekommen.

Er dachte, dass diese Jungs doch eigentlich arbeiten oder irgendwo zur Schule gehen müssten. Aber wahrscheinlich hatten die Kumpels schon wieder Ferien. Weihnachten stand vor der Tür. Klar, die Zeiten waren so, wie sie waren. Ausbildungsplätze, das wusste auch Manfred Hüsken, gab es in Bochum schon lange nicht mehr. Und was die Schulen betraf, da sollte es ja ohnehin drunter und drüber gehen.

Irgendwie machten sich die jungen Fans am Zaun zu schaffen; Hüsken konnte aber nicht genau erkennen, was sie dort veranstalteten, dazu war die Entfernung zu groß, jedenfalls für seine ramponierten Augen. Er würde mal nachsehen, was die im Sinn hatten und begab sich auf den Weg um den Platz herum zur anderen Seite.

Als er auf die Jugendlichen zuging, drei junge Männer waren es und ein Mädchen, waren die damit beschäftigt, ein Transparent oben am Zaun zu befestigen und strammzuziehen. Hüsken konnte den Text nicht erkennen, weil das Transparent nur einseitig beschrieben war. Die jungen Leute trugen VfL-Schals und außerdem olivgrüne, militärisch anmutende Pullover. Man kannte solche Pullover von Männern, die ihre Bundeswehrklamotten zu Hause hatten und samstags im Kampfanzug ihre Autos wuschen. Diese VfL-Fans hier hatten die Fahnensymbole an den Oberarmen abgetrennt; stattdessen waren genau an der Stelle andere Embleme angenäht worden, die irgendwie aussahen wie knallrote Sicheln. Darunter stand „Dragonhunters". Das war wohl der Name der Fangruppe.

Das Mädchen war fünfzehn oder sechzehn Jahre alt. Vielleicht auch schon siebzehn. Das ließ sich schlecht schätzen. Sie hatte ihn als erste wahrgenommen, sich aber demonstrativ weggedreht. Einer der jungen Männer war ein großer, massiger Typ mit rötlichem Vollbart. Ein anderer hatte den Anflug eines Bartes. Aber der sah eher aus wie mit einem Eye-Liner gezogen und ähnelte dem Bärtchen des Kevin Kuranyi. Von einem Bart konnte man da kaum reden. Der dritte war völlig kahlgeschoren. Sie ließen sich nicht stören, als Hüsken auf sie zukam.

„Was macht ihr hier eigentlich?"

„Wat is los, Oppa?" fragte ihn der mit dem Vollbart. Er hatte kleine Knopfaugen, die angriffslustig funkelten und zugleich auch aussahen wie die Schlitzaugen eines Mongolen. So was kannte er aus Kung-Fu-Filmen.

„Was ihr hier macht, habe ich gefragt!" Hüsken zeigte seine Hundemarke, die ihn als Mitarbeiter des VfL Bochum auswies.

„Gratuliere! Schönet Dingen, kannsse gerne behalten, nehm ich dir nich wech, Oppa!" sagte der mit den Schlitzaugen, nachdem er einen flüchtigen Blick drauf geworfen hatte.

„Und gezz musse dich verpissen, Oppa!"

„Du bist ja gut drauf, mein Junge", sagte Hüsken und zwang sich, ruhig zu bleiben. „Das Anbringen von Transparenten ist hier verboten. Im Stadion könnt ihr eure Dinger hochziehen, wenn ihr Lust habt."

Der Typ drehte sich zu seinen Kumpels um: „Habt ihr Oppa gehört? Der will uns hier ans Bein pissen!"

Er ging einen Schritt auf Hüsken zu, der aber stehen blieb und sich unwillkürlich mit der linken Hand über die Knöchel der rechten rieb.

„Wir tun dir auch nix, Oppa! Nur verpissen sollste dich. Oder hast du's mit den Ohren? Pissen verstehste doch, oder? Ver-pissen hab ich gesacht!"

„Packt eure Sachen ein und verschwindet!"

„Vielleicht kannsse auch nich mehr pissen, hast so'n Zapfhahn inner Tasche, woll? Soll ich mal nachsehen?"

Er trat jetzt ganz dicht an Manfred Hüsken heran und machte eine Bewegung, als wolle er ihn an die Hose fassen. Doch dazu kam es nicht. Hüsken hatte links kurz angetäuscht und ihm mit der Rechten einen Leberhaken versetzt, der ihn sofort auf die Knie schickte. Er stöhnte auf vor Schmerzen.

„Das tut gleich nicht mehr weh!“ sagte Hüsken. „Und jetzt packt endlich eure Klamotten ein und macht euch vom Acker!“

Das Mädchen heulte auf. Die beiden anderen Jungen wollten etwas für ihren Kumpel tun, der Glatzkopf nestelte an der Seitentasche seiner Hose herum, vielleicht suchte er sein Taschenmesser. Der mit dem Vollbart hatte sich erhoben, stand noch etwas wackelig und machte den anderen mit einer knappen Geste klar, dass sie hier nichts mehr zu gewinnen hatten. Hüsken warf er einen bösen Blick zu, sagte jedoch kein Wort. Aus der Ferne hörte er sie dann aber schreien: „Dich packen wir noch!“ und „Du bist Scheiße wie der BVB!“

Am Zaun hing noch das Transparent. Hüsken löste es aus der Verdrahtung heraus und las die seltsame Botschaft:

**GEGEN KARLSRUHE
FLIEẞT DRACHENBLUT!**

Erst jetzt erinnerte er sich an den Zettel, den er am Dienstagabend im Stadion gefunden hatte. Vielleicht musste er der Sache doch einmal nachgehen.

38

„Schickt ihn rüber!“ knurrte Rogalla in den Hörer. „Dann kann er die Geschichte noch mal erzählen. Wir haben ja sonst nichts zu tun.“

Das ‚sonst' hatte er etwas genervt betont. Ein Kollege von der Wache an der Herner Straße hatte angerufen. „Da ist einer, der möchte zu dem Fanmord eine Aussage machen.“

Der Kommissar erwartete nichts. Wahrscheinlich kam wieder so ein Wichtigtuer, der irgendjemandem etwas in die Schuhe schieben wollte oder behauptete, Hunold gesehen zu haben. Diese Vögel belästigten einen mit Beobachtungen, die nichts brachten und nur die Zeit raubten. Oder man bekam wohlmeinende Tipps: „Die Ultras haben nächste Woche Vollversammlung. Geht hin!“ Und gestern war jemand gekommen, hatte eine Videokamera auf den Tisch gelegt und gesagt: „Guckt euch das an. Ich hab das Begrüßungskommando am Hauptbahnhof aufgenommen. Da ist er bei."

Aber Hüsken schien einer der angenehmeren Zeitgenossen zu sein. Der prahlte auch nicht mit seiner Beobachtung, erzählte eher vorsichtig, schien wirklich helfen zu wollen.

„Wissen Sie, Herr Kommissar", meinte er, „ es gibt ja heutzutage Fans, die machen das Spiel und den Spaß kaputt. Aber ob man denen einen Mord zutrauen könnte? Ich weiß es nicht. Aber seltsam waren die Typen schon."

Und dann erzählte er von der Geschichte auf dem Trainingsgelände und legte Rogalla das Transparent vor und auch den Zettel, den er im Stadion gefunden hatte. Der Kommissar faltete zuerst das Papier auseinander, strich es glatt, überflog die Zeilen.

„Na ja", sagte er, „ist anscheinend die Hymne der Bochumer, der Grönemeyer-Song ‚Tief im Westen'. Müsste bei denen aber heißen ‚Tief im Keller'."

„Sie sind kein Anhänger des VfL?" fragte Hüsken.

„Nee", antwortete Rogalla. „Schalker. Da hab ich mehr Freude. Aber mein Kollege, der sitzt in eurem Stadion immer auf der Tribüne. Vielleicht haben Sie den schon mal gesehen."

Hüsken ging nicht darauf ein. Er wunderte sich. Konnte der Kommissar nicht richtig lesen?

„Die waren sehr aggressiv", sagte er. „Drachenblut, Drachentod, das ist doch nicht normal. Und auf dem Transparent wieder."

„Uns sind schon ganz andere Sprüche untergekommen", versetzte Rogalla. „Die ganz normale Gewalt. Letztlich fliegen nur ein paar Flaschen oder es gibt Keile. Na ja, Sie beschreiben mir jetzt bitte die Typen, ich mache mir ein paar Notizen dazu. Beim nächsten Heimspiel des VfL haben wir die und nehmen sie uns zur Brust. Schade, wären Sie eine Stunde eher gekommen, hätten Sie meinen Kollegen begleiten können. Der hat sich gerade noch einmal die Aufnahmen der Überwachungskameras vorspielen lassen. Wahrscheinlich waren die Rüpel ja auch im Stadion. Also, schießen Sie los!"

Hüsken gab sich Mühe, beschrieb auch Details. „Die hatten so merkwürdige rote Dinger auf dem Pullover, oben auf dem rechten Ärmel. Sah aus wie eine Sichel."

„Oder Halbmond?“ warf Rogalla ein. „Oder ein kommunistisches Zeichen?“

„Nein, nein. Eher eine Sichel. Und darunter stand ‚Dragonhunters‘. So, und jetzt hab ich's. Der eine, der mit dem Vollbart, hatte so kleine Knopfaugen. Ein bisschen sahen sie auch aus wie kleine Schlitze. Wie bei einem Mongolen oder Chinesen. Und der andere hat so ein Bärtchen wie euer Kuranyi.“

„War er aber hoffentlich nicht“, versuchte Rogalla einen Scherz.

Hüsken ging nicht darauf ein. Er hatte die Augen geschlossen, versuchte, sich die Bilder in Erinnerung zu rufen. „Die Göre“, sagte er, „war fünfzehn, vielleicht auch sechzehn oder schon siebzehn. Kann man bei den Dingern heute nicht mehr so richtig sehen. Weißblonde, schulterlange Haare hatte sie und darauf ein schwarzes Lederkäppchen. Und dann der Mini, dass die sich nicht erkälten! Schwarz war der, auch Leder. Ganz knapp. Gekreischt hat die vor lauter Vergnügen, als der Typ mit dem roten Vollbart auf mich zukam, um mich fertigzumachen.“

Rogalla nickte, schrieb mit. Als Hüsken mit der Beschreibung fertig war, sagte er. „So jetzt brauche ich nur noch Ihren Namen, Adresse, Telefonnummer. Wir melden uns dann. Könnte ja sein, dass es zu einer Gegenüberstellung kommt.“

Er verabschiedete den Mitarbeiter des VfL freundlich, aber bestimmt, überflog dann am Schreibtisch noch einmal den Zettel, schüttelte den Kopf. Nein, er hatte Besseres zu tun, als krause Gedichte zu interpretieren. Drachenblut, Drachentod. Die Fans hatten eben manchmal eine martialische Sprache. Das hatte nichts zu bedeuten. Ihm fiel ein, dass er Hüsken gar nicht gefragt hatte, in welchem Block er den Zettel eigentlich gefunden hatte. Aber das war wahrscheinlich nicht so wichtig. Ein Zettel in einem Stadion eben. Wichtig war nur eins: den Hunold zu finden. Der war nach seiner Überzeugung der Täter oder hatte zumindest direkt mit den Morden zu tun. Der konnte nicht so einfach vom Erdboden verschwunden sein.

Rogalla faltete den Zettel, zog eine Schublade auf, legte ihn hinein. Das Transparent, das Hüsken zurückgelassen hatte, rollte er zusammen, sah sich kurz um, schob es nach oben auf den Garderobenschrank. Da konnte es vorläufig liegen bleiben. Mochte Brenner noch einen Blick drauf werfen, wenn er wollte.

39

Auf den Fußball hatte er verzichtet. Seit Michaels Tod hatte er sich nicht mehr mit den Freunden in der Sporthalle getroffen, war nicht mehr dem Ball hinterhergejagt, hatte auch nicht an der geselligen Runde nach dem Spiel teilgenommen. Die Beklemmung saß tief, genauso wie die Wut und die Trauer. Rogalla mochte nicht einsehen, dass alle Untersuchungen im Sande verliefen. Er sagte zwar nichts, aber insgeheim gab er Brenner die Schuld, dass Hunold so einfach entkommen war. Und er wollte auch nicht einsehen, dass der Freund und Kollege nicht alle Register zog.

„Wir müssen das Haus rund um die Uhr beobachten, nicht nur in der ersten Woche“, hatte er gefordert.

„Wir haben keine Leute dafür“, hatte Brenner entgegnet. „Außerdem ist er da nicht aufgetaucht, und genau da wird er auch nicht auftauchen. Selbst die Überwachung des Telefons bei der Sawatzki hat doch nichts ergeben.“

Rogalla sah das anders. Warum sollte Hunold nicht mehr zu Hause auftauchen? Mit der Zeit wuchs die Wahrscheinlichkeit. Zumindest aber war es der berühmte Strohhalm, nach dem er greifen konnte, wenn man das Schwein sonst nirgendwo fand. Manchen Abend hatte er nach Dienstschluss noch in der Lützowstraße verbracht, im Wagen, in der Nähe des Hauses gewartet. Unten wohnten die Sawatzkis. Im ersten Stock der alte Kröger und eine gehbehinderte Rentnerin, die sich abends nie sehen ließ. Darüber, im zweiten Stock, standen die Zimmer leer. In den ersten Tagen nach Hunolds Flucht hatten sie hier mehrmals nachgesehen, waren mit dem Vermieter angerückt, der ihnen mürrisch die Tür aufgeschlossen hatte.

Verwunschen still war das Haus am Abend. Nichts passierte, so als hätten sich die Sawatzkis in ihrer Wohnung verbarrikadiert. Keiner ging, keiner kam. Nur einmal sah Rogalla, wie der Mann der Sawatzki das Haus verließ. Er hatte eine schäbige Aktentasche in der rechten Hand, steuerte zielsicher auf eine Haltestelle an der Horsthauser Straße zu und verschwand dann in einem Bus. Rogalla war ihm gefolgt, selbst eingestiegen und mitgefahren. Aber der Mann fuhr tatsächlich nur zur Arbeit, verschwand in einer Pförtnerloge, packte eine Butterbrotdose und eine Thermoskanne aus der Tasche und saß dann teilnahmslos da, als habe er mit Gott und der Welt nichts zu schaffen.

Es war kalt im Wagen. Von draußen kroch eine unangenehme Nässe herein. Den ganzen Tag schon fiel ein trister fadenförmiger Regen. Den Motor konnte er nicht laufen lassen. Das wäre zu auffällig gewesen. Rogalla sah auf die Uhr. Es war halb fünf. Er war nicht mehr im Dienst, hatte sich freigenommen. Brenner hatte er erzählt, er müsse zum Fußball, der Ablenkung wegen.

„Richtig so“, hatte der gemeint. „Es ist nicht gut, wenn du immer nur an Michael denkst.“

Rogalla kauerte sich enger in den Mantel. Im Rückspiegel sah er an der Straßenecke das Kioskschild. Jetzt wenigstens einen wärmenden Korn trinken, dachte er. Dagegen war nichts zu sagen. Das Haus würde er nur für ein paar Sekunden aus den Augen verlieren. Er zog sich eine Reval aus der Packung, schob sie zwischen die Lippen, zündete sie an. Das Päckchen war schon halb leer. Reserve hatte er keine. Er würde also sowieso zu dem Kiosk gehen müssen. Er warf noch einen Blick auf das Haus, auf die Tür, auf das Küchenfenster, wo nur die grauweiße Fläche der Gardine hinter dem spiegelnden Glas zu ahnen war. Er stieg aus, verschloss den Wagen, ging zügig auf den Kiosk zu. Es waren nur dreißig Meter. Er verschwand in der kleinen Trinkhalle, ließ sich zwei Päckchen Reval geben und zwei Kümmerlinge, kippte die Fläschchen, die ihm wie Miniaturen vorkamen, an Ort und Stelle und entsorgte sie im Abfalleimer, der vor der Theke stand.

Als er sich zur Tür wandte, um wieder zu seinem Wagen zu gehen, sah er auf dem gegenüberliegenden Bürgersteig Karin

Sawatzki. Sie war genau auf Kioskhöhe, bog aber ab in die Straße nach rechts. Sie trug eine gelbe Regenjacke, hatte eine Kapuze übergezogen, ging rasch, schien es eilig zu haben. In der rechten Hand hielt sie eine Tasche, die mit einem Geschirrtuch bedeckt war. Rogalla drückte sich seitlich an einen Zeitungsständer, wartete ein paar Sekunden, verließ dann den Kiosk. Er war im Rücken der Frau, die zielstrebig die Blücherstraße entlangeilte Richtung Kleingärten und Schleuse. Auf einem schmalen, schnurgraden Weg durchquerte sie ein paar Minuten später die Schreberanlage, sah sich zu Rogallas Erleichterung nicht ein einziges Mal um. Am Ende der Gärten bog sie nicht zur Schleuse hin ab, sondern in einen Weg nach rechts, wo sie kurz darauf die Gneisenaustraße erreichte, die zum Hafen und dort ein Stückchen entlang führte.

Eins war Rogalla klar: Die Sawatzki ging nicht zum Einkaufen. Hier war kein Laden, kein Einkaufszentrum, nur gottverlassene Öde im Dezember. Ein schwarzer Lastkahn lag im Hafen, parallel zum Rhein-Herne-Kanal. Am gegenüberliegenden Kai hing ein Ruderboot, bei dem nur ein dickes Tau verhinderte, dass die morschen Planken absoffen. Die Hafenstrecke entlang zogen sich halbverfallene Ziegelbauten. Nur ein Bootshaus am Anfang des Beckens schien wenigstens im Sommer noch in Betrieb zu sein. Am letzten Ziegelbau stoppte die Sawatzki, und Rogalla, einer Ahnung folgend, drückte sich rasch in einen Hauseingang. Er bekam gerade noch mit, wie die Frau die Kapuze abstreifte und sich umdrehen wollte.

Als er nach ein paar Sekunden wieder zu der Stelle hinblickte, war Karin Sawatzki verschwunden. Weit konnte sie nicht sein. Entweder war sie in das Haus hinein gegangen oder hatte sich direkt dahinter in die Hecke geschlagen. Auf jeden Fall würde sie ihr Ziel erreicht haben. Rogalla ging bis zu der Stelle, wo sie stehen geblieben war, bemerkte zwischen Hecke und Hauswand einen schmalen Gang, zwängte sich hindurch und befand sich plötzlich am Rand einer kleinen Wiese. In der Mitte der Parzelle stand eine Hütte mit kotverschmierten Brettern und Luken unterm Dach. Die Tür war aufgezogen, hing schief in den Angeln. Rogalla holte unter dem Mantel die

Pistole aus dem Halfter, entsicherte die Waffe, hielt sie schussbereit in der Hand, ging langsam auf den Eingang zu. Nichts war zu hören. Eine seltsame, unwirkliche Stille lastete über dem Verschlag.

Einen halben Meter vor dem rechteckigen, dämmrigen Loch blieb er stehen, sah sich noch einmal vorsichtig nach allen Seiten um, überlegte. Wenn der Hunold bewaffnet war? Sollte er nicht lieber umkehren, Verstärkung anfordern? Aber dann würde er zu viel Zeit verlieren. War die Sawatzki überhaupt in dem Verschlag? Vielleicht war sie weiter um das Haus herumgegangen, hatte ihn genarrt. Rogalla zögerte, den letzten Schritt in den Eingang hinein zu machen.

Plötzlich hörte er ein Geräusch in der Hütte. Fast im selben Moment stand die Frau vor ihm, starrte ihn an, fing an zu schreien: „Sie haben ihn umgebracht. Vor Ihnen hat er immer Angst gehabt."

40

Die Redeweise war ungewöhnlich für Hahn, aber er sagte es: „Brenner, wir sitzen beide in der Scheiße. Rogalla hätte nicht ermitteln dürfen. Sie hatten darauf bestanden, und ich hatte dem leider nachgegeben. Jetzt steht er unter Verdacht."

„Blödsinn. Der ist nur der Sawatzki gefolgt. Den Hunold haben andere auf dem Gewissen."

„So? Und was halten Sie davon, dass Rogalla im Affekt gehandelt hat? Der kann ja vorher schon gewusst haben, wo der Hunold steckte. Die Sawatzki behauptet übrigens, Ihr Kollege habe eine Fahne gehabt."

„Wie kommen Sie darauf? Die war doch gar nicht vernehmungsfähig. Die ist doch direkt mit dem Notarzt weg. Oder haben Sie mit ihr gesprochen?"

Hahn schüttelte den Kopf. „Nein. Wäre mir ja noch lieb gewesen. Viel schlimmer: Ich, das heißt, wir sind im Fadenkreuz der Journaille. Einer von der Zeitung hat sie in der Mangel gehabt. Der hat am Abend bei mir angerufen, wollte wissen, was mit Rogalla passiert ist. Die Schlagzeile können Sie sich ja vorstellen."

„Wer hat angerufen?“

„Philipp Rohrbach. Sie kennen ihn ja noch von der Pressekonferenz.“

Brenner schob sich einen Kaugummi in den Mund, spürte den bitteren Geschmack des Nikotins. Rohrbach also. Da hatte der sich eingemischt und noch vor ihm mit der Sawatzki geredet. Der Reporter würde sich auf die Pressefreiheit berufen und nach Herzenslust Verdächtigungen ausstreuen. ‚Mordkommission unter Mordverdacht'. So oder so ähnlich würde es übermorgen im ‚Sonntagsboten' stehen. Wie hatte dieser Rohrbach die Sawatzki gefunden? Er, Brenner, war doch sogleich am Tatort gewesen, hatte noch mitbekommen, wie die apathisch wirkende Frau, die auf nichts antworten wollte oder konnte, in den Krankenwagen geführt wurde. Wie lange Hunold da schon tot war, stand noch nicht genau fest.

„Stumpfe Gewalt“, hatte der Arzt nach einer ersten kurzen Untersuchung gesagt, „Frakturen an beiden Schädelbeinen.“

Dann hatte er Hunolds Hosenbein hochgeschoben. Blaurote Flecken wurden sichtbar, die er mit den Fingern betastete und zu verschieben suchte. „Der ist mindestens schon zwanzig Stunden tot. Die Flecken verlagern sich nicht mehr.“

Rogalla konnte es also nicht gewesen sein. Zumindest nicht an diesem Tag. Und überhaupt war diese Vorstellung absurd. Aber ein journalistischer Schmierfink würde daraus etwas machen können. Persönliche Verwicklung, Hass auf den Täter, Selbstjustiz, Affekthandlung. Das mit der Fahne stimmte leider. Aber Rogalla war völlig klar und beisammen gewesen.

Brenner setzte sich. „Mit der Presse sind wir doch Kummer gewohnt.“

„Sie verkennen das Problem. Haben Sie heute schon das rot-weiße Boulevardblatt gelesen?“

Brenner schüttelte den Kopf. „Nein, gehört nicht zu meiner Lektüre.“

„Ab und zu sollten Sie hineinsehen. Hier!“

Hahn schob Brenner eine zusammengefaltete Zeitung zu. „Im Regionalteil“, sagte er.

Der Kommissar nahm das Blatt, warf einen kurzen Blick auf das Mädchen von Seite eins und schlug auf. Hahns Foto sah er sofort und auch die Schlagzeile darüber.

‚Bundesliga in Gefahr - Bochumer Polizeipräsident hilflos'. Das Foto zeigte den Präsidenten beim Abschlag eines Golfballes. Darunter stand: ‚Ist ihm sein Handikap wichtiger?'

„Was glauben Sie, was heute bei mir los ist?" sagte Hahn. „Ich möchte mich am liebsten verstecken. Und jetzt will dieser Rohrbach nachlegen. Und der wird alles noch übertrumpfen. Hat er so oder so ähnlich schon angekündigt."

Der Präsident holte tief Luft, strich sich mit der Hand die Haare nach hinten, zupfte an seiner Fliege. „Tun Sie was, Brenner! Reden Sie mit Rohrbach! Versprechen Sie ihm Informationen, die andere nicht bekommen! Ziehen Sie ihn auf unsere Seite! Auch Rogalla wird Ihnen dankbar sein."

Als Brenner aufstand und zur Tür ging, rief Hahn ihm noch hinterher: „Ach ja, eins noch. Fast hätte ich es in dem ganzen Wirbel vergessen. Jetzt darf Rogalla natürlich nicht mehr ermitteln!"

41

An diesem Freitagabend war Brenner gegen acht zu Hause. Er ging zu seinem Schreibtisch, zog die Schublade auf. Dort musste Rohrbachs Visitenkarte liegen. Er wühlte ein bisschen, dann hatte er sie in der Hand. Der Kommissar zögerte. Es war ihm zuwider, mit dem Journalisten zu reden. Aber er musste ihn ja nicht mit dem Angebot locken, von dem Hahn gesprochen hatte. Für Rogalla ein gutes Wort einlegen, falls das möglich war. Den Anruf selbst würde er als Befragung deklarieren. Immerhin hatte Rohrbach sich eingemischt.

Zuerst versuchte er es bei ihm zu Hause. Aber da war niemand. Er erreichte ihn jedoch in der Redaktion. Wahrscheinlich bereitete er die Sonntagsausgabe vor. Vielleicht war auch alles schon zum Druck rausgegangen.

„Herr Rohrbach", sagte Brenner, „wie kommen Sie dazu, sich in unsere Ermittlungen einzumischen? Kaum hatte ich

Frau Sawatzki vernommen, tauchen Sie da auf und setzen das fort."

„Sie täuschen sich, Herr Kommissar", entgegnete Rohrbach kühl. „Ich war nicht bei Frau Sawatzki. Sie hat mich angerufen und um ein Treffen gebeten. Das wird wohl nicht verboten sein."

„Und warum wollte sie sich mit Ihnen treffen?"

„Ganz einfach, Herr Brenner. Weil sie zu Ihnen und Ihrem Kollegen kein Vertrauen hat. Sie kennen doch das Sprichwort ‚Eine Krähe hackt der anderen kein Auge aus'. Herr Rogalla steht unter Mordverdacht. Da ist es naheliegend, dass man zuerst der Sawatzki alles in die Schuhe schieben will. Die Öffentlichkeit hat ein Recht zu wissen, wie die Dinge wirklich abgelaufen sind. Ich tue meine Pflicht genauso wie Sie, nur etwas anders. Jetzt am Sonntag, da darf ich Sie beruhigen, wird noch nichts erscheinen. Die Vorlage für den ‚Sonntagsboten' ist schon seit gestern beim Drucker. Da kann also noch nichts drinstehen. Aber für die Ausgabe danach kann ich Ihnen nichts garantieren. Wenn Sie damals mein Angebot angenommen hätten, wäre es wahrscheinlich gar nicht so weit gekommen. Ich hätte Ihnen einen wichtigen Tipp geben können."

Der Kommissar ließ ihn reden. Rohrbach wirkte kühl, ruhig, entschlossen. Der würde den Fall so ausschlachten, wie er es Hahn gegenüber angekündigt hatte.

„Herr Rohrbach, Sie wissen trotzdem, dass Sie sich nicht auf diese Weise in Ermittlungen einmischen dürfen. Und wenn Sie einen Tipp haben oder eine Aussage machen wollen, können Sie jederzeit zu uns ins Präsidium kommen."

„Da war ich, Herr Kommissar. Sie erinnern sich doch an die Pressekonferenz nach dem Mord an dem Schalker Jungen. Da habe ich Ihnen einen Tipp gegeben, vielmehr geben wollen. Ich kam ja gar nicht dazu, denn Sie hatten keine Lust, mir zuzuhören. Sie können nicht verlangen, dass ich mich ein zweites Mal aufdränge."

Der Kommissar erinnerte sich. Rohrbach hatte von gewaltbereiten Fangruppen gesprochen, auch davon, dass er selbst schon bedroht worden war. Aber war so etwas ein konkreter

Hinweis? Dass es gewaltbereite Gruppen gab, wussten doch alle. Seiner Meinung nach hatte sich der Mann nur aufspielen wollen. Außerdem hatte er es ihm zu verdanken gehabt, dass die Pressekonferenz damals zu den unangenehmeren gehörte.

„Gut, Herr Rohrbach", sagte Brenner. „Jetzt haben Sie die Gelegenheit. Ich höre Ihnen gerne zu."

„Herr Kommissar, wenn Sie jetzt ins Internet können, dann geben Sie doch bitte einmal ‚Dragonhunters' bei Google ein. Sie finden die Seite einer Bochumer Gruppe, die Jagd auf gegnerische Fans macht. Sie kommen aber nur auf die Begrüßungsseite. Der Bereich danach ist seit dem Mord an dem Wolfsburger passwortgeschützt."

„Sie kennen das Passwort?"

„Nein. Aber ich hatte Ihnen ja damals erzählt, dass ich eine Reportage gemacht habe über Fangruppen. Dabei bin ich auch auf die Dragonhunters gestoßen, habe gelesen, was die machen und habe die besucht. Sie haben mir die Kamera weggenommen, den Chip rausgeholt. Aber da hatte ich schon genug gesehen und hab vorher auch gelesen, was die anstellen. Ein ganz abgedrehtes Ritual. Sie ziehen einer Strohpuppe die gegnerische Fankleidung an, binden sie an einen Pfahl, schneiden ihr eine angehängte Zunge ab, verbrennen die Puppe danach."

„Kennen Sie die Namen der Mitglieder? Wenigstens einen?"

„Nein. Ich kann Ihnen nur sagen, dass der Anführer sich Odin nennt. Mit richtigen Namen oder einer Adresse kann ich nicht dienen. Das finden Sie ohne Passwort auch auf der Website nicht."

„Wo haben Sie das Ritual gesehen?"

„Am Kemnader See, Herr Kommissar."

42

Brenner hatte die Seite gefunden. Auf dem Monitor baute sich ein bizarres Bild auf. Ein Kreis von siebzehn Drachen erschien. Jeder trug das Emblem eines Bundesligavereins. Nur der VfL fehlte. Dafür war dessen Logo in der Mitte des Rings.

Links oben auf der Seite wurde man aufgefordert, das Passwort einzutragen. Rohrbach musste ihm ja nicht die Wahrheit gesagt haben. Vielleicht kannte er das Passwort doch. Der Kommissar gab ‚Odin' ein. Nichts. Dann versuchte er dieses Wort rückwärts. Nichts. ‚Wotan' fiel ihm ein. Auch nichts. Es hatte keinen Zweck. Er würde heute nicht weiter kommen. Ein Passwort zu knacken war etwas für das LKA oder die in Wiesbaden. Möglicherweise war es auch so raffiniert angelegt, dass es nicht zu knacken war. Dann mussten sie den Betreiber der Website über den Provider herausfinden.

Möglicherweise hatte ihm Rohrbach den entscheidenden Tipp gegeben. Materka, ohne es zu wissen, war damals mit seinem Wohnmobil in das Revier der Dragonhunters eingedrungen. Und da hatten sie an ihm, nach dem Spiel des VfL, das vollzogen, was sie sonst mit der Puppe anstellten. Das erste Mal mussten sie diese Schwelle überschritten haben. Vom Ritual hin zur wirklichen Tat. Und war diese Schwelle erst einmal überschritten, folgten weitere Opfer. Der nächste war Michael gewesen. Genauso eine Zufallsbegegnung wie Materka. Dann der Kölner, zufällig ebenso. Und Hunold, der ja auch am Kemnader See war, musste irgendetwas gewusst haben. Vielleicht hatte er den Dragonhunters gedroht, sie erpresst.

Jetzt schloss sich der Kreis. Jetzt wurden die Taten in sich logisch, die Zusammenhänge wurden klar. Falls diese Theorie stimmte. Warum nur war Rohrbach mit seiner Mitteilung nicht nachdrücklicher gewesen, hatte sich so rasch abspeisen lassen bei der Konferenz? Nein, er hatte das ja nicht wissen können mit der Zunge. Niemand wusste vom Zustand der Opfer. Das Signal für Rohrbach war zunächst nur der Tatort gewesen, der Kemnader See. Da musste er auf den Gedanken kommen, dass diese Gruppe nicht nur Rituale an Strohpuppen ausführte.

Es konnte nicht allzu schwierig sein herauszufinden, wer sich hinter diesen Dragonhunters verbarg. Aber das Passwort knacken zu lassen, das ging heute nicht mehr. Morgen würde er mit dem LKA telefonieren, ihnen den Auftrag geben, das Passwort zu knacken. In Bochum hatten sie dafür keine eigene Abteilung. Da gab es zwar auch ein paar Freaks, die sich auf das Hacken verstanden, aber so etwas musste nach Düsseldorf. Und dann würde man sehen. Es konnte eine Sache von ein paar Stunden sein. Vielleicht aber dauerte es auch Tage oder gelang nie. Das hing vom Passwort ab. Wie geschickt es gebaut war. Lange Kombinationen aus Buchstaben und Zahlen waren ziemlich resistent.

Er verspürte Hunger. Den ganzen Tag hatte er kaum etwas gegessen, und jetzt war es schon neun Uhr. Er ging in die Küche, öffnete den Kühlschrank. Der gähnte ihn leer an. Da nahm er seinen Mantel und ging hinaus. Er ließ den Wagen stehen. Die paar Meter bis zu der kleinen Pizzeria konnte er trotz des miesen Wetters laufen.

Den Kragen hochgeschlagen, stapfte er vor sich hin, nahm die Umgebung kaum wahr. Leichter Regen schlug ihm ins Gesicht. Irgendwo bellte ein Hund. Nur aus den Augenwinkeln bekam er mit, dass in den Fenstern Lichterketten hingen und leuchtende Sterne. Die Straße war menschenleer. Niemand begegnete ihm. Nur ab und zu fuhr ein Auto vorbei, tauchte ihn für einen kurzen Moment in Scheinwerferlicht, ließ ihn wieder los.

Er hatte die Höhe der Bushaltestelle erreicht. Wieder erfassten ihn Scheinwerfer. Dieses Mal länger. Der Bus hielt. Er stapfte daran vorbei. Da hörte er sie hinter sich rufen. Es war Marie.

43

Kalter Regen, schon seit dem späten Vormittag. Auf dem Weihnachtsmarkt tropfte das Wasser von den Dächern der Holzbuden. In der Innenstadt roch es nach Glühwein und Bratwurst. Es war halb sechs. Sie hatten sich im City Point, der kleinen Bochumer Mall, getroffen, auf der unteren Etage. Erich Rogalla war mit der U 35 gekommen und hatte Kurt Bölling am Bäckerstand gefunden, wo der unschlüssig auf einer Salzbrezel herumkaute. Er sah aus, als ob er seit Michaels Tod nicht mehr geschlafen hätte.

„Ich lad dich ein", sagte Rogalla. „Zum Chinamann. Hier auf der Kortumstraße. Das ist ganz nah."

„Lass uns lieber was trinken."

„Das können wir hinterher tun. Ich hab Zeit genug. Erst mal was essen, bitte!"

„Also gut. Ich weiß aber nicht, ob ich was runter kriege."

In der City Passage, die zum Rathaus Center führte, stiegen sie rechts die Treppe rauf zum Restaurant „Ozean", vorbei an dem großen Bild mit der Chinesischen Mauer. Im Restaurant war es um diese Zeit noch leer, nur zwei Tische waren besetzt. Ein gut genährter Mao tse Tung, der sicher schon ein paar Frühlingsrollen verspeist hatte, blickte von der Wand herab auf die Gäste des Lokals. Die beiden Männer wählten einen Tisch in der Reihe am Fenster. Rogalla setzte sich automatisch so, dass er den Raum überblicken konnte. Einmal Bulle, immer Bulle, dachte er. Auch was unter ihnen auf der Kortumstraße passierte, war von hier gut einzusehen. Schnellen Schrittes gingen die Einkäufer hinunter bis zur Brückstraße oder hinauf ins Zentrum der Stadt. Der böige Wind ließ ein paar Regenschirme umklappen. An der gegenüberliegenden Hauswand flackerte die Neonreklame der Württemberger Versicherungen.

„Was ist los? Warum willst du mich sprechen!" fragte Kurt.

„Monika, deine Ex-Frau, falls du dich noch erinnerst ..."

„Was ist mit ihr?"

„Sie hat mich angerufen. Macht sich Sorgen um dich."

„Die soll sich um sich selber kümmern!"

„Vielleicht fällt es ihr leichter, sich um dich zu kümmern. Jedenfalls hat sie mich gebeten, mal mit dir zu reden."

„Als Psychotherapeut bist du ungeeignet, sag ihr das bitte!"

„Wenn du willst. Wir können ja auch wieder gehen."

„Oder gibt es was Neues?"

Ein älterer Kellner bediente sie. Er schien in seiner asiatischen Würde ganz in sich zu ruhen. Wahrscheinlich war er der Chef des Hauses. Er brachte zwei Bier und reichte ihnen die Karte. Kurt Bölling wollte lieber vom Buffet essen, während Rogalla Rindfleisch mit Morcheln bestellte und davor eine chinesische Hühnersuppe. Er liebte das weiße Fleisch, das sich mit dem Porzellanlöffel zerteilen ließ. Sein Schwager bediente sich am Buffet und brachte eine Schale mit einer unergründlichen rötlichen Suppe herbei, dann noch Reis und etwas Fleisch, das weitläufig nach Ente aussah.

„Du hast mir noch keine Antwort gegeben."

„Wie, keine Antwort?"

„Ich hatte dich gefragt, ob es was Neues gibt", sagte Bölling.

„Was Neues? Ja und nein. Michaels Mörder läuft immer noch frei herum. Da hat sich nichts getan, obwohl wir ein paar Hinweisen nachgegangen sind."

„Soweit also nein. Und was ist das Neue?"

Rogalla nahm einen Schluck. Das Bier schmeckte irgendwie nach Seife. Auf den Gläsern stand noch der Name Brinckhoff; aber gab es das Bier überhaupt noch?

„Ich bin aus der Sache raus!" sagte er.

„Verstehe ich nicht. Wieso raus?"

„Du verstehst schon. Ich darf nicht mehr ermitteln in dem Fall!"

„Das kann doch nicht wahr sein!"

„Leider doch."

„Und warum?"

„Ich gehöre jetzt zum Kreis der Verdächtigen."

Bölling sagte nichts, trank sein Bier aus, bestellte per Handzeichen ein zweites und wartete, bis Rogalla sich erklärte. Der starrte auf das Mao-Porträt und fand, dass der Blick des großen Vorsitzenden dem seines Präsidenten ähnelte. Gütiges Misstrauen sprach aus diesem Blick, zumindest irgendeine Gemeinheit.

„Da ist noch einer ermordet worden. Dieser Hunold."

„Ich hab's in der Zeitung gelesen. Das ist doch der, der Michael gefunden hat."

„Genau der. Wir hatten ihn auch erst im Verdacht, ich ganz besonders, mehr als die anderen. Kann ja sein, dass ich mich da in etwas verrannt habe. Aber nun ist er selber tot.

„Und was hat das damit zu tun, dass sie dich von dem Fall abgezogen haben?"

„Man meint, ich könnte ein Motiv gehabt haben."

„Wieso du?"

„Vielleicht weißt du noch, dass ich Michaels Onkel bin?"

Jetzt bin ich zu weit gegangen, dachte Rogalla. Bölling schüttelte unwillig den Kopf, sah dann Rogalla einen Augenblick ungläubig und zugleich prüfend an, als ob er dessen Worte überhaupt nicht begriffen hätte.

„War der nicht verschwunden, dieser Hunold? Untergetaucht? Du hattest mir doch so was erzählt."

„Ja klar, der war verschwunden. Aber ich habe irgendwann rausgekriegt, wo er war. Der hatte sich in so einer vergammelten Laube versteckt. Eigentlich war das nichts anderes als ein Taubenschlag. Völlig zugeschissen, die Bude."

„Und du warst der Einzige, der das wusste?"

„Nein, nicht der Einzige. Seine Nachbarin hat ihn da versorgt, aber die kannst du vergessen. Und sein Mörder muss die Hütte ja auch gekannt haben."

„Und Brenner? Glaubt der etwa auch, du hättest damit was zu tun?"

„Weiß ich nicht."

„Ich denke, er ist dein Freund! Oder hab ich da was falsch verstanden?"

Rogalla antwortete nicht. Vielleicht hatte er selbst etwas missverstanden. Jahrelang. Brenner war seit gestern merkwürdig einsilbig gewesen. Als der PP ihm den Fall entzogen und ihm zu allem Überfluss noch einen schönen Urlaub gewünscht hatte, da war Brenner ihm nicht zur Seite gesprungen, hatte ihn nicht verteidigt. Das war sehr schmerzhaft gewesen. Er wusste nicht, warum Brenner sich so passiv verhalten hatte, ihm nur geraten hatte, sich mal richtig auszuschlafen. Nach Freundschaft sah das jedenfalls nicht aus.

Es war eben so, wie er es schon öfter gehört hatte. Wenn es erst einmal abwärts ging, dann brauchte man auf die nächsten Pleiten nicht lange zu warten. Später kamen die menschlichen Enttäuschungen, und ganz am Ende stand man allein da. Aber was sollte er Kurt Bölling davon erzählen! Der war selbst vom Leben gezeichnet, war das ärmste Schwein, das man sich denken konnte und merkte nicht einmal, wie beschissen das Bier in diesem Laden schmeckte, denn er hatte sich schon das dritte bestellt.

„Lass uns hier rausgehen!“ sagte Rogalla.

Er blickte aus dem Fenster. Es war inzwischen ganz dunkel geworden. Durch den Regen schimmerte festlich die Weihnachtsbeleuchtung auf der Kortumstraße. Die Bilder von den vorbeihuschenden Passanten, die Rogalla intuitiv aufnahm, verschwammen an ihren Rändern. Was kümmerten ihn eigentlich die Menschen da draußen? Hatte er überhaupt irgendwelche Verpflichtungen, nur weil er sich vor vielen Jahren dazu entschlossen hatte, Polizist zu werden? Man sollte die Brocken hinschmeißen, dachte er. Alles in die Tonne kloppen und irgendwo an der Ostsee spazieren gehen.

Er bezahlte die ganze Rechnung. Sein Bierglas war noch halbvoll. Der Schwager hatte natürlich alles ausgetrunken und sogar seinen Teller leer gegessen. Wenn es nach seiner Schwester Monika ginge, müsste er sich jetzt darüber freuen. Aber es war ihm scheißegal.

44

Der VW-Bus fuhr langsam durch Stiepel dem Kemnader See entgegen. „You'll never walk alone“ stand auf einem blauweißen Schal, der aus dem geöffneten Fahrerfenster hing. Aus dem Wagen drang Reggae-Musik. Die Lautsprecher waren voll aufgedreht: „Travelling in a fried-out combie on a hippie trail head full of zombie.“ In den Häusern, an denen sie vorbeifuhren, würden sie jetzt schon ‚Stille Nacht, heilige Nacht' spielen.

Hinten im Bus hockten drei Gestalten, grölten laut mit und ließen eine Wodkaflasche kreisen. Brüder, das sah man auf den ersten Blick, waren die drei nicht, auch wenn sie alle die gleichen olivgrünen Pullover trugen, an deren rechten Oberärmeln sich eine Sichel mit dem Schriftzug ‚Dragonhunters' zeigte. Um den Hals hatten sie sich Schals des VfL Bochum gewickelt. Die drei mochten im gleichen Alter sein, achtzehn bis zwanzig Jahre. Zwei von ihnen hatten sich die Haare blau gefärbt. Der Dritte war auf dem Schädel kahlrasiert, rieb ihn offensichtlich täglich mit Vaseline ein, polierte ihn mit einem

Tuch. Jedenfalls glänzte die Platte wie ein frisch gewienerter Schuh.

Von Statur waren sie völlig unterschiedlich. Der eine war ein schmächtiger, auffallend blasser Junge. Er hockte auf einer Isomatte. Der strichartige, sich um die Mundwinkel herunterziehende Bart ließ sein Gesicht noch schmaler erscheinen. Neben ihm lag auf einem ausgerollten Schlafsack ein massiger, großer Typ mit rötlichem Vollbart. In dem kantigen Gesicht fielen kleine, mongoloid wirkende Augen auf, weswegen ihn die anderen Dschingis nannten.

Den beiden gegenüber hockte auf einem Bierkasten der Kahlköpfige. Er war schlank, hochgewachsen, bartlos. Seine olivgrüne Hose mit den Reißverschlusstaschen passte zum Pullover. Die schwarzen Stiefel waren fest um die Waden verschnürt. Am Hosengürtel hing ein Jagdmesser. Er trank am meisten. Kam der Schmächtige mit einem kleinen, eher genippten Schluck aus, so nahm er jedesmal die volle Dosis, als handele es sich um zu dünnes Bier.

Wenn der Kahle nicht gerade redete, hatte er Kopf und Nacken vorgeschoben und starrte mit stechenden Augen Löcher in die Luft. Besonders gut schien er sich mit Dschingis zu verstehen, dem er ab und zu auf die Schulter haute, als sei gerade etwas Großartiges passiert. Dem Schmächtigen dagegen reichte er nur wortlos die Flasche, sah ihn nicht einmal an dabei. Auch er hatte einen merkwürdigen Namen, wurde von den anderen Schlitzer genannt, weil er einmal seinen eigenen Hund um die Ecke gebracht hatte. Das war allerdings Notwehr gewesen. Der Hund, ein nervöser Mastiff, hatte sich grundlos auf ihn gestürzt, sich im linken Arm verbissen. Da hatte der Kahle zum Messer gegriffen und es durchgezogen. Eine rötliche Narbenlandschaft auf dem Unterarm zeugte noch immer von diesem Ereignis, und seitdem war der Ärmelbund dort bis auf die Handwurzel heruntergestreckt und die Armbanduhr über dem Stoff ganz eng geschnallt.

Der Schmächtige dagegen hatte keinen besonderen Namen. Der Anführer der kleinen Truppe, der den Wagen fuhr, hatte ihn von Anfang an ‚Blasser' genannt. Dschingis und der

Kahle waren bei der Rekrutierung des Blassen dabei gewesen und wussten, dass es dem Anführer gar nicht um den Blassen ging, sondern nur um dessen Schwester.

Es waren illustre Gestalten, die da hinten auf der Ladefläche hockten oder lagen. Und genauso illuster war auch ihre Umgebung. Neben vollen Bierkästen und einer Zweiliterflasche Lambrusco lagen Partyfackeln, ein Seil, ein Pflock, ein Vorschlaghammer und eine angerostete Sichel. Und dann war da, an die Sitzbank gedrückt, noch etwas: eine Strohpuppe, lebensgroß, der sie einen blauen Schal umgehängt hatten. Karlsruher SC stand in großen Schriftzügen darauf. Und etwas kleiner: ‚Die 3 geilsten Buchstaben im deutschen Fußball'. Die Puppe war gesichtslos bis auf eine überdimensionale Stoffzunge, die mit Draht am Stroh befestigt war.

Der Fahrer hatte trotz des nasskalten Wetters das Seitenfenster ganz heruntergekurbelt. Sah einer der wenigen Passanten, die sich durch Stiepel bewegten, kopfschüttelnd zu dem Bus, verzog sich sein Gesicht zu einem leichten Grinsen. Er hatte Spaß daran aufzufallen und zu provozieren. Das gelang ihm allein schon mit seinem schwarzen Umhang, an dessen Ärmel oben eine goldene Sichel aufgestickt war. Neben dem Fahrer saß Giny, die eigentlich Virginia hieß. Sie hatte sich ein schwarzes Lederkäppchen auf die weißblonden Haare gesetzt, trug ein dünnes Girlie-Top, mit der Aufschrift ‚VfL Bochum 1848', darüber eine Street-Jacke mit dem gleichen Schriftzug. Der Saum ihres schwarzen Lederminis war hochgerutscht und ließ einen roten Slip erkennen. Der war so klein, dass man in der Leistengegend noch die Hälfte eines bunten Schmetterling-Tattoos sah.

„Wenn wir da sind", sagte der Fahrer, „machste den Mini wieder runter. Das ist nur für Odins Auge."

Das Mädchen antwortete nicht, zog an einer Zigarette, die sie sich gerade gedreht hatte. Als sie den Rauch ausblies, roch es süßlich.

„Lass das!" sagte Odin. „Nicht hier im Auto."

Mit der rechten griff er nach dem Glimmstengel, bekam ihn zwischen Daumen und Zeigefinger zu fassen, warf ihn aus dem Fenster. Giny blickte ungerührt durch die Windschutzscheibe auf den nassen Asphalt.

„Machste nachher neu", meinte der Fahrer.

Sie waren am See angekommen, fuhren am Bootshaus vorbei und hielten schließlich auf einem Grasstreifen in Nähe des Wassers. Odin stellte den Motor ab und drehte sich nach hinten.

„Morgen muss ich euch wieder einzeln auf die Beine stellen", fluchte er. „Wir wollen hier ein Ritual machen und uns nicht totsaufen. Leg die Flasche weg, Blasser!"

Der Blasse gehorchte, suchte auf dem Boden nach dem Verschluss, fand ihn zwischen zwei zusammengerollten Isomatten, schraubte ihn auf den Flaschenhals. Die Truppe stieg jetzt aus. Sie sahen gelangweilt auf den See hinaus und warteten weitere Befehle ab.

Giny stand neben dem Anführer, hatte ihren Kopf an seine Schulter gelehnt. Sie löste sich jetzt aus der Gruppe, ging zu dem Bus zurück, dessen Seitentür noch aufgeschoben war, setzte sich auf die Ladefläche, kramte aus ihrer Jackentasche Zigarettenpapier, eine Tüte mit Tabak und ein Döschen mit fein zerbröselten Blättern. Sie vermischte auf der Handfläche Tabak und Blätter, drehte alles ein, begann zu rauchen.

„Komm her!" rief der Kahle. „Bring ein paar Flaschen mit!"

Aber Giny tat, als hätte sie nichts gehört, blieb auf der Ladefläche hocken und rauchte.

„Ihr könnt später noch saufen", meinte Odin. „Bis Mitternacht sind es noch ein paar Stunden. Beim Ritual dürft ihr nicht rumtorkeln. Heute hat das besonders viel Kraft."

„Bis dahin sollen wir uns den Arsch abfrieren?" beschwerte sich Dschingis.

„Hockt euch ins Auto, macht Kaffee. Unter der Sitzbank ist ein Karton. Da sind Becher, Pulver, Campingkocher. Wasser ist in dem Kanister."

Der Kahle verzog das Gesicht. Der Blasse war etwas abseits gegangen, suchte nach Steinen, um sie über das Wasser flitschen zu lassen.

„Warum sind wir eigentlich nicht später an den Scheißsee gefahren?" fragte der Kahle.

„Weil ich mit der Kleinen noch ein bisschen spazieren gehen will", entgegnete Odin ruhig.

Der Blasse hörte auf, nach Steinen zu suchen. Auf seinem Gesicht zeigten sich ein paar rote Flecken. Er ging auf Odin zu, blieb einen Meter vor ihm stehen.

„Meine Schwester ist nichts für dich", sagte er. „Die rührst du nicht an."

Dschingis und der Kahle sahen zu. Dass der Blasse Widerworte gab, war neu. Odin grinste, steckte sich eine Zigarette zwischen die Lippen, nahm sie wieder heraus.

„Dein Schwesterchen ist alt genug. Außerdem hat sie die Schnauze voll davon, dass du dich als ihr Beschützer aufspielst."

„Lass sie in Ruhe!"

„Frag das Täubchen doch mal, was es will!"

Odin deutete mit dem Kopf zum Bus rüber. Giny hatte sich quer in die Öffnung gesetzt, lehnte mit dem Kopf an der aufgeschobenen Seitentür, rauchte, schien von dem Streit da draußen nichts mitzubekommen.

„Du kannst dir nicht alles erlauben", sagte der Blasse. „Du machst sie mit dem Scheißzeug abhängig. Die weiß doch gar nicht mehr, was sie tut, du Schwein."

„Du beleidigst einen Gott", erwiderte Odin ruhig. „Das kostet dich den Platz im Himmel. Die Dragonhunters haben jetzt ein Mitglied weniger. Sei froh, wenn du heil nach Hause kommst. Schlitzer hat lange nichts zu tun gehabt."

Odin blickte zu dem Kahlen. Der hatte die Hände in die Hosentaschen geschoben, zog sie jetzt heraus.

„Lass ihn laufen", meinte Dschingis. „Auf den haust du sowieso nur einmal drauf, dann ist der über den See geflogen."

Schlitzer trat einen Schritt näher, rieb sich die Hände.

„Schon gut!" hielt ihn Odin zurück. „Wir wollen jetzt keinen Ärger." Er packte den Blassen an der Schulter, drehte ihn, streckte den rechten Arm vor, zeigte Richtung Stiepel. „Hau ab! Du hast genau zehn Sekunden Zeit."

Giny saß immer noch wie eingeklemmt im Rahmen und rauchte. Der Blasse warf einen Blick auf sie, den sie nur kurz und ablehnend erwiderte. Dann ging er. Es war fünf Uhr nachmittags. Die Dämmerung brach herein, machte die Konturen undeutlich. Kurze Zeit später sah man von dem Blassen nichts mehr.

45

Brenners Schicksal hatte sich gewendet. Zumindest in Liebesdingen. „Wie idiotisch", hatte er gesagt. „Aber das konnte ich doch nicht wissen! Natürlich hätte ich dir sonst zugehört."

Bei sich dachte er: Warum hatte sie das auch so ungeschickt angefangen? Spät abends, damals. „Ich muss mit dir reden", hatte sie gesagt. „Über unsere Beziehung."

Das tat sie oft, und nicht immer waren es erbauliche Stunden. Brenner war kein Meister des Wortes. Er hörte sich dann nur geduldig an, was sie sagte und langweilte sich. Hätte sie damals nicht direkt sagen können, dass sie schwanger war? Aber nun freute er sich, dass sie zurückgekommen war. Jetzt war Mittwoch, Heilig Abend. Er war froh, den nicht alleine erleben zu müssen. Das war immer ein Elend gewesen.

Er stand in Maries Küche und gab gerade etwas Olivenöl in eine Pfanne. Marie war hinter ihn getreten, umfasste ihn.

„Was macht denn der Meister der Kochkunst heute?"

"Gambas im scharfen Kokosbett mit Wildreis und zarten Bambussprossen. Dazu Wein, einen weißen, kalten, knalltrockenen Sizilianer."

„Du hättest auch den Blockbuster mitbringen können, den ich dir damals geschenkt habe."

„Der ist für ganz besondere Gelegenheiten", redete er sich heraus. „Den öffnen wir später."

Ein leises Klingeln ertönte. Brenner verdrehte die Augen. „Mist!" sagte er. „Das ist mein Handy."

Er hatte sich den klassischen alten Klingelton heruntergeladen, fand ihn nostalgisch. Das war er eigentlich nur, wenn Marie anrief. Die aber stand hinter ihm. Als er sich umdrehte, sah er, dass sie gottergeben zur Decke hochblickte.

„Wird nichts Schlimmes sein", sagte er und eilte in die Diele, wo er sein Jackett hängen hatte.

Als er in die Küche zurückkam, sagte er: „Tut mir leid. Seit vier Monaten tappen wir im Dunkeln, jetzt sitzt einer von den Tätern in Querenburg auf der Wache und hat gesungen. Ich muss hin. Und wenn das vorbei ist, bin ich wieder hier."

„Warum stellst du das Ding nicht wenigstens zu Weihnachten ab?"

„Geht nicht. Ein Kommissar ist immer im Dienst. Auch am Heiligen Abend."

Er rief Rogalla an, rechnete damit, dass der ablehnen würde. Zum einen saß er wahrscheinlich zu Hause, hatte Gänsebraten mit Bier hinter sich, zum anderen war er suspendiert und durfte gar nicht mitkommen. Aber Brenner wollte es trotzdem versuchen. Brachte der Einsatz für die Ermittlungen nichts, musste der Alte nichts davon erfahren. Hatten sie den Fall aber gelöst, durfte er es ruhig wissen und konnte froh sein.

Rogalla meldete sich selbst. „Einverstanden", sagte er. „Ist sowieso ein ödes Fest. Monika will niemanden sehen, Kurt hat sich wahrscheinlich die Kante gegeben. Ingrid liegt mit einer fiebrigen Erkältung im Bett. Ich komme, hole dich ab."

„Fahr vorher bitte ins Präsidium", sagte Brenner, „bring ein Nachtsichtgerät mit. Das werden wir brauchen."

Er schob sein Handy wieder in die Jackentasche. „Merkwürdige Feiern", meinte er zu Marie. „Rogalla hängt rum, freut sich, wenn er gleich was zu tun bekommt. Wir zwei wären heute Abend das richtige Weihnachtspaar, werden aber gehindert."

„Wer hindert uns denn?" fragte Marie. „Rogalla ist doch noch gar nicht da."

46

Brenner hatte den Jungen erst einmal erzählen lassen. Der saß vor ihm, war auffallend blass und nervös. Die Kollegen auf der Wache in Querenburg hatten seine Personalien aufgenommen. Daniel Holzbacher hieß er, war 19 Jahre, machte bei Opel eine Lehre als Karosseriebauer, war der Einzige aus der Truppe, der einer Arbeit nachging. Er gab die Namen der Mitglieder an, die richtigen wie auch die Decknamen. Ihn selber würde man bei den Dragonhunters nur den ‚Blassen' nennen. Vor Odin, dem Anführer, hatte er Angst.

„Dir wird nichts passieren. Wir passen auf", musste der Kommissar ihn beruhigen.

„Der Odin weiß aber, wer ihn verraten hat."

„Den verwahren wir gut. Die anderen auch. Es ist richtig, dass du deine Schwester da rausholen willst. Wie alt ist sie eigentlich?"

„Sechzehn", antwortete der Junge. „Ist sie gerade erst geworden."

„Sag mal", meinte Brenner, „wie kommt ihr mit eurem Ritual eigentlich auf diesen seltsamen Termin. Heute ist doch Heilig Abend. Oder bekommt ihr so was nicht mit?"

„Doch. Aber der Odin sagt, das ist ein ganz besonderer Zeitpunkt. Da steckt viel Kraft hinter, und die braucht der VfL."

„In der Winterpause?"

„Nein. Für das nächste Spiel. Die hängen um Mitternacht einen Karlsruher auf, ich meine die Puppe."

„Wie kommt ihr bloß auf so etwas?" griff Rogalla ein.

„Das hat sich der Odin ausgedacht."

„Und du? Wie bist du Mitglied geworden?"

„Der Odin hat mich in der Disko angesprochen. Aber der hat eigentlich nicht mich gemeint, sondern meine Schwester. Da lief gerade ein Karaoke-Wettbewerb. Er hat ihr das Blaue vom Himmel versprochen. Er würde sie berühmt machen, groß rausbringen. ‚Ich hab Beziehungen zu RTL', hat er gesagt. ‚Du wirst Deutschlands nächster Superstar.' Die Virginia hat sich irre gefreut, hat ihm alles geglaubt. Der Odin hat ihr die Hunderter im Päckchen zugeschoben, damit sie sich schön einkleiden kann. Dann hat er ihr Marihuana gegeben und noch anderes Zeug. Seitdem ist sie völlig durchgeknallt."

„Und aus dem Superstar wurde nichts. Richtig?"

„War doch alles gelogen. Und außerdem kann die Giny gar nicht singen. Die wär schon in der ersten Runde rausgeflogen."

„Sag mal", meinte Rogalla zu dem Jungen, „was ihr da mit den Puppen anstellt, habt ihr euch mal überlegt, so etwas auch mit richtigen Fans zu tun?"

Der Blasse starrte den Kommissar an: „Nein", sagte er.

„Wie oft macht ihr das mit dem Ritual?"

„Nur wenn der VfL unten steht."

„Also auch vor ein paar Monaten, im August, vor dem Spiel gegen Wolfsburg? Du erinnerst dich?"

„Aber das war das letzte Mal. Der Odin wollte danach nicht mehr. Erst mal Pause hat er gesagt, neue Kräfte schöpfen, damit sich das Ritual nicht verbraucht."

„So?" fuhr Rogalla auf einmal den Jungen an, streckte den Kopf gegen ihn vor, sah ihm scharf in die Augen. „Ihr wisst doch genau, was da im August am Kemnader See passiert ist. Du warst doch dabei."

„Was denn? Wir haben nur das Ritual gemacht und Bier getrunken. Party. Ist doch nicht verboten."

„Wann? Wann genau war das?" fuhr Rogalla in dem gleichen scharfen Ton fort. Brenner ließ ihn gewähren.

„Am Freitagabend vor dem Spiel."

„Und am Sonntag wart ihr noch mal am Kemnader See?"

„Nein. Da haben wir uns das Spiel angesehen."

„Danach wart ihr am See. Lüg nicht! Ihr wart frustriert wegen der Niederlage, habt euch einen Fan aus Wolfsburg ausgeguckt, an den See gelockt und seid über ihn hergefallen."

„Nein! Das stimmt nicht."

„Lass gut sein, Erich!" griff Brenner ein und nahm Rogalla zur Seite. „Wir finden das noch raus. Vielleicht weiß der wirklich nichts."

Der Kommissar sah auf die Uhr, wandte sich wieder dem Jungen zu: „Was wir jetzt wissen müssen. Habt ihr irgendwelche Waffen? Messer, Pistole? Wie ist das mit diesem Odin?"

Der Blasse schüttelte den Kopf. „Waffen haben wir nie gehabt. Auch der Odin nicht. Nur ein Messer und eine Sichel wegen der Zunge."

„Das weißt du genau?"

„Ja."

„Gut. Dann fahren wir jetzt zum Kemnader See. Du zeigst uns die Stelle. Ach ja, noch was. Ihr habt doch eine Homepage. Wer hat Zutritt?“

„Nur die Mitglieder.“

„Sonst niemand?“

„Nein.“

„Und das Passwort?“

„Drachentod.“

47

Sie hatten Verstärkung angefordert. Nur mit Rogalla und zwei Kollegen von der Querenburger Wache die Dragonhunters ins Präsidium zu befördern, das war Brenner zu unsicher. Sie kannten die Gruppe nicht, wussten nicht, wie gewaltbereit die waren. Vor allem diesem Odin war nicht zu trauen. Ob der Junge Recht hatte, dass der keine Waffe besaß, war noch lange nicht ausgemacht. Odin musste den anderen nicht alles auf die Nase binden. Angenommen, er war der Täter, dann hatte er nicht mehr viel zu verlieren und konnte rücksichtslos vorgehen. Vielleicht um sich ballern oder aber das Mädchen als Geisel nehmen.

Sie fuhren durchs Lottental hinunter zum See. Bei Tage hätte man ihn schon von Ferne sehen können. Jetzt lag alles still und dunkel. Der Blasse fuhr mit den beiden Kommissaren. Er war still, saß hinten im Wagen. Als sie den ersten Parkplatz am See erreicht hatten, fragte ihn Rogalla: „Wie weit ist das hinter dem Bootshaus? Was schätzt du?“

„Ein paar hundert Meter hinter den Stegen.“

Die Kommissare kannten den Kemnader See. Aber sie hatten sich trotzdem auf der Wache den Plan angeschaut und sich von dem Jungen die Stelle zeigen lassen. Zwei Streifenwagen waren mitgekommen. Ein dritter näherte sich dem Lagerplatz aus der anderen Richtung, ungefähr da, wo die Wasserburg lag. Wenn alles gut lief, saßen die Dragonhunters in der Falle. Es würde ja keiner auf die Idee kommen, im Winter durch den See zu schwimmen.

Den Jungen ließen sie bei einem Kollegen im Streifenwagen zurück. Brenner wollte kein Risiko eingehen, wollte sicher sein, dass der nicht doch noch im letzten Moment auf die Idee käme, seine Kameraden zu warnen.

Sie passierten das Bootshaus, sahen nach fünfzig Metern links am See schemenhaft die Stege. Oben, auf Land, lagen mit Planen bedeckt die Jollen.

Die Nacht war nasskalt. Kein einziges Licht spiegelte sich im See. Man konnte ihn nur sehen, weil die Wasserfläche nicht so dunkel war wie die Nacht. Und man konnte das Wasser hören, wie es leise am Ufer gluckste. Brenner blickte durch das Nachtsichtgerät, das Rogalla mitgebracht hatte. Die Konturen der Umgebung schimmerten in einem graugrünen Licht. Der obere Weg machte eine leichte Biegung nach links. Hier standen keine Büsche mehr. Man hatte freien Blick auf den See und auf den Weg, der unten verlief. Und man konnte auch etwa zweihundert Meter nach vorne sehen, dahin, wo sich ein breiter Streifen Gras zwischen See und Weg schob. Und genau da, am Anfang dieses Streifens, nahm der Kommissar den VW-Bus wahr. Seltsamerweise war es ganz dunkel. Kein Licht brannte, nicht einmal ein Kerzenschimmer war zu erkennen.

Es war jetzt Viertel vor zwölf, und es war still. Für einen Moment dachte der Kommissar, der Junge hätte sie vielleicht an der Nase herumgeführt mit seinen Angaben, zumindest mit der Zeitangabe. Da sah er plötzlich, wie sich aus der Richtung, wo die Wasserburg lag, zwei Gestalten aus dem Dunkel lösten. Sie schienen es nicht besonders eilig zu haben. Brenner erkannte durch das Gerät den Kahlen. Dann war der andere wahrscheinlich Dschingis. Der Blasse hatte ihnen die Truppe genau geschildert. Die zwei hatten jetzt den Bus erreicht, standen noch etwa eine Minute unschlüssig vor der seitlichen Schiebetür, dann begann der Kahle zu klopfen. Die Tür wurde von innen aufgeschoben, eine Taschenlampe blitzte auf, leuchtete dem Kahlen ins Gesicht, dann dem anderen. Jetzt tauchte auch ein Mädchen in dem Türrahmen auf. Das musste Giny sein. Die Gestalt neben ihr war wahrscheinlich Odin. Es sah so aus, als hätte er die anderen beiden spazieren geschickt, um mit ihr alleine zu sein.

Jetzt kam Leben in die Szene. Verschiedene Sachen wurden aus dem Bus geschafft. Brenner erkannte einen großen Pflock, dann die Strohpuppe. Eine Kiste wurde herausgetragen. Die Gruppe entfernte sich von dem Fahrzeug. Aber nur etwa dreißig Meter. Dann blieben sie stehen, setzten die Kiste ab, legten den Pflock und die Puppe ins Gras. Der Kahle wühlte in der Kiste, holte einen Hammer heraus. Der Pflock wurde eingeschlagen. Das machte Odin. Er war der Größte von den dreien. Der Kahle hielt den Pflock fest. Man hörte die Schläge durch die Nacht hallen. Dann war wieder Stille.

Dschingis machte sich jetzt an der Puppe zu schaffen, legte ihr einen Schal um. Odin beugte sich über die Strohpuppe, hielt irgendetwas in den Händen. Brenner konnte es nicht erkennen. Wahrscheinlich befestigte er die Zunge, um sie nachher mit der Sichel abtrennen zu können. Odin erhob sich, nahm die Puppe, schleppte sie zu dem Pflock, stellte sie dort auf wie an einen Marterpfahl. Die andern beiden wickelten ein Seil darum. Giny hatte die ganze Zeit etwas abseits gestanden, geraucht. Es war nichts zu hören, kein Gesang, kein Gemurmel, keine Beschwörungsformeln. Vielleicht sprachen sie leise, so leise, dass man es aus dieser Entfernung nicht mitbekam.

Odin ging zurück zu der Kiste, holte etwas heraus. Als er sich aufrichtete, sah Brenner die Sichel in der Hand. Damit ging er zu den anderen, die um den Pflock herumstanden. Was Odin jetzt genau machte, konnte der Kommissar nicht sehen. Er sah nur diesen Rücken, der sich vor der Strohpuppe aufbaute. Dann hob Odin die Hand mit der Sichel, ließ sie heruntersausen. Ein Feuerzeug flammte auf und dann dauerte es nur ein paar Sekunden. Die Puppe brannte lichterloh.

Der Moment war gekommen, wo sie eingreifen konnten. Die Dragonhunters sahen in das lodernde Feuer, würden in der Dunkelheit nichts mehr erkennen können. Es dauerte nur zwei Minuten, dann waren die Kommissare mit den Kollegen am Ort. Handscheinwerfer flammten auf, fielen in überraschte Gesichter. Widerstandslos ließen sich die Dragonhunters festnehmen. Handschellen klickten. Brenner ließ die Wagen kommen.

48

Monika Bölling war am Heiligabend nach der Tagesschau ins Bett gegangen, hatte keine Lust verspürt, länger aufzubleiben. Sie hatte sich im Bett verkrochen, sich hin und her gewälzt, für ein paar Stunden unruhig geschlafen und war gegen Mitternacht aus einem Albtraum schweißgebadet und verstört aufgewacht. Wo bin ich? fragte sie sich. Wo ist der Junge? Dann kam die Erinnerung und mit ihr das ganze Elend zurück. Sie schloss noch einmal die Augen.

Früher war sie manchmal aus einem Traum erwacht und hatte erleichtert festgestellt, dass die Ängste, die ihr die Träume brachten, nicht mit der Wirklichkeit überein stimmten, dass die Wirklichkeit ihr freundlicher gesonnen war als der Traum. Diesmal war es anders.

In ihrem Traum war sie im Urlaub gewesen, mit Michael an der dänischen Ostsee. Nur Mutter und Sohn, der noch ganz jung war, vielleicht sechs oder sieben Jahre alt. Sie hatte geträumt, dass Michael viel zu weit ins Meer hinaus geschwommen war. Es war stürmisch und kalt, sie trug einen Mantel, den sie sich hastig vom Leib riss. Sie sprang ins Wasser, wollte hinter dem Jungen herschwimmen, kam aber nicht von der Stelle. Arme und Beine folgten nicht ihrem Willen. Weit draußen kämpfte der Junge gegen die immer höher steigenden Wellen. Sie rief nach der Küstenwacht, aber die jungen Männer saßen hinter ihrer Glasscheibe, starrten auf die bewegte See und hörten sie nicht. Sie war verzweifelt, da sie nur leise rufen konnte, eigentlich war es eher ein Stöhnen. Davon war sie schließlich aufgewacht und musste verbittert feststellen, dass die Schrecken des Traums durch jene, die die Wirklichkeit bereit hielt, noch überholt wurden. Und zu allem Überfluss war auch noch Weihnachten.

Schon tagelang peinigte sie der Gedanke an die Feiertage. Seit Kurt Bölling die Familie verlassen hatte, war sie immer bemüht gewesen, den Heiligabend festlich zu gestalten, um den Jungen nicht spüren zu lassen, wie sehr der Vater fehlte. Der war meistens schon am Vormittag hier in der Wohnung vorbeigekommen, hatte in der Küche einen Schnaps getrunken und die

Geschenke für den Sohn abgeliefert. Nach einer Viertelstunde war er wieder verschwunden, offensichtlich guter Dinge, wenn er die Wohnungstür hinter sich schließen konnte.

Den Weihnachtsbaum hatte Monika stets sorgfältig geschmückt, jedes Jahr in einer anderen Farbe. Das war immer eine Überraschung für den Jungen, der das Zimmer, in dem der Baum stand, vor der Bescherung nicht betreten durfte. Am Heiligabend war es sein Privileg, das Menü für Mutter und Sohn zu bestimmen, was zur Folge hatte, dass entweder Pommes oder Spaghetti dabei sein mussten. Am besten beides. Aber das war schon in Ordnung. Monika freute sich, wenn es ihm schmeckte.

Nach dem Essen gab es die Geschenke, und spät am Abend gingen sie noch in die Kirche. Viele Jahre war Michael tapfer mit marschiert. Nur im Vorjahr hatte er am Morgen des 24. Dezember angedeutet, dass sich zur Zeit der Christmette eigentlich ein paar Freunde im Bochumer Bermuda-Dreieck treffen wollten und Monika dabei fragend angesehen. Die hatte merkwürdig geguckt, so dass er nicht weiter nachgefragt hatte. Am Abend begleitete er seine Mutter wie gewohnt in die Kirche. Später machten sie zu Hause eine Flasche Sekt auf, und Michael durfte zwei Gläser mittrinken.

Und jetzt? Es war schon merkwürdig, dachte Monika, wie sich für sie die Bedeutung des Festes ins Gegenteil verkehrt hatte. Eigentlich war der ganze Trubel für sie inzwischen vollkommen wertlos. An den religiösen Hintergrund des Festes wollte sie schon gar nicht erinnert werden. Sie hatte genug damit gehadert, welches Schicksal ihr auferlegt worden war. Tröstliche Botschaften konnte sie im Augenblick nicht gebrauchen; die bewirkten nur, dass sie sich noch mehr in ihrer Einsamkeit verschloss.

Sie stand auf, zog sich einen Morgenrock an und ging in die Küche. Dort hob sie die Gardine hoch und blickte aus dem Fenster auf die Straße hinunter, die im Licht der Laterne glänzte. Es musste ein bisschen geregnet haben. Ein paar Nachbarkinder liefen aufgeregt auf der Straße hin und her. Wie junge Hunde, dachte Monika. Wahrscheinlich stand ihre Bescherung bevor.

Im Kühlschrank lag noch die Schnapsflasche, die Kurt und Erich damals angebrochen hatten, nachdem sie die erste ausgetrunken und im Mülleimer versteckt hatten. Sie holte die Flasche aus dem Gefrierfach heraus. Auf dem Verschluss hatten sich Eiskristalle gebildet, so dass sie Mühe hatte, die Flasche zu öffnen. Eigentlich konnte sie Schnaps überhaupt nicht vertragen. Wenn sie Wachholder roch, wurde ihr übel. Vor zwei Wochen hatte sie in einem Anflug von Verzweiflung alle Schnapsgläser, die sich in der Wohnung befanden, in einen Glascontainer geschmissen. Jetzt musste sie den Schnaps, nach dem es sie plötzlich verlangte, aus einem Eierbecher trinken.

Monika wusste nicht mehr, was sie mit ihrem Leben anfangen sollte. Mit dem Job im Supermarkt war sie eigentlich ganz zufrieden gewesen. Zum Einkaufszentrum ‚Hannibal' an der Dorstener Straße konnte sie von ihrer Wohnung aus mit dem Fahrrad fahren. Aber nach Michaels Tod hatte sie dort zum Januar 2009 gekündigt. Das wusste niemand aus der Familie, nicht einmal Bruder Erich. Ihr Chef, der sie schätzte und irgendwie auch mochte, war unglücklich über diesen Entschluss, hatte ihr nahegelegt, sich das noch einmal zu überlegen. Sie hätte auch erst mal unbezahlten Urlaub nehmen können. Nach den Feiertagen war dies möglich. Aber ohne Michael wollte sie nicht mehr im gleichen Trott weiterleben.

Als es an der Haustür klingelte, dachte sie, es wären ihre Nachbarn. Vielleicht hatten sie sich überlegt, dass man Monika in dieser Nacht nicht allein lassen konnte. Dabei war das Alleinsein überhaupt das Einzige, was sie im Augenblick wollte. Und barmherzige Teilnahme war ihr nicht geheuer. Auch die Einladung ihres Bruders hatte sie ausgeschlagen. Vielleicht war er es sogar, der jetzt unten vor der Haustür stand und sie bewegen wollte mitzukommen, der ihr irgendetwas Gutes antun wollte, wovor sie sich fürchtete. Aber Erich hatte einen Schlüssel zu ihrer Wohnung, er konnte es nicht sein. Es wurde wieder geklingelt. Sie ließ es geschehen, setzte sich auf einen Küchenstuhl und rührte sich nicht vom Fleck.

Zweimal noch schellte es, dann meldete sich zur Abwechslung das Telefon. Sie zögerte, wusste nicht, was sie tun sollte.

Nach dem siebten oder achten Klingelton nahm sie den Hörer ab.

„Hallo?"

„Ich bin's."

„Was willst du?"

„Ich stehe vor deiner Tür. Dachte schon, du wärst in der Kirche."

„Was soll ich da?"

Der Anrufer schwieg. Was konnte er auch sagen? Dass sie sonst immer zu Weihnachten in die Kirche gegangen war? Eine solche Plattitüde wäre selbst ihm nicht eingefallen.

„Lässt du mich rein?"

„Warum?"

„Dann können wir ein bisschen reden."

„Worüber willst du reden?"

„Über die Situation, über uns, über alles."

„Da gibt es nichts zu reden. Warum gehst du nicht zu dir und legst dich ins Bett?"

„Ich habe meinen Hausschlüssel verloren, weiß nicht, wo ich bleiben soll."

„Warte!" sagte Monika.

Sie legte den Hörer auf und versteckte die Schnapsflasche im Küchenschrank. Den Eierbecher, aus dem sie getrunken hatte, spülte sie kurz aus und stellte ihn in den Ausguss. Im Flur blickte sie in den Spiegel, strich sich durchs Haar; die Frau, die sie dort sah, war ihr fremd. Dann ging sie langsam zur Etagentür und drückte auf den Summer. Sie hörte, wie unten die Tür geöffnet wurde. Zehn Sekunden später stand Kurt Bölling vor ihr, klein und im Gesicht ziemlich verhauen. Er trug einen Sommermantel, der völlig deplaziert wirkte, nicht nur, weil er viel zu dünn war für die Jahreszeit.

„Danke. Hast du schon geschlafen?" fragte er und deutete auf ihren Morgenmantel.

„Ja, und ich will wieder ins Bett. Was ist los? Du hast zwei Minuten, länger nicht."

„Wie gesagt. Ich habe meinen Schlüssel verloren. Und

ich weiß nicht, wohin ich gehen soll. Außerdem fühle ich mich beschissen."

„Bilde dir bloß nicht ein, dass du hier schlafen kannst."

Bölling reagierte nicht darauf. Er drückte sich an Monika vorbei, ging ins Wohnzimmer und ließ sich dort in einen der beiden Sessel fallen. Monika blieb in der Zimmertür stehen und wartete.

„Sieht alles noch genauso aus wie früher", sagte er, während er mit der Hand wie geistesabwesend über den Vorsprung des Wohnzimmerschranks strich und dann die gegenüber liegende Wand anstarrte. „Das fällt mir erst jetzt auf. Nur die Bilder hast du gewechselt."

„Meinst du, ich hätte mir nach deinem Abgang neue Möbel kaufen sollen? Um den Beginn eines neuen Lebensabschnitts zu feiern?"

„Nein, Quatsch, es ist schön, dass alles noch da ist."

„Wirst du jetzt sentimental? Das ist doch sonst nicht deine Art."

„Was weißt du schon von mir?"

„Ich kenne dich. Wahrscheinlich sogar besser als deine Christina. Wenn die wüsste, was du im Umgang mit einer Partnerin drauf hast, wäre sie schon längst ausgezogen. Oder sie hätte dich sonst wohin geschickt. Am besten zum Teufel."

„Das hat sie gerade getan."

„Wie bitte?"

„Sie ist ausgezogen. Sieht jedenfalls so aus. Zusammen mit ihrer Tochter. Hat mich allein gelassen. Deshalb komme ich ja nicht in die Wohnung in der Aggerstraße. Da ist keiner."

„Wann ist sie ausgezogen?"

„Seit gestern ist sie nicht mehr aufgetaucht. Christina hat ein paar Klamotten eingepackt, nicht alles, aber wahrscheinlich genug, um erstmal zurecht zu kommen. Zwei Koffer sind auch verschwunden."

„Alle Achtung, das hätte ich ihr gar nicht zugetraut! Aber was hat das mit mir zu tun?"

„Ich dachte, du machst dir Sorgen um mich? Habe ich jedenfalls gehört."

„Wer sagt das?“

„Dein Bruder Erich.“

„Der spinnt wohl.“

Kurt griff jetzt in die Manteltasche, holte ein verknittertes Päckchen heraus. Das stellte er auf den Wohnzimmertisch und blickte Monika an, die immer noch in der Tür stand.

„Was ist das?“

„Ich habe dir was mitgebracht. Ist ein Weihnachtsgeschenk. Habe ich gestern gekauft.“

„Du hast mir schon seit Jahren kein Weihnachtsgeschenk mehr gekauft.“

„Komm her! Sieh es dir an!“

Monika blieb stehen, wo sie war. Bölling fing selber an, das Papier aufzureißen. Darunter kam ein Päckchen zum Vorschein, das er ebenfalls öffnete. Er zog ein Flakon, dessen Deckel mit einem Goldrand verziert war, aus der Verpackung. Auf dem Flakon waren ein paar goldfarbene Tauben zu erkennen. ‚L'Air du Temps‘ stand auf dem Fläschchen. Er öffnete den Deckel und sprühte sich ein bisschen auf den Handrücken.

„Hier, riech mal, das ist ein Eau de Toilette von Nina Ricci. Ich wette, du nimmst das auch oder etwas Ähnliches. Das passt zu dir.“

„Nina Ricci habe ich noch nie gehabt. Wie kommst du darauf?“

„Ich dachte nur ...“

„Und was sollen diese Tauben auf der Flasche? Was hast du dir dabei gedacht? Ich denke mal, gar nichts. Oder willst du ein Friedensangebot machen? Damit kommst du ein bisschen zu spät.“

„Ich meine, so eine Flasche hätte ich früher mal bei dir gesehen. Außerdem kommt mir der Geruch bekannt vor.“

„Kann schon sein, dass du den Geruch kennst. Aber nicht von mir. Sicher nimmt deine Christina das Zeug. Vielleicht hat sie es sich selber gekauft, aber noch nicht benutzt, und du willst es mir jetzt unterjubeln, damit du heute nicht allein sein musst.“

Sie löste sich zögernd von ihrem Posten an der Tür, kam zu ihm an den Tisch und griff nach dem Papier, in dem das Flakon eingewickelt war. Dann zerknüllte sie das Papier und warf es auf den Fußboden.

„Du bist gut! Auf dem Papier ist ja noch der Osterhase drauf. Von wegen - gestern gekauft! Das steht schon seit April bei dir in der Wohnung rum. Du kannst wohl nicht aufhören, andere Leute hinters Licht zu führen."

Kurt Bölling wollte etwas erwidern, ließ es dann aber sein. Er hob das zerknüllte Papier vom Boden auf und sah es sich an, steckte es in die Manteltasche. Dann stand er auf, knöpfte sich den Mantel zu und schlug den Kragen hoch.

„Entschuldige", sagte er leise. „Ich habe gar nicht gesehen, dass es schon so alt war. Ich dachte nur... Man hätte ja mal ein paar Worte miteinander reden können. Aber das ist wohl aussichtslos."

„Reden ist gut. Du warst immer schon ein großer Märchenerzähler. Und ich glaube, dass die Geschichte mit dem Schlüssel auch gelogen ist. Ich stelle mir das so vor: Nachdem deine Stammkneipe zugemacht hat, warst du noch in der Aggerstraße. Da hast du mein tolles Weihnachtsgeschenk abgeholt. Hast mal rumgeguckt, was du nicht mehr gebrauchen kannst, jetzt wo Christina ausgeflogen ist. Wenn das überhaupt stimmt. Vielleicht hat sie es dir ja mitgegeben für mich. Wollte mir was Gutes tun. Oder?"

Kurt merkte, dass er den Mantel falsch geknöpft hatte und öffnete ihn wieder. „Das Letzte stimmt nicht. Mit dem anderen hast du schon Recht. Nicht so, aber so ähnlich ist es gewesen. Ich wollte nicht allein sein. Aber Christina ist wirklich abgehauen mit ihrer Tochter. Allein fällt mir einfach die Decke auf den Kopf."

„Dann geht es dir wie mir. Aber ich verspüre keine Lust, dieses Gefühl mit jemand anderem zu teilen. Schon gar nicht mit dir!"

Er stand jetzt mitten im Zimmer und ließ die Arme herunterhängen. Der Mantel war ihm über die Schulter gerutscht und berührte den Boden. Eigentlich ein Bild des Jammers.

Sollte er ihr leid tun? Wollte er das? Monika griff das Flakon und die Schachtel; sie schob beides neben das Papier in Kurts Manteltasche. Dann verließ sie das Zimmer, worauf auch er sich zögernd in Bewegung setzte. Im Flur öffnete sie die Etagentür und schob den Mann, dessen Namen sie auch nach der Trennung nicht abgelegt hatte, aus der Wohnung hinaus. Er ließ es ohne Widerstand geschehen.

Schweigend stiegen sie die Treppen hinab. Monika wollte sicher gehen, dass er das Gebäude wirklich verließ. Unten hielt sie ihm die Haustür auf und schickte ihn in den nächtlichen Regen. Im Licht der Straßenlaterne warf er einen Schatten, der anfangs bis ans Haus heran reichte. Dann war er verschwunden. Wieder in ihrer Wohnung fragte sich Monika, was er eigentlich bei ihr gewollt hatte.

49

Sie saßen in ihrem Dienstzimmer, waren übernächtigt, rührten stumm in der fünften oder sechsten Tasse Kaffee. Sie hatten sie alle verhört, in die Mangel genommen, ausgequetscht, besonders Odin. Der hatte sich, was die Aktivitäten der Truppe betraf, wortkarg gegeben, sie aber dafür umso ausführlicher in die germanische Götterwelt eingeführt. Was das Ritual betraf, meinte er nur: „Na und? Ist doch nicht verboten! Nach dem Karneval verbrennen sie den Hoppeditz. Da hat sich noch nie jemand beschwert."

Sie hatten ihnen nichts nachweisen können, im Gegenteil. Die Truppe hatte für die Zeit, als der Mord an Materka geschah, ein wasserdichtes Alibi, und zwar eins, wie es besser nicht sein konnte. Nach dem Spiel gegen Wolfsburg waren sie zu Odin in den Garten gezogen, hatten dort gefeiert, das heißt, sie hatten sich den Frust über den verpassten Sieg weggesoffen. Um neun hatte ein Nachbar die Polizei gerufen. Die rückte an. Zum See fahren konnte da von denen keiner mehr. Die konnten kaum noch stehen. All das war protokolliert worden.

Die Dragonhunters hatten auch das Spiel in der Schalker Arena besucht. Der Kahle hatte sich auf eine Schlägerei eingelassen, war für eine Nacht in Gewahrsam gewandert. Die anderen blieben zusammen und fuhren gemeinsam nach Bochum, dieses Mal zu Dschingis, um in dessen Zimmer den Kummer mit dem VfL herunterzuspülen. Die Mutter von Dschingis hatte das bestätigt.

„Die haben bis um vier gefeiert“, erklärte sie, „und sind dann auf dem Teppich eingepennt.“

Nur für das Spiel gegen Köln, das heißt, für die Zeit danach, war das Alibi dünner. Sie waren angeblich alle in eine Disko an der Dorstener Straße gefahren, gaben an, bis um vier dort geblieben zu sein. Das war noch nachzuprüfen.

„Tja, mein Lieber“, meinte Brenner zu Rogalla. „Jetzt sind wir genau so schlau wie vorher. Hunold war's nicht. Die waren's nicht. Das Einzige, was neu ist für uns, aber das hat eher nur Unterhaltungswert, sind diese krausen Vorstellungen von einer germanischen Götterwelt und der Macht der Druiden.“

„Unterhaltungswert?“ Rogalla legte die Stirn in Falten, schüttelte den Kopf. „Unterhaltungswert hat das nicht. Der Grat zwischen nur spinnen oder aber morden ist mir zu schmal. Ich bin auch noch nicht ganz überzeugt, ob der wirklich an diesen Unsinn glaubt. Auf jeden Fall aber kann er sich den Quatsch leisten. Die Eltern füttern ja diesen Kuckuck durch.“

Er setzte sich an seinen Schreibtisch und knipste den Monitor aus. Er hatte keine Lust mehr, auf die Drachen zu starren. Er öffnete eine der Seitentüren, wühlte im Innenleben des Schreibtischs herum, fluchte leise, weil eine der Schubladen klemmte. Schließlich zog er einen zerknitterten Zettel hervor, strich mit der Hand darüber und sagte zu Brenner:

„Ich hab was vergessen. Ist mir erst wieder eingefallen, als du mich gestern Abend angerufen hast. Bin ja heilfroh, dass an der Sache mit den Dragonhunters nichts dran ist. Hier, sieh mal! So einen Mist haben die geschrieben.“

Er reichte seinem Kollegen den Zettel, auf dem die merkwürdigen Verse standen, die Herbert Grönemeyers Bochumlied zu parodieren schienen. Brenner setzte sich auf einen Bürostuhl und studierte den Text, las ihn mehrmals langsam durch und blickte dann fragend zu Rogalla hoch, der inzwischen neben ihm stand.

„Hat so ein komischer Kauz vorbei gebracht“, erklärte Rogalla. „Alter Sack. Hüsken heißt er, jetzt fällt mir sein Name wieder ein. Der ist ehrenamtlich tätig im Stadion. Den Zettel hat er irgendwo zwischen den Sitzreihen gefunden. Wir haben auch seine Adresse. Später hat er sich noch mit den Dragonhunters angelegt und ihnen ein Transparent weggenommen.“

Rogalla zog die Rolle, die er oben auf einem Schrank verstaut hatte, herunter und legte sie auf Brenners Schreibtisch. Aber der würdigte das Transparent kaum eines Blickes, sondern war immer noch mit dem seltsamen Gedicht beschäftigt.

„Woher weißt du eigentlich, dass dieser Text von den Dragonhunters stammt? Das ist überhaupt nicht sicher.“

Rogalla reagierte verärgert, hatte keine Lust, sich mit dem Zettel länger zu beschäftigen. „Frag sie doch einfach! Die können noch nicht weit sein. Wahrscheinlich findest du sie irgendwo im Bermuda-Dreieck. Da feiern die Weihnachten.“

Brenner reagierte nicht auf die Empfehlung des Kollegen. Er schob die Kaffeetasse, die vor ihm stand, weg, erhob sich zögernd, begann zwischen Schreibtisch und Fenster hin- und herzuwandern.

Rogalla blies den Rauch einer Reval gegen die Zimmerdecke und sagte: „Reg dich nicht auf! Fahr zu Marie! Es gibt auch noch ein anderes Leben, als hinter einem Phantom herzujagen.“

Brenner zuckte mit den Schultern, ging zum Fenster, sah hinaus. Der Förderturm des Bergbaumuseums ragte vor ihm auf. Die Scheiben standen still. Früher hatten sie geholfen, die Bergleute in den Schacht zu bringen oder wieder nach oben. Wahrscheinlich musste man bei den Fällen, die sie zu lösen hatten, auch hinabsteigen wie in einen Schacht, in die dunkle, kranke Seele eines Menschen, der zu solchen Taten fähig war und zugleich die Raffinesse besaß, kaum Spuren zu hinterlassen. Aber wo war der Einstieg in diese Seele, die sie suchten?

50

Es gab Betriebe, in denen auch zwischen den Jahren gearbeitet wurde. Manchmal sogar in der Nacht. Bei Tageslicht konnte man die beiden Herzen, die, an einer Stange befestigt und übereinander gestaffelt, den Dachfirst des Fachwerkhauses schmückten, nur allzu gut erkennen. Das war auch der Sinn der Sache. Die roten Herzen sollten notleidenden Männern, die an dem äußerlich gepflegt wirkenden Gebäude vorbeigingen, Anlass zu vielfältigen Phantasien geben. Aber um diese morgendliche Stunde konnte man die zärtlichen Zeichen nur im Dunst des Dezembermorgens erahnen. Im Hause selbst war es still. Neues Leben würde erst wieder für den Abend zu erwarten sein, frühestens um die Zeit, wenn die Männer der Gegend nach dem pflichtmäßigen Blick auf die Tagesschau sich beiläufig von Weib und Kind verabschiedeten, um noch einmal an die frische Luft zu gehen.

Eine Frau, die über Nacht im Haus mit den zwei Herzen ihrer Nebentätigkeit nachgekommen war, verließ gerade das Gebäude durch die hintere, zum Hof gelegene Tür. Sie trug einen pelzähnlichen Mantel, dessen Kragen ihr Gesicht zum Teil verdeckte. Das schützte beim Verlassen des Hauses und auf dem Heimweg vor zudringlichen Blicken. Allerdings hielt sich in der kleinen Seitenstraße heute niemand auf, der sich für die Frau und ihren ungewöhnlichen Feierabend hätte interessieren können. Auch die Hunde schliefen noch.

Ganz leise verschloss sie die Tür, ging ein paar Schritte über das Kopfsteinpflaster und kettete im hinteren Teil des Hofs ihr Fahrrad los. Sie schob es zunächst ein Stück weit neben sich her. Als sie durch das Hoftor auf den Bürgersteig trat, blickte sie nach links und rechts, stieg aufs Rad und fuhr bis zur Hauptstraße hinüber. Sie folgte dem Straßenverlauf in nördliche Richtung, radelte unter der A 42, dem Emscherschnellweg, hindurch, hielt sich später ein paar Mal rechts und fand sich schließlich in einer Kleingartenanlage wieder, die aber immer noch nicht das Ziel ihrer Wünsche war.

Während sie schließlich ihr Fahrrad an einen schäbigen Schuppen lehnte, dessen Wände von Taubendreck übersät waren, gingen ihr noch einmal die Ereignisse der vergangenen Nacht durch den Kopf. Fünf Freier waren es diesmal gewesen, die für ein ordentliches Geschäft gesorgt hatten. Unter dem Strich waren immerhin dreihundertfünfzig Euro für sie selbst übrig geblieben. Die Summe lag über dem Schnitt, mit dem sie im Zuge einer Jahresbilanz gerechnet hatte. Dreihundert Euro sollten es schon sein pro Nacht. Das ergab fünfzehntausend im Jahr, wenn man von fünfzig Einsätzen ausging. Sie hielt ihren wöchentlichen Rhythmus konsequent ein, was bedeutete, dass eigentlich jede Nacht vom Freitag auf Samstag gewinnbringend investiert wurde.

Der schnelle Hubert war gestern wieder einmal der Erste gewesen. Man konnte in jeder Hinsicht die Uhr nach ihm stellen. Um Viertel nach neun hatte er seiner Mutter noch den abendlichen Kamillentee, ihren Schlummertrunk, bereitet, um dann Punkt halb zehn mit erwartungsfrohem Lächeln die unten im Haus der zwei Herzen gelegene Bar zu betreten. Er war Mitte fünfzig, ein Mensch mit lustigen Augen, der früher einmal ein schönes, altes Kino besessen hatte. Dieses Kino war allerdings schon vor vielen Jahren geschlossen und in einen Gemüseladen verwandelt worden. Aber eine wohlproportionierte Rente sowie die gute Gesundheit seiner Mutter ermöglichten Hubert die kleine wöchentliche Eskapade.

Er war kein Mann, der an die Partnerin – übrigens immer dieselbe – irgendwelche besonderen Ansprüche stellte, sondern hoppelte stets fröhlich auf ihr herum, gewissermaßen wie ein pubertärer Laubfrosch, so dass sie damals, als er zum ersten Mal gekommen war, nur mit Mühe ihr Lachen hatte verbergen können. Inzwischen war der Besuch Huberts eine treue Gewohnheit geworden, und auch die Erzählungen über den aktuellen Gesundheitszustand der Mutter, welche sogar Beobachtungen über ihre nicht unbeträchtlichen Probleme beim Stuhlgang einschlossen, gehörten dazu.

Auch der zweite Gast war ihr vertraut gewesen, obwohl er nicht so regelmäßig erschien wie der schnelle Hubert. Es war der Oberstudienrat Johannes Schrader. Sie wusste, dass er Unterricht in irgendwelchen naturwissenschaftlichen Fächern an einem Herner Gymnasium erteilte. Schrader tauchte vorzugsweise dann in dem Etablissement auf, wenn er wieder einmal angesichts der mangelhaften und hier und da sogar ungenügenden Bildungsfähigkeit der deutschen Jugend so verzweifelt war, dass auch seine Ehefrau, die er nie zu Lack und Leder überreden konnte, ihn nicht aus seiner zutiefst eingewurzelten Depression herauszuholen vermochte.

Zum Zwecke seiner moralischen Aufrüstung musste sich eine der Damen des Hauses einschlägig verkleiden und auch das ein oder andere lederne Gerät mit ins Spiel bringen. Die besondere Variante ihres Auftritts vor dem Gymnasiallehrer bestand allerdings darin, dass sie sich während des dienstlichen Vollzugs ein dreifarbiges seidenes Brustband anlegen sowie eine bunte Mütze aufsetzen musste. Beide Insignien der traditionellen Couleur, wie sie in studentischen Korporationen genannt wurde, steckte er ihr gewöhnlich schon vor der eigentlichen Zeremonie zu. Johannes Schrader war nämlich als Student in Tübingen Mitglied einer schlagenden Verbindung gewesen, deren farbenfrohe Wahrzeichen nun in ausgesprochen pikanten Situationen die jeweilige Herrin seiner Wünsche schmückten. Ein Umstand, der eine beruhigende Wirkung auf das angeschlagene Nervenkostüm des Pädagogen ausübte.

Der dritte Gast war ein klassischer Versager gewesen. Der hatte zum Glück überhaupt keine Arbeit gemacht. Es war ein junger Mann, der wohl, soweit er sich ihr verständlich machen konnte, vor seiner in Kürze anstehenden Hochzeit noch einmal einen gepflegten Puff aufsuchen wollte, wie er sich trotz artikulatorischer Defizite ausgedrückt hatte. Allerdings war dieser junge Mann schon so voll gewesen, dass sie sich damit begnügt hatte, ihm die Unterhose herunterzuziehen, einen mitleidigen Blick auf sein kümmerliches Geschlecht zu werfen und schließlich für diese Visite fünfzig Euro zu kassieren. Daraufhin hatte der junge Mann fürchterlich angefangen zu heulen. Sie musste ihn dem häuslichen Security-Mann anvertrauen, der in solchen Fällen seine psychotherapeutischen Dienste zur Verfügung stellte. Er geleitete den jungen Mann mit festem Griff den langen Flur entlang und das üppig ausgebaute Treppenhaus hinunter.

Im Parterre setzte er ihn unverzüglich vor die Tür, nicht ohne ihn noch einmal kräftig in den Arsch getreten zu haben.

Die anderen beiden Kunden waren Reisende gewesen, also Bordellprofis ersten Ranges, die in Herne und Bochum Geschäfte machten und mit den galanten Angeboten durch ihr jeweiliges Hotelpersonal nicht vollends einverstanden gewesen waren. Die Schwierigkeit bei solchen Gästen war nur die, dass sie oft sehr hartnäckig etwas vom Preis abbeißen wollten, so dass die schließlich erworbenen Dienste sich auf einen routinierten Kern zu beschränken hatten. Aber damit waren die Herren gleichwohl zufrieden gewesen, und sie hatten sich an der Bar überraschenderweise als großzügig erwiesen.

Ein anderer war sehr spät und nur zum Trinken gekommen. So ein trauriger Puffzwerg war das gewesen, mit starkem Schnurrbart. Einer, bei dem sie sogar hätte schwach werden können, denn die Kleinen waren manchmal die Größten. Doch der hatte nichts dergleichen von ihr gewollt, hatte sie aber angesprochen, und ihr war schnell klar geworden, dass er sie kannte, was aber nicht auf Gegenseitigkeit beruhte. Vielleicht war er Polizist, under cover oder so ähnlich, davon hatte sie schon gehört.

Das Gespräch war jedenfalls ganz merkwürdig verlaufen. „Hör mal, du bist doch die Karin Sawatzki", hatte er gesagt.

„Du kennst mich?"

„Ich kenne dich."

„Ich habe dich hier noch nie gesehen. Woher kennst du mich?"

„Das war gar nicht schön, was mit deinem Nachbarn passiert ist!"

Auf ihre Frage war er überhaupt nicht eingegangen. Dann hatte er wieder intensiv in sein Bierglas gestarrt.

„Wen meinst du denn?" hatte sie dann gefragt.

„Du weißt doch genau, von wem ich spreche!"

„Keine Ahnung."

„Tu doch nicht so scheinheilig!"

„Du musst mir schon den Namen sagen!"

„Hast schon zu lange gearbeitet heute, was? Der Puff treibt

dir den Verstand aus dem Hirn, wenn du so was hast."

„Werd nicht frech!"

„Ich will es dir sagen. Hunold heißt er, Max Hunold. Hat mit dir im selben Haus gewohnt. Falls du das auch schon vergessen hast."

„Ach so, den Max meinst du. Ja, das war ne schlimme Sache."

„Und du kanntest auch das Versteck, wo sie ihn gefunden haben."

„Woher willst du das wissen?"

„Dienstgeheimnis!" hatte der Puffzwerg noch gesagt und einen Whisky bestellt.

Auf Karins Frage, ob er ihr nicht ein Glas Sekt spendieren wolle, hatte er das Gespräch abgebrochen und signalisiert, dass er mit sich und seinen Gedanken allein sein wollte. Um halb vier verließ er das Haus. Als Karin aus dem Fenster zum Hof blickte, war er schon verschwunden.

Am Ende der Schicht hatte sie den Security-Mann gebeten, auf den Puffzwerg in Zukunft Acht zu geben. Er war ihr nicht geheuer. Der Zuhälter hatte den komischen Kauz auch gesehen und versprach ihr, was sie hören wollte. Anschließend hatte sie ihm noch ein Nümmerchen gewährt, dessen Unkosten natürlich aufs Haus gingen. Unter Mitarbeitern musste man großzügig sein. Außerdem hatten die Kollegen immer ein paar neue Tricks drauf, deren Kenntnis von Nutzen sein konnte. Nach dem Bodenturnen hatte er dann schnell ihre Kemenate verlassen, und sie war auf dem Bett völlig erschöpft eingeschlafen.

Erst als sich der Puffzwerg ihr im Traum mit einem echten Gummiknüppel näherte, war sie ganz erschrocken wieder aufgewacht. Zu ihrer Freude konnte sie feststellen, dass sich in diesem Augenblick kein männlicher Kunde in ihrem Zimmer aufhielt. Sie hatte in der Nacht wieder zu viel geraucht, das blieb gar nicht aus. Trotzdem nahm sie sich vor, ihren Zigarettenkonsum in Zukunft einzuschränken.

Hier draußen spürte sie, wie ihr die morgendliche Luft gut tat. Ein paar dunstige Schwaden segelten über Bäume und Sträucher hinweg. Als Karin den kleinen Trampelpfad hinter der Hecke entlang ging, scheuchte sie unabsichtlich ein paar Kaninchen auf. Jetzt erst nahm sie die vielfältigen Geräusche, die sie umgaben, wirklich wahr. Die verwilderte Natur dieser Herner Brachlandschaft war inzwischen aufgewacht.

Sie musste aufpassen, dass sie mit ihren hohen Absätzen nicht umknickte oder im Boden hängen blieb. Am Ende des Wegs stand ein vergammelter Einkaufswagen, der bis zur Hälfte in der Hecke steckte. Es war gar nicht so einfach, den Wagen herauszuziehen, denn die Räder waren völlig verrostet. Karin fluchte leise, als sie sich an den starren Zweigen der Hecke die rechte Hand zerkratzte.

Schließlich war es vollbracht. Es schien alles so zu sein, wie Hunold es ihr beschrieben hatte. Als sie den Wagen aus der Hecke herausgezerrt und auf die andere Seite des Weges bugsiert hatte, bückte sie sich und fand im Gestrüpp der Hecke eine Alditüte, die zerknüllt war und deren Inhalt durch ein paar Gummibänder zusammengehalten wurde. Karin löste die Bänder und fasste in die Tüte hinein. Was sie fand, war ein Bochumer Stadtplan, außerdem noch ein paar Zettel und eine leere Zigarettenschachtel. Sie ließ die Tüte in der Tasche ihres Pelzmantels verschwinden.

Als sie zum Fahrrad zurückging, merkte Karin, wie aufgeregt sie war. Sicher hatte ihre Erregung mit der Tatsache zu tun, dass die Suche erfolgreich gewesen war. Aber da war noch etwas. Sie hatte plötzlich das Gefühl, beobachtet zu werden. Eigentlich großer Blödsinn. Keiner konnte sie gesehen haben. Sie hatte sich immer wieder vergewissert, dass ihr niemand gefolgt war. Drüben am Kanal rief eine Frau einige Male nach ihrem Hund, der nicht hören wollte. Eilig griff Karin ihr Fahrrad, schob es durch die Kleingartenanlage und fuhr zügig nach Hause in die Lützowstraße.

51

Es war Samstagmorgen, der 3. Januar 2009. Philipp Rohrbach hatte an diesem Tag den Blick in den Spiegel vermieden. Er wusste sowieso, welches Gesicht ihm da entgegensah. Die

Augen waren rot, die unteren Lidränder geschwollen, die Narbe hob sich mehr hervor als sonst. Welche Frau würde sich da für einen interessieren? In der Gesellschaft, in der er lebte, musste man mächtig sein oder viel Geld haben, um solche Mängel zu kompensieren.

Er zog die Schreibtischschublade auf. Eine Flasche mit einer grünlichen Flüssigkeit erschien. Er schraubte den Verschluss auf und trank. Der Absinth war der einzige Luxus, den er sich leistete. ‚Abtshof 80' hieß das Zeug. Er trank es unverdünnt. Manchmal in einem Maß, dass es ihm die Birne weg haute. Dann sank er in einen Schlaf mit bizarren dämonischen Träumen. Er kam in eine Höhle, wo Menschen mit Fellen bekleidet um ein Feuer saßen und Knochen nagten. Oder er badete im Meer, wobei das Wasser seltsam unbewegt und flach war. Bis dann zwischen ihm und dem Strand der Kopf eines Drachen auftauchte und ihm den Weg zurück versperrte. Trotzdem ließ er nicht ab von dem scharfen Getränk, das manch anderem die Kehle verbrannt hätte. Ab und zu bekam er den Absinth auch nach Hause geliefert. Den Jungen, der es ihm brachte, belohnte er mit einem großzügigen Trinkgeld. Leisten konnte er es sich eigentlich nicht, aber er tat es. Das Gesöff katapultierte ihn aus einem Elend, das er anders nicht mehr ertrug.

Ich hau den Rogalla in die Pfanne, dachte er. Und den anderen auch. Es war ja nicht verboten zu veröffentlichen, was ihm die Sawatzki erzählt hatte. Warum meldete sich dieses Arschloch von Brenner nicht mehr? Warum ignorierte er seinen Hinweis auf die Dragonhunters?

Rohrbach trank und schlug auf die Tastatur ein. Ihm war jetzt alles egal. ‚Skandal im Präsidium' formulierte er als Schlagzeile. Und dann brachte er als Zitat das, was ihm die Sawatzki erzählt hatte:

„Der Rogalla hatte einen Hass auf den gehabt. Der wusste, wo er war, und hat den umgenietet. Und dann tut er so, als würde er das entdecken. Und die Schnapsfahne, glauben Sie mir, da kenn' ich mich aus."

Warum sollte es nicht stimmen? Der Polizei war alles zuzutrauen. Dieser Rogalla war ja persönlich in die Sache verwickelt.

Er, Rohrbach, hatte als Sprachrohr der öffentlichen Meinung immer wieder zu zeigen, wie empörend und ungerecht die Welt war. Aufrütteln, dachte Rohrbach, das ist meine Aufgabe. Er unterbrach den Artikel, nahm einen weiteren Schluck, dachte an Gabriela.

„Scheiße", sagte er. „Alles Scheiße. Unsere Väter hatten den Krieg, wir haben die Frauen."

Und dann begann er weiter zu schreiben: „Es ist empörend. Da werden Fußballfans die Zungen herausgeschnitten, dreimal jetzt schon. Die Polizei sieht tatenlos zu, versteckt sich, ignoriert Hinweise auf die Täter, meuchelt vielleicht selber. Kann es sein, dass sich ein Polizist an einem Menschen vergreift, dem das Schicksal übel mitgespielt hat, an einem, der den Schutz der Polizei bitter nötig gehabt hätte? Und das alles auf einen vagen Verdacht hin?"

Rohrbach nahm den ursprünglich für die erste Seite vorgesehenen Artikel heraus. Es war ein Bericht über das BIZ, das Berufsinformationszentrum. Das konnte man auch nächste Woche noch bringen. Das verlor nichts an Aktualität, blieb so langweilig oder auch spannend, wie es war. Was die einem wohl über die Tätigkeit eines Redakteurs erzählen würden?

„Wenn Sie Journalist werden wollen, müssen Sie von allem ein bisschen wissen: von der Politik, der Wirtschaft, der Literatur, der Kunst, dem Theater, der Musik."

Das würden sie natürlich so nicht sagen. Aber letztlich stimmte es. Jedenfalls bei ihm, Rohrbach, Lokalreporter für alle Fälle. Ein bisschen Literatur, ein bisschen Kunst, ein bisschen Musik. Und hinter jedem Mist her sein, der an den Ecken Bochums passierte. Er hasste sich dafür, dass er so tief gesunken war. Blaskonzert im Schrebergarten statt Nibelungenring in Bayreuth.

Er schickte die Vorlage für den kommenden ‚Sonntagsboten' ab, nahm einen Schluck aus der Flasche, überflog noch einmal die Zeilen, nickte. Sollte es ruhig so kommen. Dann drückte er auf ‚Senden' und rief zugleich in der Druckerei an, ob auch alles gut eingetroffen war. Das machte er jedes Mal so. Auch die Elektronik musste man kontrollieren. Irgendwo in der Welt lauerten immer Fallstricke. Vielleicht hatte dieser Rogalla ja einen Schutzengel, der die Mail fehlleitete. Ob Rogalla eventuell auch den Jungen auf dem Gewissen hatte? Aber das war eine andere Geschichte. Aus der hätte man auch noch was machen können. Vielleicht mussten das andere tun. Es war schon ein seltsamer Zufall, dass ausgerechnet der Neffe von einem der beiden ermittelnden Kommissare Opfer dieses Fanrituals geworden war.

Es war erst zehn Uhr. Er hatte keine Lust nach Hause zu gehen. Wozu auch? Die Leere dort, die Leblosigkeit, der Tod. Und überall Gabrielas Schatten, ihre Sachen, die sie zurückgelassen hatte, um ihn zu quälen. Er hatte nichts angerührt, nichts verändert. Im Bad nicht, auf den Kommoden nicht, im Schlafzimmer nicht, wo auf ihrer ungemachten Betthälfte immer noch ein paar Kleidungsstücke lagen. Es war so, als erwarte er sie. In Wirklichkeit aber wusste er, dass sie nie mehr zurückkommen würde.

Die Redaktionsräume waren an diesem Morgen leer. Er war allein. Auch hier. Ihm war nach Musik zumute, nach starker Musik. Er durchsuchte einen Stapel mit CDs, die er im Büro hatte, griff in die klassische Abteilung. Die Aufnahmen gehörten zum Berufsinventar. Wenn man einen Artikel über ein Konzert schrieb, musste man wenigstens noch einmal hinein hören. Rohrbach stieß auf Liszt. ‚Les Préludes'. Ja, dachte er, das ist stark, mächtig, jenseitig, heroisch. Und dann stellte er die CD doch wieder zurück. Die Musik war ihm zu triumphal. Siege, das war etwas für die anderen, nicht für ihn.

Eine CD mit Orchesterpassagen aus Wagners ‚Ring des Nibelungen' fiel ihm in die Hände. ‚Siegfrieds Trauermarsch', das musste es jetzt sein. Diese Musik erzählte vom Untergang, vom Ende. Er kannte sie besser als jede andere, wusste, was auf der Bühne, die bei Wagner immer die Welt bedeutete, passierte. Rohrbach schob die Scheibe in den CD-Player und ließ sich in einen abgewetzten Ledersessel fallen, der in der Ecke des Büros stand. Er schloss die Augen. Allmählich begann seine Phantasie, den leeren Raum zu füllen.

Er sah den Leichnam Siegfrieds in der Mitte seiner Feinde

liegen, ermordet vom bösen Hagen, dem es wie so vielen nur um die Macht des Goldes, nicht um die Liebe ging. Von der hatte der gefällte Siegfried noch im Sterben erzählt. Von seiner großen Liebe, die ihm den Tod brachte. Dann kam die Nacht. Die Mannen erhoben den Leichnam des toten Helden und schritten zu der Musik in feierlichem Zuge davon. Als die Gruppe die Bergeshöhe am Rheinufer erreichte, brach der Mond durch die Wolken und beleuchtete immer heller die Szene. Irgendwo unten lag der Fluss, nebelverhangen und fern. Aus den Streichern stiegen düster chromatisch die Triolen herauf, gefolgt von den harten Einschlägen der Pauken und Blechbläser. Traurig-schöne Motive schlossen sich an, die in schmerzlicher Rückbesinnung noch einmal erzählten von Liebe, Leid und Not und vom kurzen Leben des erschlagenen Helden.

Im Rausch sah Rohrbach noch einmal das Gesicht des Toten. Es war weiß und trug auf der linken Seite eine rote Narbe. Erschöpft versank er in seinem Sessel und weinte.

52

Erich Rogalla wanderte in dem kleinen Dienstzimmer hin und her. Schlimmer hätte das neue Jahr nicht beginnen können. Auf dem Schreibtisch lag der ‚Sonntagsbote'. Davor saß Brenner und starrte mit zusammengekniffenen Augen Löcher in die Decke.

„Sag doch endlich was! Sag was dazu!" herrschte ihn Rogalla an und fuhr, ohne eine Reaktion auf seine Aufforderung abzuwarten, mit Vorwürfen fort.

„Warum hast du dem Schmierfink nicht wenigstens ein paar kleine Informationen gesteckt, Blindgänger meinetwegen. Muss ja nicht stimmen, was du dem sagst. Aber dann wär' der zufrieden gewesen und hätte mich nicht so in die Pfanne gehauen."

Rogalla setzte sich jetzt seinem Kollegen gegenüber und schüttelte den Kopf.

„Ich lass mich nicht von Journalisten erpressen", entgegnete Brenner.

„Erpressen! Meinst du, du kommst ohne Taktik und ein bisschen Diplomatie durch die Welt? Wenn's um dich gegangen wäre, hättest du das gemacht."

„Langsam!" erwiderte Brenner. „Dir ist doch klar, ich darf ihm nichts von unseren Ermittlungen erzählen. Jedenfalls nichts, was die Presse nicht sowieso schon weiß. Wo kommen wir hin, wenn wir einen Einzelnen mit exklusiven Informationen füttern, egal ob die stimmen oder nicht!?"

Rogalla winkte ab. „Wer weiß, was du mit Hahn vereinbart hast? Vielleicht wollte der doch, dass ich über die Klinge springe. Jetzt hat er es erreicht. Jetzt muss er mich aus dem Verkehr ziehen. Jetzt kann er ja gar nicht mehr anders. Danke noch mal für die Suspendierung!"

Brenner stand auf. Er schien durch das Zimmer wandern zu wollen. Aber er hielt vor seinem Kollegen an, legte ihm die Hand auf die Schulter.

„Ich kann deine Verbitterung verstehen", sagte er. „Du hast mit Hunolds Tod nichts zu tun. Die Sawatzki ist geldgeil und serviert einem Schreiberling eine Ammengeschichte. Hahn hat nicht die geringste Handhabe gegen dich. Er kann jetzt höchstens mit Nachdruck darauf bestehen, dass du völlig aus dem Fall herausgehalten wirst. Sonst nichts. Was Hahn und mich betrifft, da ist überhaupt nichts vereinbart oder ausgekungelt worden."

Brenner hatte ruhig geredet, begütigend, fast wie zu einem Kind. Erich Rogalla schwieg, zuckte dann mit den Schultern, schob sich eine Reval zwischen die Lippen.

„Aber ich muss die Scheiße ausbaden, zumindest bis alles aufgeklärt ist. Und wir tappen immer noch im Dunkeln, wissen nichts." Er blickte auf die Uhr, nahm einen tiefen Zug aus der Zigarette, drückte sie aus. „Ich muss jetzt nach oben."

„Ich komme mit", sagte Brenner.

Aber Rogalla schüttelte den Kopf: „Lass! Er wollte mich alleine sprechen."

Als sein Kollege verschwunden war, setzte sich Brenner wieder an den Schreibtisch, stellte sich vor, was da eine Etage höher ablaufen mochte. Der PP würde kalt und korrekt hinter dem Schreibtisch sitzen, wahrscheinlich hatte Erich Rogalla noch eine Weile im Vorzimmer zu warten, zu schmoren. So ging man noch nicht einmal mit Pennälern um, wenn sie zum Direktor zitiert wurden.

Das Telefon klingelte. Brenner nahm den Hörer ab, meldete sich, sagte: „Gott sei Dank, ein Lichtblick an einem öden Tag."

„Hast du Lust, mit mir nach Lissabon zu kommen?" fragte sie. „Ich habe schon für dich gebucht. Billigflug. 24 Euro. Von Freitag bis Montag. Die Sonne scheint da. Es ist warm, wir können am Hafen sitzen, auf den Tejo gucken, Kaffee oder Rotwein trinken, wie wir wollen."

„Klar!" sagte er spontan. „Das machen wir."

Sie schwärmte ihm von Lissabon vor und fragte dann: „Wann kommst du heute?"

„In spätestens zwei Stunden bin ich da."

Seit Weihnachten hatte er bei Marie gewohnt, war nur noch einmal nach Dahlhausen zurückgekehrt, um ein paar Sachen zu holen und nach der Post zu sehen. Seine eigene Wohnung kam ihm fremd vor, und er fragte sich, wie er es da so lange ausgehalten hatte.

Der Kommissar griff nach der Zeitung, las den Artikel in Ruhe durch. Er hatte es schon am frühen Morgen, beim ersten Überfliegen bemerkt. Warum schrieb dieser Journalist das mit der Zunge? Das hatten sie doch niemandem mitgeteilt. Oder hatte da jemand fahrlässig etwas durchsickern lassen. Rohrbach stöberte ja überall herum, fragte die Leute aus. Seine erste Erklärung war gewesen, Rohrbach hatte einfach seine Beobachtungen zu den Dragonhunters auf die tatsächlichen Morde übertragen. So musste es wohl sein. So würde es sein.

Musste es wirklich so sein? Was verleitete diesen Journalisten zu solch einer Annahme? Selbstverständlich war das nicht. Das würde er ihm schon erklären müssen. Mehrfach las er den Satz durch, überlegte, griff zu einem Stift, drehte ihn zwischen den Fingern, unterstrich die Wendung ‚die Zungen herausgeschnitten' und versah den Artikel dort am Rand mit einem dicken Fragezeichen.

Dann nahm er den Telefonhörer ab, wählte die Nummer der Redaktion.

„Tut uns leid“, bekam er zu hören, „Herr Rohrbach hat sich für heute entschuldigt. Er ist krank.“

Eigentlich hatte er auf Rogalla warten wollen. Aber der würde nicht unbedingt an seinem Beistand interessiert sein. Brenner stand auf, streifte sich den Mantel über und ging.

53

Ihrem Mann hatte Karin Sawatzki nichts von dem Fund hinter Hunolds Bretterbude erzählt. Der war sowieso immer ein bisschen eifersüchtig auf Hunold gewesen. Karin wusste überhaupt nicht, warum. Schließlich akzeptierte er die wöchentliche Arbeitsnacht im Puff. Aber das war für ihn etwas anderes, das war eben Geschäft. Privat war er manchmal pingelig, jedenfalls was seine Frau anging. Und als Hunold gestorben war, da hatte er beileibe kein trauriges Gesicht gemacht.

Rudi Sawatzki arbeitete als Pförtner bei einer großen Herner Baufirma. Vor ein paar Minuten war er zur Mittagsschicht aufgebrochen. Daher konnte Karin sich jetzt in aller Ruhe mit ihren frisch erworbenen Schätzen, mit Hunolds Nachlass, beschäftigen. In der letzten Woche hatte sie dazu keine Gelegenheit gehabt, da ihr Mann ein paar Tage Urlaub abfeierte. Sie hatte das Päckchen vorsichtshalber in dem kleinen Bücherregal im Schlafzimmer versteckt. Bücher rührte ihr Rudi niemals an. Allerdings hatte sie inzwischen die Tüte ausgewechselt. Statt der schmuddeligen von Aldi lag da jetzt eine saubere von Karstadt.

„Wenn mir was passiert“, hatte Hunold gesagt, „dann guck dir die Sachen an, die du in der Tüte findest. Du musst selbst entscheiden, was du damit machst.“ Und er hatte noch hinzugefügt: „Da ist ne Menge Kohle drin!“

Sie hatte lange genug gewartet, bis sie aktiv wurde. So lange, bis die Polizei sich aus der Gegend verzogen hatte. Anfangs waren die ja ständig an der Bretterbude gewesen, hatten Teile des Geländes abgesperrt. Da gab es überhaupt keine Chance, sich das Zeug zu holen. Es war sowieso ein Wunder, dass die Bullen diese Sachen nicht gefunden hatten. Aber das waren eben Beamte wie der Oberstudienrat Schrader. Der kriegte auch nichts auf die Reihe.

Als sie den Inhalt aus der Tüte herausgeholt und auf dem Küchentisch ausgebreitet hatte, war sie ziemlich ratlos. Vor ihr lag der Stadtplan von Bochum, außerdem waren da diese seltsamen Zettel, mit denen sie nichts anfangen konnte. Ominöse Zahlenreihen standen darauf, die ihr nichts sagten. In diesen Zahlenreihen mochte irgendetwas verborgen sein. Vielleicht waren darin Pin-Nummern versteckt, wie man sie benutzte, wenn man mit der EC-Karte einkaufte oder Geld aus dem Automaten zog.

Aber hatte Hunold denn eine EC-Karte gehabt? Sie konnte sich nicht vorstellen, dass eine Bank oder die Sparkasse dem Hunold so etwas in die Hand gegeben hätte. Andererseits hatte er ihr gegenüber sehr geheimnisvoll getan. Standen womöglich irgendwo Schließfächer herum, die man mit einer der Zahlenkombinationen öffnen konnte? Oder ein Tresor? Vielleicht war das, was hier vor ihr lag, noch gar nicht der eigentliche Schatz, den es zu heben galt, sondern hier eröffnete sich nur der Weg dorthin. Als Kind hatte sie immer davon geträumt, eine Schatzkarte zu finden und den Schatz ganz allein auszugraben.

Außer dem Bochumer Stadtplan und den etwas angematschten Zetteln, die alle so aussahen, als seien sie hastig von einem Block abgerissen worden, hatte Karin auf dem Boden der Tüte nur noch eine leere Zigarettenschachtel gefunden. Marlboro - Hunolds Marke. Dass Zigaretten töten können, stand darauf. Das ist aber nicht Hunolds Problem gewesen, dachte Karin. Sie nahm die Schachtel in die Hand, betrachtete sie, drehte sie herum, aber da war nichts zu sehen. Sie öffnete den Deckel und bemerkte jetzt, dass in der Schachtel ein Gegenstand klemmte, den Hunold mehrfach in Silberpapier eingewickelt hatte. Karin faltete das Papier auseinander, fand darin aber nichts anderes als eine verbeulte Hundemarke, wahrscheinlich die von Ajax. Das war noch mal eine ziemliche Enttäuschung. Aber als sie das Innere der Schachtel betrachtete, fiel ihr auf, dass jemand etwas auf den Deckel geschrieben hatte, und zwar von innen. Es war wieder eine Zahlenreihe. Diese war ihr im Unterschied zu denen auf den Zetteln vertraut, denn sie begann mit den Ziffern 0234, der Vorwahl für das Bochumer Netz. Danach folgte noch eine sechsstellige Zahl. Also eine Telefonnummer.

Karin verglich diese Nummer mit den Zahlen, die auf den Zetteln standen. Sie zwang sich, dabei umsichtig und konzentriert vorzugehen, spürte auch bald ein merkwürdiges Kribbeln auf der Haut, denn sie fand die Nummer aus der Zigarettenschachtel auf einem von Hunolds Zetteln wieder. Dort war sie allerdings eingebettet in eine längere Reihe anderer Ziffern. Wahrscheinlich sollte das eine Art Tarnung sein. Ziemlich durchsichtig, aber das hatte sie schon immer gewusst: Eine große Leuchte war Hunold wirklich nicht gewesen.

Jetzt war sie schon ein Stückchen weiter. Sie überprüfte noch einmal und ganz systematisch die Zahlenreihen auf den anderen Zetteln, und es sah tatsächlich so aus, als ob sich auch dort Telefonnummern aus Ketten von Ziffern herausschälen ließen. Einige davon mochten Handynummern sein, denn es tauchten mehrfach die Folgen 0163 oder 0172 und 0178 auf. Sie wusste, dass bei verschiedenen Handy-Anbietern auch so etwas wie feste Vorwahlnummern benutzt wurden.

Warum hatte Hunold nur die eine Telefonnummer extra herausgeschrieben? Hatte er sich die Schachtel mit der Nummer in die Tasche gesteckt, wenn er zum Telefonhäuschen an der Horsthauser Straße gelaufen war? Dort hatte sie ihn an einem Samstagmorgen gesehen, als sie von der Arbeit nach Hause fuhr. Das war zu der Zeit gewesen, als er sich in seinem Taubenschlag versteckt hielt.

Wie konnte sie jetzt weiter vorgehen? Da gab es also diese Telefonnummer, die für Hunold besonders wichtig gewesen war. Das nahm sie jedenfalls an. Sollte sie einfach mal diese Nummer anrufen? Vielleicht meldete sich jemand mit seinem Namen, so dass sie einen weiteren Anhaltspunkt erhielt. Natürlich bestand nach wie vor die Möglichkeit, dass es eine völlig harmlose Sache war. Die Nummer des Wettbüros etwa, wo Hunold immer seine letzten Groschen vergeigt hatte. Oder die der Bochumer Polizei? Durchaus möglich, dass einer der Kripobeamten Hunold eine Kontaktnummer gegeben hatte. Wenn es die Telefonnummer eines Bochumer Postens war, dann würden die sich wohl mit der Angabe der Dienststelle melden. Dann konnte sie ja gleich wieder auflegen.

Seit ein paar Wochen hatten sie und ihr Mann eine neue Telefonanlage. ISDN - was immer das auch heißen mochte. Jetzt stand in jedem Raum ihrer Wohnung eine Konsole mit einem Handapparat. Der besondere Kick dieser Anlage war, dass sie jetzt auch telefonieren konnte, wenn ihr Rudi seine heißgeliebten Pornoseiten im Internet aufrief. Schweinekino, so nannte er diese Aktion.

Gerade als sie begonnen hatte, die ersten Ziffern der Bochumer Nummer zu wählen, klingelte ihr eigenes Telefon. Sie erschrak, hätte fast den Hörer fallen lassen, denn sie fühlte sich ertappt. Dann machte sie sich aber sofort klar, wie unsinnig ihre Reaktion war. Wahrscheinlich war es Rudi, der sein Butterbrot vergessen hatte. Sie drückte auf den grünen Knopf, und auf der anderen Seite beglückwünschte sie eine mechanisch klingende, sonore Stimme. Man teilte ihr mit, dass ihre Telefonnummer unter Hunderttausenden ausgewählt worden sei und dass sie ganz persönlich einen wunderbaren Preis gewonnen habe. Sie müsse nur noch eine bestimmte Nummer anrufen, weil man zwecks Zuweisung des Gewinns ein paar Angaben von ihr benötige.

„Du beschissenes Arschloch!" sagte Karin Sawatzki und stellte den Hörer erstmal zurück in die Konsole.

Sie schloss für einen Moment die Augen und dachte nach. War das eine Warnung, eine Art höherer Fügung gewesen, dass der verlogene Anruf sie daran gehindert hatte, die Bochumer Nummer aus Hunolds Nachlass anzuwählen? Wie viele ihrer Kolleginnen, die mit ihr im Haus der zwei Herzen arbeiteten, war sie ein bisschen abergläubisch. Hatte sie eine Botschaft von außen erhalten?

Grundsätzlich war sie jedoch keine ängstliche Frau. Hinzu kam diese aufgeregte Mischung aus Neugier und Habsucht, die ihren gegenwärtigen Gemütszustand bestimmte. Daher verwarf sie schließlich ihre mysteriöse Befürchtung, griff wieder zum Hörer und wählte dieses Mal die komplette Bochumer Nummer. Das Rufzeichen ertönte. Eigentlich hatte sie gehofft, dass nach dem vierten oder fünften Mal ein Anrufbeantworter ihr mitteilen würde, mit wem sie leider nicht das Vergnügen hatte. Aber es tat sich nichts. Der Ruf ertönte immer wieder auf der anderen Seite, hartnäckig und monoton.

Sie legte auf, nahm sich aber vor, es noch einmal zu versuchen. Wer immer der Adressat war, da drüben, auf der anderen Seite, der musste ja nicht ständig darauf lauern, ob einer gerade anriefe. Man konnte auch mal auf dem Pott sitzen oder den Bürgersteig fegen. Sie blickte aus dem Fenster. Es regnete in langen, dünnen Fäden, die Straße und der Himmel waren grau. Kein Mensch war draußen zu sehen. Die Sache mit dem Bürgersteig konnte sie vergessen. Trotzdem gab sie sich einen Ruck, um es gleich wieder zu probieren. Diesmal gab es nach dem dritten Klingeln ein Geräusch in der Leitung.

„Hallo?“ fragte eine schläfrige Männerstimme.

„Entschuldigen Sie bitte!“ sagte Karin. „Habe ich mich verwählt?“

Sogleich wurde ihr klar, wie blödsinnig die Frage war, da sie dem anderen ihren Namen nicht genannt hatte. Wie sollte der wissen, ob sie sich verwählt hatte, wenn ihm nicht mitgeteilt wurde, wer sie war und was sie wollte. Der Mann fragte aber nicht, woher er das denn wissen solle, was eigentlich die normale Reaktion gewesen wäre. Stattdessen wartete er nur. Sie hörte ihn atmen.

„Wenn Sie mir sagen, wer Sie sind, weiß ich, ob ich mich verwählt habe!“ probierte sie es noch einmal mit der gleichen Taktik. Wenn der sich so komisch verhielt, dann konnte sie ruhig noch einmal fragen.

„Hallo?“ ertönte es wieder von der anderen Seite. Die Stimme klang kehlig und sanft. Ein Raucher, dachte Karin.

„Helfen Sie mir doch bitte! Ich habe hier Ihre Telefonnummer und weiß nicht, ob es die richtige ist. Wer sind Sie?“

„Hallo?“ kam es noch einmal schwach von der anderen

Seite, als ob der andere den Hörer weiter weg gehalten hätte. Nicht unfreundlich, sondern irgendwie zerstreut, so klang der. Noch eine kurze Pause. Wieder der schnaufende Atem. Dann wurde aufgelegt. Karin drückte auf die Taste der Wahlwiederholung. Aber der Anruf ging diesmal wieder ins Leere, wie beim ersten Mal. Das hatte sie noch nie erlebt, dass einer nur „Hallo“ sagte.

Karin Sawatzki war klar, dass sie ihre Taktik ändern musste. Sie würde sich erkundigen, ob sie mit Hilfe der Telefonnummer Namen und Adresse dieses seltsamen Hallo-Menschen herauskriegen konnte. Da sie mit dem Internet nicht so gut zurecht kam, würde sie sich bei ihrem Mann erkundigen müssen. Nur so ganz allgemein wollte sie ihn fragen. Wie man überhaupt so etwas ermitteln konnte. Sie würde sich für Rudi eine Ausrede einfallen lassen. Zum Beispiel eine Kollegin vorschieben, die ihr diese Telefonnummer gegeben hätte und von der sie nun gern wissen wollte, bei wem sie wohnte oder mit wem sie zusammen lebte oder so ähnlich. Irgendwie würde sie das schon rauskriegen.

Die Hundemarke wickelte sie wieder ein und steckte sie in die Marlboro-Schachtel. Dass der Hunold für seinen Köter Steuern bezahlt hatte, war ihr ganz neu. Dann packte sie erst mal die Sachen wieder in die Tüte, ging ins Schlafzimmer und schob das kleine Päckchen ins Regal hinter die Bücher, die alle aus dem Bertelsmann Lesering stammten. Eins war ihr ganz klar: Die Stimme des Mannes hatte sie schon einmal gehört. Aber wo?

54

Draußen begegnete Brenner ein nasskalter Tag, aber er dachte an Lissabon und an Marie. „Wir werden in einem kleinen Café am Hafen sitzen, Rotwein trinken und auf den Tejo hinaussehen“, hatte sie gesagt. „Die Sonne scheint, und es ist auch im Januar noch warm genug.“

Marie schwärmte von der Weißen Stadt, von der Weite, die einen empfing, wenn man durch den Torbogen am Ende der

Rua Augusta auf den Platz der Seefahrer kam. Und am Abend wollte sie mit ihm in die Altstadt, dem Fado zuhören, jenem portugiesischen Gesang, der einem die Seele verzauberte. So jedenfalls hatte sie sich ausgedrückt, und mit Marie an der Seite mochte er sich das gut vorstellen. Er freute sich auf dieses Wochenende. Endlich einmal abschalten von einem Fall, in dem er und Rogalla keinen Schritt weiter kamen. Den Albtraum vergessen, in dem sich nur Straßen öffneten, die in einer Sackgasse endeten. Zu einem Albtraum war es wirklich geworden, im wörtlichen Sinne. In der letzten Nacht war er im Schlaf hochgeschreckt, vielmehr, Marie hatte ihn geweckt, wachgerüttelt. „Was ist los? Bekommst du keine Luft mehr?"

Da öffnete er die Augen, stieß die Zunge gegen seine Lippen, tastete die Spitze mit den Zähnen ab. Es war nur ein Traum gewesen. Hahn hatte vor ihm herumgetobt, den Golfschläger gegen ihn erhoben, ganz nahe war sein Gesicht dabei gerückt, und er hatte immer wieder geschrien: „Nennen Sie den Namen! Nennen Sie den Namen!" Aber er, Brenner, hatte nichts sagen können. Die Zunge hatte sich ihm nach hinten in den Rachen gerollt oder war ganz verschwunden. Er hatte keinen Ton herausgebracht.

„Es ist nichts", sagte er zu Marie. „Ich habe nur den falschen Beruf. Die Bilder verfolgen einen in den Schlaf hinein."

Anschließend hatte er in der Küche gesessen. Unter dem Licht der Lampe verblasste die Erinnerung an den Traum. Die Gegenwart hatte ihn wieder, und die Zukunft würde schönere Momente bringen. In ein paar Tagen waren sie am Flughafen. Wenn dann die Turbinen ansprangen und der Schub zum Start kam, würde er den Fall zumindest für eine Weile vergessen.

Noch anderthalb Stunden hatte er bis zu ihrem Treffen. Sie wohnte in der Nähe des Hauptbahnhofs, am Anfang der Wittener Straße. Ein paar Minuten waren es nur bis dorthin. Er hatte Zeit genug, um sich vorher noch diesen Rohrbach vorzuknöpfen. Wenn der nicht in der Redaktion war, dann steckte er wahrscheinlich zu Hause.

Es war Viertel nach elf, als der Kommissar seinen Wagen vor einem Haus zwischen Stadion und Küppers Karree parkte und bei Philipp Rohrbach, der im zweiten Stock wohnte, klingelte. Er war überrascht, dass nach ein paar Sekunden schon der Summer ertönte. Er drückte auf, ging in den Flur, dann die Treppe nach oben und fand dort die Tür angelehnt. Er klopfte, hörte eine Stimme: „Stell's ab. Geld ist auf der Kommode. Behalt den Rest."

Brenner schob die Tür auf, betrat den Flur, in dem Licht brannte. In der Nähe des Eingangs, an der rechten Wandseite, sah er eine kleine Kommode, auf der ein Geldschein lag. Fünfzig Euro. Und auf dieser Kommode, in einem Rahmen, stand auch ein Foto, das er kannte. Die schwarzen Haare, der Ponyschnitt, die lustig lächelnden Augen, die Konturen der Wangenpartie. Es war dieselbe Frau, deren Bild er in Materkas Wohnung gesehen hatte. Brenner blieb stehen, zögerte eine Weile, aber dann schoss ihm durch den Kopf: Rohrbach kann nicht wissen, dass ich das Foto kenne. Ich werde mir nichts anmerken lassen.

„Herr Rohrbach", rief er, „ich bin's. Brenner, Kripo Bochum."

Eine Weile hörte er nichts, dann schob sich am anderen Ende des Ganges eine Tür auf. Licht brannte in dem Raum. Offensichtlich waren die Vorhänge zugezogen oder die Rollos heruntergelassen. Eine Gestalt, in einen Morgenmantel gehüllt und mit Schlappen an den Füßen, erschien im Rahmen. Es war Philipp Rohrbach.

„Ach, Sie!?" murmelte er und fuhr sich mit der rechten Hand durch das Haar.

„Wen hatten Sie denn erwartet?" fragte der Kommissar.

„Getränke. Ein bisschen Nachschub."

Die Stimme klang müde, leise, irgendwie gleichgültig, und dennoch glaubte der Kommissar auch ein Zittern darin zu vernehmen.

„Darf ich hereinkommen?" fragte er. „Ich wollte nur kurz mit Ihnen reden, und dann sind Sie mich auch schon wieder los."

„Ja, kommen Sie."

Rohrbach drehte sich um, verschwand in dem Raum, der

Wohnzimmer oder Küche sein mochte. Brenner ging den Flur entlang weiter, der Geruch verqualmter, abgestandener Luft kam ihm entgegen. Als er die Schwelle erreicht hatte, um einen ersten Blick in den Raum und auf Rohrbach zu werfen, da bemerkte er noch aus den Augenwinkeln den niedersausenden Arm. Ein Blitz schoss ihm durch die Augen und alles wurde schwarz. Den stechenden Schmerz im Kopf registrierte er nicht mehr. Auch nicht den Stoß in die Kniekehle.

55

Eine Weile hielt Brenner die Augen noch geschlossen. Zuerst hatte er diesen Schmerz im Kopf wahrgenommen, dann tauchte langsam die Erinnerung in Rückblende auf: der niedersausende Arm, der Gang durch den Flur, ach ja, bei Rohrbach war er gewesen, hatte dort geklingelt. Stand draußen nicht sein Auto? Ja. Er wollte doch zu Marie. Wo war er jetzt überhaupt? Was war los mit ihm? Er lag seitwärts auf hartem Boden. Es war warm, unangenehm warm. Eine Weile dauerte es, bis er die Bilder geordnet hatte. Rohrbach musste ihn niedergeschlagen haben. Wie unvorsichtig war er gewesen!

Langsam und ohne sich zu bewegen öffnete er ein wenig die Augen. Es war hell, aber es war nicht das Licht des Tages. Ein künstliches Licht, und das, was da vor ihm auftauchte, war der Fußboden und das Gerippe eines Heizkörpers. Sein rechter Arm war mit einem Heizungsrohr wie mit einer Manschette verbunden. Rohrbach hatte ihn mit einer Handschelle dort gefesselt.

Vorsichtig drehte Brenner den Kopf etwas in den Raum hinein. Zu hören war nichts. War es überhaupt der Raum, den er hatte betreten wollen? Langsam glitt sein Blick den Heizkörper hoch, eine Wand tauchte auf, der Rand einer Zimmerdecke und dann die gegenüberliegende Seite, wo er Regale mit Büchern und Zeitschriften bemerkte. Jetzt hatte er den Kopf so weit gedreht, dass er den ganzen Raum erfassen konnte. Rohrbach, den er im Profil sah, saß unter einer Lampe an einem Schreibtisch. Er hatte die Stirn auf die Handfläche gestützt, schien nichts um sich herum wahrzunehmen. Neben ihm stand eine Flasche, eine Zigarette qualmte in einem randvollen Aschenbecher, vor ihm befanden sich Tastatur und Monitor eines Computers, und eine kleine Kamera war auf einem Stativ direkt vor ihm aufgebaut.

Der Kommissar machte eine vorsichtige Bewegung mit dem linken Arm, schaffte es, einen Blick auf seine Uhr zu werfen. Es war kurz nach zwölf. Marie würde jetzt schon warten. Neben der Wut stieg ein Gefühl der Ohnmacht in Brenner hoch. Die Handschelle saß eng am Gelenk. Das Rohr, an dem sie befestigt war, sah nicht so aus, als könne man es aus der Wand reißen. Vielleicht war Rohrbach ja auch bewaffnet, hatte eine Pistole. Brenner tastete sich vorsichtig ab. Seine Waffe fehlte. Da war nur das leere Halfter. Auch die Jackentasche war leer. Rohrbach hatte ihn also mit seinen eigenen Handschellen gefesselt.

Was würde Marie machen? Sie würde im Präsidium anrufen, mit Rogalla sprechen. Was war mit seinem Handy? Er hatte es in der linken Manteltasche gehabt. Vorsichtig tastete er auch dort. Die Tasche war leer. Rohrbach hatte es ihm weggenommen, abgestellt wahrscheinlich, so dass jeder Anruf nur auf seiner Mailbox landete. Hoffentlich machte Marie keine Dummheiten, zog aus Enttäuschung falsche Schlüsse. Gab es irgendeinen Trick, irgendeine Möglichkeit, sich aus dieser Lage zu befreien? Mit der linken Hand hatte er Spielraum. Aber welchen und wozu? Da war in seinem Radius nichts, was er hätte einsetzen können. Also mit Rohrbach reden, auf ihn einreden. Was sollte das überhaupt, ihn niederzuschlagen und an die Heizung zu ketten? Er sah wieder zu dem Schreibtisch hin, wo der Redakteur saß, und erfasste jetzt auch die Schrift auf dem Flaschenetikett. ‚Absinth 80' stand darauf. Und daneben sah er noch etwas. Ein kleines, braunes Apothekerfläschchen. Er konnte das Etikett sehen, aber die Schrift war nicht zu entziffern.

Es kam Bewegung in Rohrbach, diese Bewegung wirkte wie abwesend, wie in Trance. Die rechte Hand griff nach der Flasche, setzte sie an den Mund, der Kopf lehnte sich langsam zurück, dann nahm er einen kräftigen Schluck. Mit der Hand strich er sich jetzt durch das Haar, massierte mit beiden Handflächen das Gesicht, beugte sich vor, drückte einen Knopf an der Kamera, lehnte sich wieder zurück, griff sich die Zigarette aus dem Aschenbecher, setzte sich in Positur. Vorne am Kameragehäuse sah Brenner ein rotes Lämpchen leuchten.

„Für dich, Gabriela", sagte Rohrbach. „Für dich. Und überhaupt für alle, die etwas von meinem beschissenen Leben hören und sehen wollen." Er machte eine Pause, schob den Kopf vor, stierte in das Objektiv. Dann wiederholte er: „Für dich, ja."

Rohrbach nahm wieder einen Schluck aus der Flasche, schwenkte sie vor dem Objektiv, verzog das Gesicht zu einer Grimasse. „Ja, Gabriela. Ich habe von Anfang an alles gewusst, euch beobachtet. Für wie dumm hast du mich gehalten? Benutzt hast du mich, benutzt, um aus deinem Rattenloch herauszukommen. Dich hätte ich töten sollen."

Rohrbach drückte jetzt wieder einen Knopf an der Kamera. Das Signallicht schaltete auf grün. Er lehnte sich zurück, schien zu überlegen, fummelte mit der Zigarette am Rand des Aschenbechers herum, um sie auszudrücken. Ein paar Kippen fielen dabei auf die Tischplatte, aber das störte ihn nicht. Er nahm wieder einen Schluck, dieses Mal langsamer, so als dürfe er seine Sinne nicht zu rasch benebeln. Er drehte den Kopf seitwärts zum Heizkörper, betrachtete den Kommissar ohne Überraschung und sagte: „Ich erspare Ihnen viel Arbeit, Brenner."

Der Kommissar winkelte beide Beine an, richtete sich auf, stützte sich mit der linken Hand auf dem Boden ab, drehte sich Rohrbach zu. Der zeigte auf die Flasche, sagte: „Von dem Zeug vertrage ich viel. Vom Leben vertrage ich nichts mehr, gar nichts. Wenn das auch so gut gewesen wäre wie dieser Absinth, hätte ich Ihnen die Abschiedsvorstellung erspart."

„Wer ist Gabriela?" fragte der Kommissar.

„Gabriela ist meine Frau. Aus Warschau. Dann kam der Kerl aus Wolfsburg dazwischen. Die kannten sich von früher. Aber der Typ hat ja nichts, kann ihr nichts bieten. Und Gabriela geht dahin, wo es was gibt. Und gibt es nichts mehr, dann geht sie wieder. So einfach ist das. Mit dem Wolfsburger hat sie aber nie ganz Schluss gemacht. Für ein Vergnügen so ab und zu war der noch gut genug. Klar, ist ja auch viel jünger gewesen als ich und sieht nicht so beschissen aus."

Er nahm einen Schluck, zündete sich eine neue Zigarette an, fuhr fort: „Ich hab' alles unter Kontrolle gehabt, jedes Gespräch über Computer aufgezeichnet. Belogen, ausgebeutet hat sie mich. Geld, Geld, Geld. Die Schwester besuchen, die arme Schwester, die angeblich krank war. Manchmal haben sie sich auf halber Strecke getroffen. Ein paar Mal war das Schwein auch in Bochum."

Rohrbach begann plötzlich zu zittern, drehte sich von Brenner ab. Als er sich dem Kommissar wieder zuwandte, waren seine Augen nass und gerötet.

„Ja, ich hab' ihn umgebracht. Die Dragonhunters kannte ich da schon. Es sollte so aussehen, als wären die das gewesen. Gabriela hatte sich mit ihm am Kemnader See verabredet. Aber ich bin gekommen."

„Und wo war Gabriela zu der Zeit?"

„Da, wo Sie jetzt sitzen. Die habe ich allerdings mit beiden Händen angebunden."

„Und jetzt? Wo ist sie?"

Rohrbach zuckte mit den Schultern: „Was weiß ich! Irgendwo. Wo es neue Trottel gibt."

„Hatten sie keine Angst, dass sie zur Polizei geht?"

„Gabriela? Zur Polizei? Niemals. Die ist selber nicht sauber, verschiebt doch alles, was Geld bringt."

„Was ist mit dem Jungen am Rhein-Herne-Kanal? Warum haben Sie Michael umgebracht?"

Rohrbach schüttelte den Kopf. „Damit habe ich nichts zu tun. Diesen aufgeblasenen Idioten, den Kölner, den dürfen Sie mir noch anhängen. Beleidigt hat er mich, hat gesagt, meine Visage sähe so aus wie die Bochumer spielen. Da könnte man nur verlieren. Ich sollte meine Schnauze halten."

„Das mit dem Jungen nehme ich Ihnen nicht ab. Wer sonst könnte es gewesen sein?"

Rohrbach hob wie beiläufig die Schultern. „Die Dragonhunters vielleicht. Welchen Grund sollte ich haben zu lügen? Ihr bekommt mich doch sowieso nicht mehr."

„Was war mit dem Kölner? Sie bringen doch nicht jemanden um, bloß weil er Sie beleidigt."

„Hass, Herr Kommissar. Hass. Ich hatte nichts mehr zu verlieren und wollte wenigstens mein Spiel, Sie an der Nase herumführen und ein paar schöne, exklusive Berichte schreiben. Ich hab sogar ein kleines Gedicht verfasst über Drachentod und Drachenblut, um den Verdacht auf die ‚Dragonhunters' zu lenken. Den Zettel hab ich im Stadion zurückgelassen. Hat den überhaupt jemand gefunden?"

„Ja", sagte Brenner. „Ein Mitarbeiter vom Verein. Mehr oder weniger zufällig.

Rohrbach winkte müde ab. „Na ja, ist jetzt auch egal. Das Spiel ist gelaufen. Da mache ich mir keine Gedanken mehr drüber. Ein Gewissen werden Sie bei mir auch nicht finden können. Das habe ich mir abgewöhnt. Mit so einem Gesicht, wie ich es habe, ist das Luxus, der pure Luxus. Wenn Sie einen Blick in meine Seele tun könnten!"

„Das mache ich ja."

„Und? Was sehen Sie, Brenner?" Rohrbachs Stimme bekam einen spöttischen Unterton.

„Verzweiflung."

„Zu wenig. Am Ende des Ganges ist das Nichts. Und das Nichts bedeutet auch das Ende des Leidens."

„Sie wollen sich umbringen, nicht wahr?"

„Hab' ich schon. Ich muss es nur noch vollenden."

„Und was machen Sie mit mir?"

„Nichts. Sie sind mir dazwischengekommen. Man wird Sie finden. Sie bereiten mir jetzt allerdings die Unannehmlichkeit, dass ich mich beeilen muss. Man wird Sie ja irgendwann suchen. Der Schlüssel für die Handschellen liegt hier rechts auf dem Schreibtisch. Dann müssen Sie nicht die Feuerwehr bemühen."

„Und wie soll Gabriela ihre Aufzeichnung bekommen? Die ist doch für sie, oder?"

„Ist vorbereitet. Geht als Email-Anhang an die Schwester nach Warschau. So programmiert, dass es in zwölf Stunden automatisch verschickt wird. Bis dahin ist alles gelaufen. Für Sie habe ich auch vorgesorgt. Email ans Präsidium, ebenfalls mit zwölf Stunden Verspätung. Der Rohrbach kann auch nett sein. Man soll es nicht glauben."

Er lachte jetzt. Es war ein seltsames, unwirkliches Lachen wie aus einem Raum von weither. Es stoppte jäh, und dann sagte er: „Ach was, es ist mir im Prinzip egal, was mit Ihnen passiert. Ich brauche aber jemanden, der über Philipp Rohrbach berichtet. Deswegen kommen Sie ungeschoren davon, trotz Ihrer Scheißarroganz."

„Herr Rohrbach", sagte Brenner jetzt eindringlich. „Man wirft sein Leben nicht so einfach weg. In keiner Situation. Sie wissen doch gar nicht, was es Ihnen an schönen Momenten vielleicht noch bringen kann."

„Machen Sie sich nicht lächerlich!" spottete Rohrbach. „Es gibt nur noch einen schönen Moment. Hier in dem Fläschchen sind Provoneurin-Kapseln."

Rohrbach drehte sich ab von Brenner, kümmerte sich nicht mehr um ihn. Er schaltete die Kamera wieder ein, schob sich in Position, was dieses Mal aber umständlicher, gequälter aussah. Er griff das kleine braune Fläschchen, hielt es dicht vor das Objektiv, stellte es wieder weg, nahm einen Schluck Absinth und noch einen. Er schaltete die Kamera aus, bearbeitete jetzt die Tastatur des Computers. Dann löschte er die Lampe am Schreibtisch.

Es war dunkel in dem Raum. Nur durch eine Vorhangritze fiel ein Streifen Licht und ließ die Konturen schemenhaft erkennen. Brenner sah, wie Rohrbach das Fläschchen öffnete und sich den Inhalt in den Mund kippte. Er zündete sich noch eine Zigarette an, griff zu der Flasche und trank in gierigen Zügen. Die Bewegungen wurden langsamer, erschlafften. Die Hand mit der Flasche sank gegen die Schreibtischplatte, die Zigarette zitterte zwischen den Lippen, fiel herunter. Und dann kippte die Flasche mit dem Absinth um. Eine kleine bläuliche Flamme züngelte auf.

56

‚Vergeblich versuchten wir uns ihren Gewalttaten zu entziehen, ich weiß es seit langem.' Marie blätterte abwesend in dem Buch. ‚Kassandra'.

Eigentlich hatte sie sich auf die Lektüre gefreut. Aber jetzt schweiften ihre Gedanken immer wieder ab. Manche Sätze las sie zweimal. Und dann bemerkte sie, dass einzelne Wörter sie merkwürdig berührten, etwas auslösten, sich ihrer bemächtigten, so dass sie nicht weiter lesen konnte. Und las sie doch weiter, verflog das Gelesene. Nur einzelne Begriffe blieben stecken wie mit Widerhaken versehen, verdrängten alles andere, verselbstständigten sich, hatten mit dem Monolog der Kassandra nichts mehr zu tun und ergaben keinen Sinn.

‚Tiefer selbst als von meiner Angst…'

‚Angst', das war so ein Wort. Es löste sich einfach aus dem Satz heraus, blieb alleine stehen, beunruhigte sie, ohne dass sie einen Anlass dazu sah.

Sie lag auf dem Sofa, auf ihrem Bauch hatte sich ihr kleiner Kater zusammengerollt und schnurrte wie eine Nähmaschine. Nach einer Weile klappte sie das Buch zu, legte es nach unten auf den Teppich. Warum nur gelang ihr heute die Lektüre nicht? Es konnte doch nicht nur wegen Brenner sein, der sich offensichtlich verspätete. Um zwölf, wenn sie seine Aussage „in spätestens zwei Stunden bin ich da" wörtlich nahm, hätte sich die Tür öffnen müssen. Eigentlich war er, was Pünktlichkeit betraf, zuverlässig. Und kam etwas dazwischen, so rief er an. Jetzt war es halb eins. Aber vielleicht war das wirklich nur eine vage Zeitangabe gewesen, die sie nicht so genau nehmen musste.

Es war bestimmt noch etwas anderes, etwas, das sie seit ein paar Monaten nachdenklich gemacht hatte, manchmal auch bedrückte. Wo sollte das mit ihrem Studium hinlaufen? Germanistik. Was machte man damit? Fünfunddreißig war sie jetzt. Über den zweiten Bildungsweg war sie erst spät eingestiegen. Jetzt hatte sie sich überlegt, ein zweites Fach hinzuzunehmen. Sport, Kunst oder Geschichte. Zugleich die obligatorische Pädagogik. An einer Schule hätte sie wenigstens einen ordentlichen Beruf, wäre nicht von seinem Geld abhängig oder von öden Gelegenheitsjobs. Er hatte ihr zwar versichert, es sei ihm egal, wer das Geld nach Hause bringe. Er oder sie oder beide. Aber so einfach war das nicht. Es würde überhaupt schwierig genug sein, das Studium abzuschließen. Dieser elende Job im Tucholsky raubte ihr viel Zeit.

Warum rief er nicht an? Fiel er wieder in die alte Gleichgültigkeit zurück? Hatte er Angst bekommen, sein Junggesellendasein aufzugeben? Eigentlich gefiel ihm das Zusammenleben doch gut, sagte er jedenfalls.

Sie wurde unruhig. Es war kurz nach eins. Sie konnte sich nicht daran erinnern, dass er einmal so unpünktlich gewesen wäre. Das Telefon blieb stumm, kein Schlüssel drehte sich im Schloss. Vielleicht hatte sie sich verhört. Statt zwei hatte er drei gesagt, also „in spätestens drei Stunden bin ich da“.

Sie versuchte, sich wieder der Lektüre zuzuwenden. Aber es ging nicht. Sie klappte das Buch zu, legte es auf den Teppich, fasste den Kater, der maulte, im Nacken, hob ihn hoch, so dass er alle Viere von sich streckte, und setzte ihn neben das Buch. Nein, sie machte sich weniger Sorgen um ihr Studium oder um Abhängigkeiten. Das würde sich ja alles noch zeigen. Da war eine andere Angst, die sie sich nicht erklären konnte. Eine diffuse Bedrohung, irgendeine Gefahr. Sie stand auf und begab sich zum Telefon.

57

Die Stimmung war trübe. Sollten sie ihm doch den Buckel runterrutschen, der PP, Brenner und die anderen Kollegen. Wahrscheinlich lachten sie hinter vorgehaltener Hand über ihn. Erich Rogalla hatte noch kurz aus dem Fenster gesehen. Der Bochumer Himmel legte einem schon am Mittag nahe, für den Rest des Tages ins Bett zu gehen und die Rollläden herunterzulassen.

Als er sich auf den Weg machte, rührte er Brenners Schirm nicht an. Der hatte diesen Schirm für den Fall der Fälle gespendet, und er stand immer im Ständer bereit. Aber Rogalla hatte zurzeit keine Lust, Brenner für irgendwas dankbar zu sein, nicht mal für einen blöden Regenschirm.

Vom Präsidium in der Uhlandstraße bis zum Bochumer Tierpark brauchte er nur ein paar Schritte. Quer durch den Stadtpark und dann noch fünfzig Meter auf der Klinikstraße. Er stand jetzt am Eingang des Geländes, wo er seine Schwester traf, die ihn im Büro angerufen hatte, weil sie ihm etwas erzählen wollte. „Aber nicht am Telefon", hatte sie gesagt.

Monika trug einen grauen Anorak. Ihm wurde schmerzlich bewusst, dass die Farbe des Anoraks mit dem blassen Teint ihres Gesichts harmonierte.

„Was heißt das, du willst dich verabschieden!" Erichs Stimme klang nicht besonders freundlich, als er das sagte.

„Du musst mich verstehen. Außer dir hält mich hier überhaupt nichts mehr."

„Willst du verreisen?"

Während sie sprachen, hatten sie den Eingangsbereich des Tierparks passiert, wählten den Weg links herum. Erst an den Flamingos vorbei, die überhaupt nicht in die Jahreszeit passten, dann waren sie bei den Bären.

„Onkel Albert hat mich angerufen", sagte Monika.

„Wer ist das?"

„Du bist gut! Das ist auch dein Onkel."

„So?"

„Der Bruder unserer Mutter."

„Ach, der alte Sack aus Münster."

„Ich hatte ihm geschrieben, wegen Michael ..."

Rogalla war nicht ganz bei der Sache. Nachdem Brenner das Büro verlassen hatte, war ihm etwas aufgefallen, ein unscheinbarer Hinweis, vielleicht ganz unwichtig, dem er trotzdem nachgehen wollte. Monikas Anruf hatte ihn davon wieder abgebracht. Und nun wusste er nicht mehr, was es gewesen war. Eine Instinktsache, irgendwie noch ganz unklar. Er versuchte sich zu erinnern, aber es half nichts.

Sie waren jetzt in der Geflügelabteilung. Um einen Teich herum scharten sich Enten und ähnliches Getier, dessen Namen Rogalla nicht kannte und augenblicklich auch nicht wissen wollte. Er ignorierte die hilfreichen Informationsschilder. Weiter hinten saßen Eulen und Uhus herum, die man aufgrund ihrer Tarnung erst beim zweiten Hinsehen wahrnahm. Die konnten sich wegducken, dachte er, wenn es brenzlig wurde. Sie gingen weiter, über eine Brücke hinweg. Vor ihnen lag der restaurierte Bismarckturm. Ein vagabundierender Pfau lief ihnen fast über die Füße.

„Ich soll zu ihm kommen.“ sagte Monika.

„Zu wem?“ Er war in seinen Gedanken schon wieder ganz woanders.

„Zu dem Onkel natürlich. Von wem sprechen wir denn sonst?“

„Ja klar. Entschuldige. Mir geht da sowas durch den Kopf.“

„Das merke ich schon die ganze Zeit. Aber vielleicht kannst du mir mal ein paar Minuten zuhören!“

„Was will der Onkel? Sollst du ihn besuchen?“

„Nein, nicht besuchen.“

„Sondern?“

„Ich soll für immer zu ihm kommen.“

„Warum das?“

„Er ist ein bisschen kränklich.“

„Du sollst ihn pflegen?“

„Ja, das auch. Und einfach da sein für ihn. Er fühlt sich einsam. Eine Nachbarin, mit der er sich gut verstanden hat, ist jetzt auch gestorben. Er hat niemanden mehr.“

„Und? Hast du dich schon entschieden?“

„Ich habe ihm heute zugesagt. Morgen fahre ich schon mal für ein paar Tage hin und sehe mir alles an. Er wohnt ja allein in dem großen Haus.“

„Dann ist schon alles klar?“

„Ja. Aber ich wollte es dir nicht am Telefon sagen.“

„Und was ist, wenn der Onkel mal stirbt?“

„Er hat gesagt, ich soll da bleiben. Auch wenn er nicht mehr ist.“

„Was heißt das? Du wirst ihn beerben?“

Monika nickte. Am Gehege der Gibbons und Totenkopfaffen gab es ein bisschen Auftrieb. Eine Mutter versuchte vergeblich, ihre eigenwilligen Kinder von dem Schauspiel, das sich im

Käfig bot, loszueisen. Gebannt guckten sie den Affen zu, die hintereinander herjagten und sich gegenseitig die Läuse aus dem Fell pflückten. Die Äffchen turnten auf den Bäumen herum und ließen sich rücklings von den Ästen herunterhängen, um ihrerseits die Besucher mit großen Augen zu fixieren.

„Gibt es Neues wegen Michael?"

„Nein, nichts Neues!"

„Ich habe mich inzwischen mit dem Gedanken abgefunden, dass ihr den Mörder doch nicht findet. Was soll es auch. Man hat ja nichts davon."

„So darfst du nicht reden."

„Sicher darf ich das. Außerdem sehe ich ja, wie dich die Sache quält."

„Natürlich quält es mich, dass wir so auf der Stelle treten." Er zögerte, fügte hinzu: „Aber das ist nicht alles."

„Was denn noch?"

„Ich glaube, die wollen mir was anhängen."

„Wer?"

„Brenner und der Herr Präsident."

„Was wollen sie dir anhängen?"

„Die meinen wohl, ich hätte was mit dem Mord an diesem Max Hunold zu tun."

„Und? Hast du?"

„Unsinn!"

„Kurt hat auch so eine Andeutung gemacht. Ich habe gar nicht verstanden, was er meinte."

„Alles Quatsch!" betonte Rogalla noch einmal und blickte empört in den grauen Himmel, aus dem es jetzt wieder zu tröpfeln begann. Monika schlug die Kapuze ihres Anoraks hoch.

„Die haben mich jedenfalls aus dem Fall abgezogen. Und jetzt hänge ich in der Luft, weiß nicht mehr, was läuft und was ich von irgendwelchen Heimlichtuereien zu halten habe."

„Und Brenner?"

„Der gehört auch zu denen."

„Vielleicht ist es ganz gut für dich, wenn du nichts mehr mit dem Fall zu tun hast."

„Wenn ich zugucken muss, was die anderen verbocken, dann tut mir das in der Seele weh!"

Rogallas Handy klingelte. Es war Marie, die sich bei Brenners Partner erkundigte, wo der bliebe. Sie hatten sich verabredet, und er war nicht erschienen. Das wunderte sie. Ob Brenner noch was anderes zu tun habe, ob irgendwas dazwischen gekommen war, wollte sie wissen. Rogalla sagte, er wolle sich darum kümmern und beendete das Gespräch. Marie war nie sein Fall gewesen. Die war ihm zu eigenwillig, zu kapriziös. Typisch Brenner, dass er sich von der einwickeln ließ. Lächerlich, dass der Kollege sich vor dieser Pseudostudentin immer mit seinen Kochkünsten produzieren musste. Aber das konnte auch eine Alterserscheinung sein.

Als sie sich vor dem Tor des Tierparks verabschiedeten, gab ihm Monika noch einen Zettel, auf dem eine Adresse und eine Telefonnummer standen. Unter der konnte Rogalla sie in Münster erreichen, wenn er wollte. Um zu verhindern, dass ihr Bruder den Zettel in den Papierkorb schmiss, hatte Monika die Telefonnummer rot unterstrichen und den Rand mit einem großen Ausrufezeichen versehen. Erich guckte nur flüchtig auf den Zettel, hielt dann aber ein paar Sekunden inne. Das war es doch! Jetzt wusste er wieder, wonach er die ganze Zeit in den entlegensten Windungen seines Hirns gesucht hatte. Das Fragezeichen, welches Brenner deutlich auf den Rand des Artikels von diesem Rohrbach gemalt hatte. Darum hatte er sich kümmern wollen. Aber genau in dem Moment hatte Monika angerufen, und er hatte die Sache aus den Augen verloren. Da Brenner nicht bei Marie erschienen war, konnte man nicht ausschließen, dass die Dinge zusammenhingen.

„Du bist ein Schatz!" sagte er, plötzlich ein bisschen besser gelaunt. „Und grüß den Onkel schön von mir!"

Er gab seiner Schwester, die gar nicht wusste, wie ihr geschah, einen kräftigen Kuss auf die Wange und lief eilig die Klinikstraße hinunter. Der Regen störte ihn nicht. Zum Stadion waren es nur fünf Minuten. Und direkt daneben lag Küppers Karree.

58

Brenner saß an den Heizkörper gelehnt und beobachtete die tänzelnde bläuliche Flamme auf Rohrbachs Schreibtisch. Sie flackerte, schien auszugehen, belebte sich neu, züngelte in breiter werdender Linie die Tischplatte entlang. Und dann wechselte sie an der Spitze plötzlich ihre Farbe, wurde gelb, leuchtete auf. Brenner erkannte, dass sie ein Kabel erfasst und in Brand gesetzt hatte. Nur ein paar Sekunden später spürte er auch schon den beißenden Geruch in der Nase. Der Lack der Platte, die Computerkabel, das Monitorgehäuse, das alles schmolz, verschmorte oder würde nach einiger Zeit sogar richtig brennen. Es musste noch nicht einmal der ganze Raum in Brand geraten. Die Rauchentwicklung reichte schon, um nicht mehr lebend rauszukommen.

Er musste hier weg. Aber wie? Der eine Ring der Handschelle umschloss eng das Gelenk, schnitt ins Fleisch, wenn er sich bewegte. Der andere Ring hing an diesem verdammten Rohr, das sich selbst dann nicht rührte, wenn er sich mit beiden Beinen dagegen stemmte. Nach ein paar vergeblichen Versuchen gab er die Befreiungsversuche auf.

Es klingelte. Einmal, zweimal. Dann noch einmal, anhaltend. Das wird der Getränkeservice sein, dachte Brenner. Aber dann hörte das Klingeln auf. Nirgendwo sonst im Haus vernahm er die Schelle. Rohrbachs Absinth sollte offensichtlich diskret und persönlich gebracht werden. Oder derjenige, der ihn lieferte, wollte sich das Trinkgeld nicht entgehen lassen. Wahrscheinlich kam er irgendwann zurück und versuchte es noch einmal. Aber dann war es zu spät. Draußen schlug eine Wagentür, ein Motor sprang an. Das Geräusch entfernte sich.

Die Flammen züngelten jetzt auf der ganzen Tischfläche, umtanzten den auf die Platte gesunkenen Kopf Rohrbachs, leckten an den Ärmeln seines Morgenmantels. Rauchschwaden füllten das Zimmer wie mit einem Nebel, und das Feuer fraß sich schon an einem Kabel entlang dem Boden entgegen.

Brenner überlegte fieberhaft. Was konnte er tun? Nichts. Er war angekettet, ausgeliefert, ohne jede Chance, dem Brand zu entkommen. So rasch konnte also ein Leben zunichte werden.

Wenn er sich doch irgendwie bemerkbar machen könnte! Wenn man wenigstens von draußen sehen würde, was sich hier drinnen abspielte! Soweit ihn sein Orientierungssinn nicht täuschte, musste das Fenster zur Straße hin liegen. Aber das Haus lag etwas zurück, und die Vorhänge waren zugezogen. Das Fenster war etwa zwei Meter links von ihm, der Vorhang fiel fast bis auf den Teppichboden. Mit der rechten Hand hing der Kommissar am Heizkörper, mit der linken konnte er den Vorhang nicht erreichen. Aber vielleicht gelang es auf andere Weise.

Brenner streifte sich die Schuhe ab, zog auch die Strümpfe aus, legte sich, soweit es die Fesselung erlaubte, auf den Rücken, streckte sich, erreichte tatsächlich mit beiden Füßen einen Zipfel des Vorhangs, versuchte, ihn wie mit Händen zu fassen, verkrallte, verwickelte sich darin und zog dann mit aller Kraft, die ihm noch zur Verfügung stand. Er merkte, wie die Vorhangstange sich bewegte, sich bog, federte. Und dann gab sie nach. Die Stange mitsamt dem Vorhang knallte nach unten, aber nur an dem Ende, wo er gezogen hatte. Mit dem anderen steckte sie noch oben unter der Decke. Sie hing jetzt diagonal vor dem Fenster, bedeckte noch einen kleineren, unteren Teil. Aber durch das jetzt freie, größere Stück flutete Licht herein, brach sich in den Schwaden, die grauschwarz herumwaberten.

Er würde nicht mehr viel Zeit haben. Vielleicht ein paar Minuten noch. Er spürte jetzt nicht nur die schmerzende Wunde am Kopf. Auch mit seinen Augen schien etwas nicht zu stimmen. Die Wände des Raums bewegten sich leicht auf und ab, als sei er auf einem Schiff, und die Winkel der Zimmerkanten verschoben sich wie in Zeitlupe. Der Kommissar schloss die Augen. Das war's also. Sein letztes Bild von dieser Welt würde nicht Marie sein, sondern ein zusammengesunkener Idiot an einem brennenden Schreibtisch und dunkler, grauer, tödlicher Rauch.

59

Die Betonquader des Stadions ragten aus dem nassen Dunst heraus. Der Regen war jetzt stärker geworden. Rogalla hatte den Kragen seines Mantels hochgeschlagen und wanderte an der Häuserzeile entlang, die im Schlagschatten des Stadions lag. Er prüfte die Schilder an den Briefkästen und die neben den Klingeln. Wenn er versucht hätte, einige der Namen, die er dort las, auszusprechen, hätte er sich wohl die Zunge abgebrochen. Eins der Häuser lag weiter zurück; ein Plattenweg führte zum Eingang. Hinter einer Hecke war ein Rasenplatz mit einer Teppichstange. Der Rasen machte keinen überzeugenden Eindruck, jedenfalls nicht für einen Kleingärtner. Er war spätestens im August zum letzten Mal geschnitten worden. Was würde bloß der Frührentner Hermann Kroll dazu sagen?

Als er Rohrbachs Schildchen gefunden hatte, bemerkte er auch, dass Brenners alter BMW direkt vor der Tür stand. Hier war er richtig. Er drückte gleich dreimal auf die Klingel und wartete. Keine Reaktion. Ein vertrauter Geruch hing in der Luft. Irgendwo wurde Grünkohl gekocht.

Von der Position der Klingel her musste dieser Rohrbach oben wohnen, vielleicht auf der ersten oder zweiten Etage. Rogalla blickte hoch und prüfte die Fassade des Gebäudes. Das Haus machte einen abweisenden Eindruck. In der ersten Etage waren die Rollos heruntergelassen; im Stockwerk darüber hingen gardinenähnliche Säcke vor den Fenstern, die wahrscheinlich einmal weiß gewesen waren, jetzt aber ins Bräunliche übergingen. Die Fenster waren auch hier geschlossen, nur ein schmales Klappfensterchen stand auf Kippe.

Er drückte erneut auf die Klingel. Wieder keine Reaktion. Merkwürdig war allerdings, dass Brenners Wagen vor der Tür stand. Vielleicht hatte er ihn erstmal nur hier abgestellt und war in einer der Kneipen rund ums Stadion verschwunden. Wahrscheinlich hatte Marie ihn inzwischen auf dem Handy erreicht und Druck gemacht, dem Brenner nicht gewachsen war. Und jetzt soff er sich irgendwo den Frust von der Seele.

Überhaupt! Diese Marie würde ganz sicher Brenners Untergang sein. Die hatte ihren Klaus fest am Gängelband und führte ihn an der Nase herum. Was der aber nicht wahrhaben wollte. Die ewige Studentin, das war ja zum Lachen. Wahrscheinlich studierte die schon lange nicht mehr und ließ sich stattdessen von den Gästen im Tucholsky aushalten. Aber was ging ihn das eigentlich an. Was er von Brenner zu erwarten hatte, wusste er auch nicht mehr. Der machte sein eigenes Ding, und dann mauschelte er auch noch mit dem großen Präsiden herum. Das war ja nicht zu glauben! Wollte Brenner noch eine Gehaltsstufe raufrutschen? Nur, um der Marie, diesem abgefeimten Luder, zu imponieren?

Wieder blickte er nach oben, zu der Fensterreihe im ersten Stock. Da war wirklich nichts zu sehen. Er konnte jetzt nach Hause gehen und sich eine Flasche Bier aus dem Kühlschrank nehmen. Er war ja suspendiert. Warum kümmerte er sich eigentlich um die Probleme anderer Leute!

Er musterte auch die Fenster im zweiten Stock. Da war etwas komisch, seltsam. Eins der Fenster sah jetzt anders aus. Es war zwar niemand zu sehen, aber es schien so, als ob die dicke Gardine verrutscht sei. Zumindest auf einer Seite. Vielleicht gab es eine harmlose Erklärung. Ein Kind spielte dort, zog von innen die Gardinen herunter. Dann sah er noch etwas. Er meinte jedenfalls, einen dünnen Rauchfaden zu erkennen, der aus dem schräggestellten Fensterchen nach außen drang. Oder täuschte er sich? War es nur der Regen, der auf die Fensterbank schlug und diesen Eindruck hervorrief? Aber das Rauchfähnchen kam von innen, konnte daher nicht vom Regen stammen. Er holte sofort sein Handy aus der Tasche und wählte.

„Rogalla hier“, rief er hastig in den Apparat, „ihr müsst sofort kommen. Philipp Rohrbach heißt der Kerl. Wohnt im Küppers Karree. Die Straße heißt ‚Am Stadion‘, Nummer 5a. Vielleicht ist Brenner bei ihm und kommt da nicht raus. Oder der Kerl fackelt seine eigene Bude ab. Brenners Auto steht gleich vor der Tür. Ich versuche schon mal reinzukommen. Zweiter Stock.“

Er legte auf und schellte noch einmal bei Rohrbach, drückte aber gleichzeitig auf alle anderen Klingelknöpfe. Der Summer ertönte, und Rogalla stürmte mit großen Schritten ins Haus, vorbei an einem verdutzten Türkenjungen, der etwas Unverständliches hinter ihm herrief. Weiter oben auf der Treppe spürte er schon Rauch in der Luft, der wahrscheinlich aus der zweiten Etage ins Treppenhaus drang. Er nahm mehrere Stufen auf einmal. Als er auf dem Schildchen Rohrbachs Namen las, trat er ohne zu zögern mehrmals kräftig gegen das Schloss der Wohnungstür. Diese verdammten Türen in den Altbauwohnungen, die hielten was aus! Beim dritten Mal zersplitterte das Holz und der Zugang war frei.

Der erste Eindruck war ein beißender Geruch. Qualm kam ihm entgegen. Er konnte kaum etwas sehen, stolperte mehr oder weniger in die Wohnung hinein. Nur schemenhaft nahm er einen langen Flur wahr. Weit hinten, aus einem der Räume, hörte er jemanden rufen. Er tastete sich durch den Qualm hindurch.

„Klaus?“ rief er.

„Hier, ich kann nicht aufstehen!“

Rogalla fiel über einen Stuhl, rappelte sich gleich wieder auf, tastete sich an Brenner heran, ergriff seine Hand, wollte ihn hochziehen.

„Die Handschellen!“ stöhnte Brenner und führte, da Rogalla nichts sehen konnte, dessen Hände zu einem Heizungsrohr, an dem er festgekettet war.

„Der Schlüssel liegt auf dem Schreibtisch. Er hat ihn rechts hingelegt.“

Mit der freien Hand zeigte Brenner in den Raum hinein. Rogalla ging ein paar Meter durch den beißenden Rauch, stieß an eine Tischkante, tastete die Platte ab, bekam den Schlüssel zu fühlen, packte ihn, stolperte zu Brenner zurück.

In panischer Eile öffnete er das Schloss, griff Brenner unter die Arme, spürte jedoch, wie der zusammensackte und ihn auf den Boden zu ziehen drohte. Mit aller Kraft zerrte er ihn durch den Raum, über verstreut herumliegende Gegenstände hinweg, den Flur entlang und schließlich aus der Eingangstür hinaus. Der Qualm hatte inzwischen auch das Treppenhaus erfüllt. Von unten hörte er die Rufe der Kollegen. Draußen ertönte ein Martinshorn.

Er hatte Brenner jetzt unter den Armen fest im Griff und

zog den fast leblosen Körper neben sich her, stolperte mit ihm die Treppe hinab. Im Treppenhaus griffen die Kollegen der Bereitschaftspolizei zu und trugen Brenner nach draußen, wo sie ihn auf eine Trage legten. Rogalla setzte sich auf den nassen Boden. Er hustete fünf Minuten lang.

Als er wieder bei Sinnen war, hörte er, wie ein Feuerwehrmann sagte: „Da oben liegt noch einer in der Wohnung. Der ist tot."

Ein Bereitschaftspolizist wandte sich an ihn: „Hör mal, Erich, steh bloß auf! Du holst dir noch'n Wolf, wenn du da sitzen bleibst."

Manchmal konnten Kollegen richtig fürsorglich sein. Rogalla versuchte, auf die Beine zu kommen, schwankte ein wenig und blickte sich um. Er wollte wissen, was mit Brenner los war. Der Notarztwagen stand nur ein paar Schritte entfernt. Rogalla klopfte an die hintere Tür. Ein Arzt öffnete und erkannte ihn. Er ließ ihn einsteigen. Drinnen setzte er sich neben Brenner, der auf der Trage lag und zu schlafen schien. Rogalla blickte den Arzt an, der nickte ihm zu. Irgendwie positiv. Als sich der Wagen in Bewegung setzte, schlug Brenner die Augen auf.

Er erkannte seinen Kollegen und sagte: „Danke!" Dann fügte er hinzu: „Rohrbach war's. Aber nicht Michael!"

60

Die Nacht hatte er in tiefem Schlaf verbracht, erinnerte sich nicht mehr an Träume. Er wusste nur noch vage, dass es sie gegeben hatte. Und am Morgen, als er aufwachte, tauchten die Ereignisse des vergangenen Tages wie aus einem Nebel auf. Was mit Rohrbach geschehen war, verdrängte er zunächst, wollte sich nicht mit Bildern beschäftigen, die ihn erschreckten. Aber zwangsläufig, ungerufen kamen sie wieder, ließen sich nicht ausblenden, und er sah ein, dass er sich ihnen stellen musste, zumal der Fall ja noch nicht abgeschlossen war. Er glaubte Rohrbach. Das war einer, der die letzte Bilanz gezogen hatte. Warum sollte er lügen? Die Morde an Michael und an Hunold gingen auf ein anderes Konto.

Er lenkte sich ab, dachte an Marie. Sie war gestern am Nachmittag gekommen. Ebenso wie Rogalla. Da hatte er ihm die Ereignisse erzählt. Dass Rohrbach alles aufgezeichnet hatte und als zeitlich versetzte Mail abschicken wollte. Wenn die Festplatte des Computers noch intakt sei, könne er alles verfolgen.

„Vielleicht", hatte Rogalla geantwortet. „Das Ding ist eingeschmolzen und schwarz wie Kohle. Aber die Kollegen haben sie sichergestellt. Der Computer, beziehungsweise was übrig geblieben ist, geht zum LKA. Rohrbach selbst kann nichts mehr sagen. Der hat sich die finale Dosis gesetzt. Entweder waren es die Tabletten und der Absinth oder der Qualm. Wahrscheinlich alles zusammen."

Und dann war Rogalla am Abend noch einmal vorbeigekommen, für ein paar Minuten nur, denn da hatten sie ihm, Brenner, schon ein Mittel verabreicht, das ihn in einen ungestörten Schlaf schicken sollte. Er glaubte aber noch, im Hinüberdämmern mitbekommen zu haben, dass Rogalla ihm ein Handy in die Schublade der Nachtkonsole gelegt hatte, und er erinnerte sich jetzt sogar an die Worte: „Deins kannst du nicht mehr benutzen. Das hat bei Rohrbach auf dem Schreibtisch gelegen. Hier ist ein anderes für alle Fälle. Versteck es gut. Sonst gibt's Ärger mit der Stationsschwester."

Wie lange sie ihn noch im Augusta behalten würden, war ungewiss. Die Sättigung mit Sauerstoff im Blut war wieder in Ordnung, wie ihm der Arzt versichert hatte. Aber die toxischen Befunde standen noch aus. Die Rauchschwaden von verschmortem Lack und Plastik mochten Schlimmeres angerichtet haben, und so stand auf dem Tisch neben dem Bett ein Spray mit Cortison, das er bei Atemnot sofort nehmen sollte.

Aber von so etwas verspürte Brenner jetzt nichts. Im Gegenteil, eine Tasse Kaffee und eine Zigarette würden ihm die Lebensgeister wecken. Seltsam, dass ihn ausgerechnet jetzt das Bedürfnis nach dem guten, alten Glimmstengel überkam. Die ersten Wochen hatte er es geschafft, sich mit Kaugummi und Kräuterzigaretten über Wasser zu halten. Dann wurden die Kaugummis weniger und das Papayakraut auch. Vor allem, weil es genau so übel schmeckte, wie es teuer war. Er hatte es schließlich ganz gelassen, sich aber dabei ertappt, wie er Rogallas Nähe suchte, wenn der an seiner Reval zog. Das war schon kein passives Rauchen mehr gewesen, sondern absichtliches Mitschnuppern. Was sollte es eigentlich? fragte sich der Kommissar. Da konnte man gesund leben, und dann schlug trotzdem plötzlich der Tod zu. Und dem war er gerade mit knappster Not entkommen. Eine schöne kollegiale Zigarette und heißen, dampfenden Kaffee dazu. Das war doch Lebenskultur. Schließlich hatten auch schon die Indianer geraucht. Und die hatten verdammt viel Ahnung vom natürlichen Leben.

Es war zehn Uhr. Mit dem Frühstück hatten sie ihn verschont, aus Rücksicht auf den Schlaf. Er hätte es jetzt nachbestellen können, aber angenehmer wäre doch Rogallas Gesellschaft.

In der Cafeteria würde es vielleicht eine Raucherecke geben, und dann konnte er so langsam auch wieder die Tagesgeschäfte aufnehmen, das weitere Vorgehen besprechen.

Er richtete sich im Bett auf, öffnete die Schublade und fand tatsächlich ein Handy. Seine Erinnerung hatte ihn also nicht getrogen. Er schaltete es ein, tippte Rogallas Nummer, bekam ihn auch gleich an den Apparat.

„Gut", meinte der. „Wenn du so weit wieder fit bist. In einer halben Stunde bin ich unten in der Cafeteria. Aber wir können es auch verschieben. Du musst erst wieder voll auf dem Damm sein."

„Bin ich", antwortete er. „Es hat keinen Zweck, hier die Decke anzustarren."

Die Cafeteria war eine Enttäuschung. Auf jedem Quadratmeter signalisierten Aufkleber: ‚Rauchen verboten!' Aber immerhin bekam er das Gefühl, nicht krank zu sein. Denn wer sich aus eigener Kraft dorthin begeben konnte, um den stand es ja nicht mehr so schlimm.

„Danke!" sagte Brenner, als Rogalla eintraf. „Du weißt, warum."

„Hat sich so ergeben. Du hast Glück gehabt. Du glaubst Rohrbach?" fragte Rogalla. „Er hat mit Michael nichts zu tun?"

„Er hatte keinen Grund zu lügen."

„Und jetzt? Wie stellst du dir das weiter vor?"

Brenner nahm einen Schluck Kaffee, sah auf die Glasfront der Cafeteria, durch die das Licht eines grauen Wintertages fiel.

„Wir werden uns jetzt auf den Mord an Hunold konzentrieren müssen. Das wird uns auch zu Michael führen. Hast du eine Zigarette?"

„Wirklich?" fragte Rogalla.

„Aber ja doch!" antwortete Brenner.

Rogalla blickte sich um. Da war die Theke mit zwei weiß bekleideten Bediensteten, und da waren die rotweißen Aufkleber mit der durchgestrichenen Zigarette.

„Gehn wir nach draußen", sagte er. „Da können sie uns nichts verbieten. Du bist hier zwar wegen Rauchvergiftung, aber das Leben ist sowieso komisch."

Sie standen vor der Eingangspforte des Augusta-Krankenhauses, rauchten beide eine Reval.

„Also", fasste Rogalla zusammen, „wenn ich dich richtig verstehe, haben wir es mit zwei völlig verschiedenen Angelegenheiten zu tun. In Bochum bringt Rohrbach aus Eifersucht, Wut und Enttäuschung den Liebhaber seiner Frau um. Da er die Dragonhunters kennt, kaschiert er die Tat als Ritualmord an einem gegnerischen Fan. Richtig?"

„Genau so."

„Gut. Und warum dann der Kölner?"

„Wahrscheinlich fühlte Rohrbach sich durch Michaels Tod provoziert. Da nimmt ihm jemand sein Spiel aus der Hand. Jetzt geht es um seine Eitelkeit. Um Macht und auch um Aufmerksamkeit. Außerdem ist er von dem Kölner beleidigt worden. Einen Mord hatte er hinter sich. Die Schwelle ist überschritten. Er ist sozusagen im Vorstadium seines Finales. Er hat nichts mehr zu verlieren. Den Countdown hat er ja dann hingelegt. Das ist ein Mechanismus, der einfach weiterläuft."

Ein Taxi hielt vor dem Portal. Der Fahrer stieg aus, ging um den Wagen herum, öffnete die Beifahrertür. Eine alte Dame schob einen Stock nach draußen, stützte sich darauf, schlug dem Fahrer, der helfen wollte, auf die Hand, grummelte irgendetwas. Sie sah zu den Kommissaren hin, schüttelte den Kopf, ging langsam Richtung Eingang. Dort blieb sie stehen, drehte sich um, hob die Krücke, zeigte auf Brenner und Rogalla und sagte: „Euch Herrgottsvögeln wird das Qualmen noch vergehen.“ Dann drehte sie sich um und verschwand im Foyer.

„Da hast du's“, meinte Brenner. „Vor einem Krankenhaus raucht man nicht.”

„Lange hält die auch nicht mehr durch”, erwiderte Rogalla. “Mit oder ohne Stengel. Also? Was jetzt?“

„Die Sawatzki“, sagte Brenner. „Das war doch Hunolds einziger Kontakt. Meinst du, der hat ihr nichts erzählt? Der Hunold steckt da allein in dem schäbigen Taubenschlag, hat niemanden. Der sagt doch was. Der muss was sagen. Der ist froh, wenn ein Mensch auftaucht, dem er irgendwas erzählen kann. Wir haben sie nicht genug in die Mangel genommen.“

„Also noch einmal?”

„Ja. Und zwar sofort“, antwortete Brenner. „Ich unterschreibe denen ein Papier, dass ich auf eigene Verantwortung handele. Der Dok wird mich warnen, von wegen toxischem Lungenödem. Aber das ist mir im Moment egal.“

61

Um die Mittagszeit klingelte das Telefon – unendlich lange. Er ließ es klingeln. Dann gab es eine kurze Pause, und es klingelte wieder. Und noch einmal die gleiche Prozedur. Erst als der Anrufer endgültig aufgegeben hatte, stand Kurt Bölling auf. Er spürte seinen Schädel und sein Kreuz, zog die Gardinen vor und blickte in eine graue Welt. Es ließ sich nichts mehr ändern, gar nichts. Man musste jetzt einen Schlussstrich ziehen.

In der nächsten Woche würde er wieder zur Arbeit gehen, Emissionswerte kontrollieren, etwas fürs Wohlergehen der Menschen tun, obgleich er genau wusste, dass man bei der Müllverbrennung die wirklich kritischen Stoffe unterschlug. Das Dioxin zum Beispiel. Die taten immer so, als gäbe es das nicht.

Nach Michaels Tod war er zunächst von seinem Hausarzt für drei Wochen krankgeschrieben worden. Dann hatte er einen Rest vom Jahresurlaub abgefeiert und schließlich auf Anraten seines Chefs noch unbezahlten Urlaub angehängt. Aber so konnte es ja nicht immer weitergehen. Wie er es allerdings schaffen wollte, den Arbeitstrott zu bewältigen, das wusste er selbst noch nicht. Im Augenblick ging er um dieselbe Zeit ins Bett, zu der er sonst zur Arbeit fuhr. Er würde darüber nachdenken, wie er sich umstellen konnte, würde einen Plan machen. Er wollte auch versuchen, sich auf die peinliche Anteilnahme der Arbeitskollegen einzustellen. Immerhin blieben noch ein paar Tage, bis er sich in die Anlage begeben musste.

Jetzt ging es erst einmal darum, den heutigen Tag über die Runden zu bringen. Ein Blick auf die Uhr am Fernseher sagte ihm, dass er noch viel Zeit hatte. Unter der Dusche ging Bölling die nächsten Stunden in Gedanken durch. Den genauen Ablauf konnte man sowieso nicht voraussehen. Er hatte auch nicht die Kraft dazu. Abwarten und unter Umständen spontan entscheiden, nur so konnte es gehen.

Er zog sich warm an und verließ die Wohnung, ohne vorher gefrühstückt zu haben. Er hatte sich angewöhnt, nach dem Aufstehen lange Spaziergänge zu machen, um zu verhindern, dass er sich schon am Tage in irgendwelchen Kneipen herumtrieb. Es war sinnlos, dauernd die Erinnerung im Schnaps auszulöschen. An den Abenden und des Nachts brach sowieso alles über ihm zusammen, da ließen sich die Gespenster, die ihn peinigten, nur mit Alkohol bekämpfen. Seine Freundin Christina hatte er schon seit zwei Wochen nicht mehr gesehen; sie hatte es auch aufgegeben, ihn anzurufen. Wahrscheinlich war sie mit der Tochter wieder bei ihren Eltern untergekrochen, aber das kümmerte ihn kaum noch. Erich Rogalla hatte ihm am Telefon gesagt, dass Monika gestern nach Münster gefahren war, um dort ihren Onkel zu pflegen. Er war froh, dass sie ihn nicht mehr anrufen würde.

Er wanderte ein Stück an den Grummer Teichen entlang, stieg den Kötterberg hinauf bis zur Hiltroper Straße. Vom oberen Plateau aus hatte man gewöhnlich einen schönen Blick über den Bochumer Norden; aber heute versickerte das meiste in einer grauen Suppe, nur die Flutlichtmasten des Stadions ragten aus dem Nebel hervor.

Nachdem er die Autobahn überquert hatte, entfernte er sich von der Straße, passierte im Stadtteil Bergen einen Fußballplatz, auf dem halbwüchsige Jungen gegen den Ball traten. Mitten auf dem Weg blieb er stehen, halb in Gedanken folgte er für ein paar Minuten dem Geschehen auf dem Platz. Mit Glück konnte er gerade noch einem Fahrradfahrer ausweichen, dessen Hund an der Leine neben dem Vorderrad lief. Bölling folgte dem schmalen Weg, der über Hiltrop nach Bochum-Gerthe führte. Als er die Wiescherstraße erreichte, hielt er sich rechts und ging hinunter bis zur Hiltroper Kirche.

Dort zögerte er für einen Augenblick, war unentschlossen, stieg schließlich doch die Stufen zur Erlöserkirche hinauf. Seltsamer Name, dachte er. Erlösung war doch etwas, das für alle gelten sollte, nicht nur für die Gemeinde einer bestimmten Kirche. Vielleicht hatte er aber den Sinn des Namens nicht richtig verstanden.

Die Eingangstür war verschlossen. Warum mussten evangelische Kirchen immer geschlossen sein? Hier waren Monika und er vor dreizehn Jahren getraut worden. Monika war eigentlich katholisch, hatte sich aber ihm zuliebe darauf eingelassen, evangelisch zu heiraten. Das war ihr überhaupt nicht leicht gefallen, hatte ihr viel Kritik in der eigenen Familie eingebracht. Sogar Erich Rogalla hatte mit ihr geschimpft. Michael war damals schon auf der Welt gewesen, ein kleiner Junge noch, der erst seit ein paar Wochen laufen konnte, soweit Kurt sich jetzt erinnerte. Ein paar Monate später hatten sie ihn sogar in dieser Kirche taufen lassen. Die kleine Wohnung, in der sie lebten, war ganz in der Nähe, zweieinhalb Zimmer in einem der Siedlungshäuser an der Frauenlobstraße. Gegenüber lag der Friedhof mit den Gräbern seiner Eltern.

Als Kurt Bölling weiterging, war er versucht quer über den Friedhof zu laufen. Der Weg war ihm vertraut und wäre wohl auch der kürzeste gewesen. Doch er entschied sich anders. Ein Blick auf die goldene Armbanduhr, die er von seinem Vater geerbt hatte, sagte ihm, dass noch reichlich Zeit war, viel zu viel Zeit. So folgte er der Frauenlobstraße bis zum Schulzentrum Gerthe, das in einigem Abstand auf der anderen Seite des Castroper Hellwegs lag. Aus der Sporthalle kamen ein paar Schülerinnen der Oberstufe, munter plaudernd und hübsch anzusehen; sie hielten Badmintonschläger in den Händen oder trugen sie in passenden Taschen auf dem Rücken. Der Parkplatz vor den Schulgebäuden war schon recht leer. Kurz nach eins war hier wohl Schicht gewesen; jetzt war es halb drei.

Es war noch nicht so lange her, dass er Michael hier zur Schule gebracht hatte. Drei oder vier Jahre, er hatte keine Lust, genau nachzurechnen. Michaels erster Tag an der Heinrich-von-Kleist-Schule war das gewesen. Monika hätte ihren Sohn lieber auf die Realschule geschickt, denn das Gutachten der Grundschullehrerin hatte dies empfohlen. Aber Kurt war der Meinung gewesen, dass Michael es packen konnte auf dem Gymnasium. Väter wollten ja oft, dass ihre Söhne das erreichten, was sie selbst nicht geschafft hatten. Als er jetzt vor der Schule stand, erinnerte sich Kurt Bölling an den Blick, den Michael ihm zuwarf, nachdem sie sich am ersten Schultag vor dem Haupteingang voneinander verabschiedet hatten.

„Hilf mir, ich schaff' das nicht allein", hatte der Blick gesagt.

Kurt Bölling drehte der Schule den Rücken zu, wühlte mit beiden Händen in den Taschen seines Mantels herum, fand aber nicht, was er suchte, und ging zurück zum Castroper Hellweg. Am Zebrastreifen wechselte er die Straßenseite. Er wanderte an den Auslagen der Esso-Tankstelle vorbei und kaufte sich drinnen eine Schachtel mit vier Mini-Flaschen Magenbitter. Drei davon verstaute er an unterschiedlichen Stellen im Mantel, das vierte Fläschchen kippte er noch im Verkaufsraum herunter, wobei es ihm nichts ausmachte, dass ihn die Verkäuferin mit kritischem Blick musterte. Während er den Schnaps trank, verspürte er Schmerzen in der hinteren Rachengegend. Das kommt vom Saufen, dachte er.

62

Sie bogen in die Lützowstraße, hielten vor dem Haus, stiegen aus und gingen auf den Eingang zu. In diesem Moment überholte sie ein Mann mit einer Plastiktüte.

„Herr Sawatzki", sagte Rogalla. „Wir wollen zu Ihrer Frau. Sie ist da?"

„Nee, die ist unterwegs."

„Wir dürfen trotzdem reinkommen? Ein paar Fragen haben wir auch an Sie."

„Ich muss aber gleich wieder weg."

Rudi Sawatzki grummelte irgendwas, schloss die Tür auf. Die beiden Kommissare folgten ihm in die Küche, wo er die Tüte neben den Kühlschrank stellte. Er setzte sich an den Tisch, verschränkte die Arme vor der Brust, stierte vor sich hin.

„Wohin ist Ihre Frau denn unterwegs?" fragte Brenner.

„Weiß ich nicht. Das erzählt die nicht."

„Wie ist sie denn weg? Ich meine: zu Fuß, mit dem Taxi? Oder ist sie mit einem Auto abgeholt worden? Das müssten Sie doch gesehen haben."

Rudi Sawatzki blickte erstmals auf: „Mit dem Fahrrad."

„Zum Einkaufen, zu einer Arbeit, zu einer Spazierfahrt?"

„Weiß ich nicht. Arbeit nicht. Das macht die nur freitags."

„Sie arbeiten beide?"

„Ja."

„Und was?"

„Ich bei einer Baufirma als Pförtner, die Karin ab und zu Nachtschicht."

„Was meinen Sie damit?"

„Die geht anschaffen."

„Aha. Und wo?"

„Weiß ich nicht. Interessiert mich nicht."

Brenner sah sich nach Rogalla um. Aber der war weg, war hinter seinem Rücken verschwunden, und auch Sawatzki hatte nichts davon gemerkt.

„Wie standen Sie eigentlich zu Hunold?" fragte Brenner.

„Hunold? Ach, nichts Besonderes. War'n Mieter. Die Karin hat da mehr Kontakt gehabt."

„Und dass sie den Hunold, als der abgetaucht war, versorgt hat, davon haben Sie nichts mitbekommen? Das waren ja immerhin ein paar Monate."

Sawatzki schüttelte den Kopf. „Nee, Herr Kommissar. Ich spionier der nicht nach. Mich dürfen Sie nicht fragen. Vielleicht hat sie den auch nur besucht, wenn ich Schicht hatte. Woher soll ich das wissen?"

Rogalla kam zurück. „Wir können gehen. Die kommt noch lange nicht."

Als sie im Wagen saßen, fragte Brenner: „Und? Hast du was gefunden?"

„Möglich", antwortete Rogalla eher leise und bedächtig, fuhr dann aber in normaler Lautstärke fort: „Also, erst einmal haben die sich eine ISDN-Anlage angeschafft und jedes Zimmer der Wohnung mit einem Telefon ausgestattet, und zwar mit modernsten Apparaten. Wunderschönes großes Display. Die Sawatzki ist aber offensichtlich zu doof, den Speicher abzuschalten. Du kannst also die Nummern der eingehenden Gespräche und die der ausgehenden verfolgen. Konnte ich im Wohnzimmer ausprobieren."

„Und?"

„Na, ja, die von heute habe ich mir alle aufgeschrieben."

Brenner, der dieses Mal den Wagen fuhr, wartete darauf, dass sein Kollege weiter erzählen würde. Aber der schwieg und sah durch die Windschutzscheibe nur nachdenklich auf die Straße. Überhaupt schien er Brenner seit dem Besuch verändert. Wahrscheinlich war er nicht nur im Wohnzimmer, sondern auch noch einmal in Hunolds Wohnung gewesen, und da war die Erinnerung an Michael wieder frisch.

„Und? Sag doch was zu den Nummern!" forderte Brenner ihn auf. „Ist dir was aufgefallen?"

Rogalla erwachte aus seiner Abwesenheit, schüttelte den Kopf. „Nein, nein!" antwortete er rasch. „Das müssen wir erst noch überprüfen. Die Sawatzki hat sich aber auf einem Block neben dem Telefon was aufgeschrieben. Den Zettel hat sie zwar abgerissen, die durchgedrückte Schrift kann man aber noch gut erkennen. ‚Lago' steht da und ‚17 Uhr'. Ich weiß nicht, was sie mit ‚Lago' meint. Irgendeine Bar, ein Café, ein Restaurant. Vielleicht heißt ja der Kerl so, mit dem sie sich trifft. Klingt für mich nach sizilianischer Mafia."

Rogalla schwieg, dann murmelte er plötzlich vor sich hin: „Largo oder Lago?" Und dann sagte er etwas lauter: „Ja, doch. Ein ‚Lago' gibt es. Das ist das Thermalbad am Gysenberg."

Es war später Nachmittag. Die Dämmerung hatte schon eingesetzt.

63

Eine Stunde blieb ihm noch. Das war mehr als genug. In der Hälfte der Zeit hätte er sein Ziel locker erreichen können. Er ging langsam, rückte seine Mütze zurecht, die ihm auf die Stirn drückte. Vor dem Maria-Hilf-Krankenhaus blieb er stehen und blickte nach oben, suchte ein Fenster in der zweiten Etage.

Er dachte an seinen Vater, der in dem Zimmer nach einem Schlaganfall gelegen hatte und dort auch verstorben war. Seine Gefühle waren gemischt, wenn er sich an seinen Vater erinnerte. Die Härte, mit der er von ihm erzogen wurde, hatte ihn stets beleidigt. An den Menschen, der sein Vater gewesen sein musste, war er eigentlich nie herangekommen. Seine Mutter hatte ihm einmal gesagt, dass es ein Zeichen von Liebe gewesen wäre, wenn der Vater ihn als Kind geschlagen hatte. Es hätte dem Vater genauso weh getan. Kurt hatte das nicht geglaubt.

Auch später war das Verhältnis der beiden nie gut gewesen. Kurt war längst verheiratet und Familienvater, und doch waren Vater und Sohn weiterhin auf kritische Distanz bedacht. Es war immer Kurts Vorsatz gewesen, den Vater nicht zum Vorbild zu nehmen, im Gegenteil. Erst als der alte Herr im Sterben lag, hatte es auf Drängen der Mutter eine Art Versöhnung gegeben, von der Kurt aber nicht genau wusste, ob der Vater es wirklich so gemeint hatte. Er war gestorben, ohne dass man ihn noch danach hätte fragen können. Einige Wochen später war etwas Seltsames passiert. Kurt hatte an sich selbst Züge entdeckt, die er am Vater verachtet hatte.

Nach dem Tod des Vaters war es mit der Mutter ganz schnell bergab gegangen. Sie war eine schmächtige, unscheinbare Frau gewesen, die keinen Lebensmut mehr fand, als der starke Ehemann nicht mehr da war. Ein halbes Jahr nach dem Vater war auch die Mutter gestorben. Und wieder ein Jahr später hatten sich Kurt und Monika scheiden lassen. Kurt hatte sich manchmal bei dem Gedanken ertappt, dass die Trennung nicht geschehen wäre, wenn seine Eltern länger gelebt hätten; vielleicht hätte es schon genügt, wenn der Vater noch dagewesen wäre. Michael litt unter der Scheidung; die Pleite an der Heinrich-von-Kleist-Schule war die erste Folge gewesen. Kurt hatte sich immer um seinen Sohn bemüht, aber für Michael war sein Vater der Schuldige gewesen. Da entstand plötzlich eine Wand wie die zwischen Kurt und seinem eigenen Vater. Es geschah genau das, was er immer hatte vermeiden wollen.

Er wühlte erneut in den Taschen seines Mantels herum, fand, was er suchte, und war gerade im Begriff, ein weiteres Fläschchen herauszuziehen, als er hinter sich eine Frauenstimme hörte.

„Hallo, Herr Bölling!"

Er drehte sich um. Nicht schon hier, dachte er, fasste sich aber schnell wieder, als er feststellte, dass seine Befürchtung unbegründet war. Eine kräftige, resolut wirkende Frau in den Fünfzigern stand vor ihm. Sie hatte ein rötliches Gesicht, war in einen abgewetzten Wintermantel gekleidet, auf dem Kopf trug sie eine Haube. Es war die Krankenschwester, die seinen Vater betreut hatte, als er im Sterben lag. Ihren Namen hatte Bölling vergessen, obwohl er damals häufig mit ihr geredet hatte.

„Hallo, Schwester!" sagte auch er. „Sie erinnern sich an mich?"

„Ja, natürlich!"

„Sie haben ein gutes Gedächtnis."

„Das brauche ich in meinem Beruf. Wollen Sie jemanden im Krankenhaus besuchen?"

Bölling war im Begriff sich abzuwenden, da er nicht die geringste Lust verspürte, mit der Frau zu reden. Andererseits wollte er nicht unhöflich sein.

„Nein, ich komme nur zufällig vorbei. Musste ein bisschen an die frische Luft.“

„Sehr vernünftig. Geht natürlich nur, wenn Sie nicht arbeiten müssen.“

Sie stellte das einfach fest, als ob sie über alle Hintergründe informiert wäre. Bölling störte der gönnerhafte Ton, an den er sich wieder erinnerte. Er versuchte weiterzugehen, aber die Schwester blieb stehen und fixierte ihn mit festem Blick: „Von Ihrem Sohn, das habe ich gehört.“

„Ja?“

„Tut mir leid, was mit ihm passiert ist. Ich erinnere mich an ihn. Er muss zehn oder elf gewesen sein, als der Opa bei uns lag. Da ist er oft hier gewesen.“

„Ja, das hat ihn sehr mitgenommen, damals.“

„Er hat wohl an dem Opa gehangen. Oder?“

Kurt nickte: „Zu seinem Enkel war mein Vater freundlicher als zu mir.“

„Zum Glück hat der Opa nicht mehr miterleben müssen, was mit seinem Enkel passiert ist.“

Die Schwester machte eine heftige Bewegung mit der rechten Hand, als ob sie die Luft zerschneiden wollte. Hinter ihrer ohnehin roten Gesichtsfarbe traten ein paar blaue Äderchen hervor: „Ich sage Ihnen nur eins! Für solche Leute, die sowas tun, müsste man die Todesstrafe wieder einführen! Das ist jedenfalls meine Meinung!“

„Ja, vielleicht“, sagte Kurt Bölling und nickte der Schwester zu, die es jetzt eilig zu haben schien. Sie gehörte zu den Frauen, die jedes Gespräch selbst beenden wollten.

„Das ist meine Meinung!“ rief sie noch einmal und verschwand hinter der hohen Eingangstür der Krankenanstalt.

Das nächste Fläschchen setzte er erst an den Hals, als er sicher war, dass er von keinem Fenster des Maria-Hilf-Krankenhauses gesehen werden konnte. Man ist doch ein Feigling, dachte er und ging die Straße hinunter, die zum Gysenberg führte.

64

Es war ungemütlich auf dem Fahrrad. Sie war froh, als sie am Parkplatz ankam und dahinter die weitläufige Anlage mit den flachen Dächern wahrnahm. Sie überschlug die Anzahl der geparkten Autos. Es waren bestimmt an die hundert. Genau der richtige Treffpunkt, denn hier war immer Betrieb. Ihr Fahrrad stellte Karin Sawatzki unterhalb der Rampe ab, die zum Haupteingang des ‚Lago' führte. Sie war früher als verabredet gekommen, um den eigentlichen Ort der Begegnung auswählen zu können.

„Wenn Sie sowieso schon wissen, wie ich aussehe, dann werden Sie mich in der Anlage wohl finden können", hatte sie am Telefon gesagt. Die klaren Worte waren ihr erst nur so herausgerutscht, aber im Nachhinein verliehen sie ihr ein angenehmes Gefühl der Überlegenheit. Man durfte in einem solchen Fall keine Schwäche zeigen.

Das ‚Lago' war ein überdimensionales Freizeitbad im Herner Stadtteil Sodingen. Es lag im Revierpark Gysenberg, dieser ‚Oase im Ruhrgebiet', wie es in der Werbung so blumig formuliert war. Von außen sah man der Anlage nicht an, was sie zu bieten hatte, dass hier mehr erwartet werden konnte als in den modischen Pommesbädern, die oft wenige Jahre, nachdem sie eröffnet wurden, wieder ihre Tore schließen mussten. Aber das Angebot war wirklich klasse. Karin liebte das ‚Lago' mit seinen Wellen- und Sprudelbädern, dem FKK-Garten und der üppigen Sauna. Im Sommer ließ sie sich mindestens alle vierzehn Tage dort verwöhnen. Das brauchte sie auch, um sich für die Nächte vom Freitag auf Samstag in die richtige Form zu bringen.

Ihr war klar, dass ihr Unternehmen gefährlich sein konnte. Andererseits freute sie sich diebisch, dass ihre Hartnäckigkeit endlich belohnt wurde. Das war gar nicht so einfach gewesen. Zum wiederholten Male hatte sie die Telefonnummer angewählt, die sie in der denkwürdigen Hinterlassenschaft ihres Freundes Hunold gefunden hatte. Immer wieder wurde der Hörer abgehoben, und immer wieder blieb es auf der anderen Seite still; nur diese merkwürdigen Atemgeräusche sagten ihr, dass da jemand war. Irgendwann hatte sie angefangen, von Hunold zu reden, von den seltsamen Umständen, unter denen er ums Leben gekommen war. Sie meinte zu spüren, dass das Schnaufen, das sie durch die Leitung hörte, lauter wurde, dass da jemand ganz schön aufgeregt war. Und dann hatte er am Ende doch noch zu sprechen begonnen.

„Also gut", hatte er gesagt. „Was schlagen Sie vor?"

„Wir könnten uns treffen."

„Wo?"

„Am besten im Gysenberg."

Sie hatte ihm das ‚Lago' genannt, das er nicht kannte. Aber er wusste, wo der Gysenberg war. Der lag ja mehr oder weniger auf der Grenze zwischen Herne und Bochum. Mit diesem Treffpunkt war er einverstanden gewesen. Als Zeitpunkt hatten sie 17 Uhr vereinbart. Ein Erkennungszeichen benötige sie nicht, hatte er noch hinzugefügt, sie solle sich da keine Sorgen machen, brauche sich keine Rose in den Bikini zu stecken. Also kennt er mich, dachte Karin, er muss mich bei Hunold gesehen haben. Ihr war ja auch seine Stimme vertraut, sie wusste aber immer noch nicht, woher. Die Sache war ausgesprochen mysteriös.

Ihre Badesachen trug sie in einer Sporttasche, auf der das Emblem der SG Wattenscheid verewigt war. Die Tasche war ein Geschenk eines zufriedenen Kunden, der ihr aber nicht mitgeteilt hatte, in welcher Beziehung er zu dem renommierten Sportverein stand. Karin schritt die Betonrampe hinauf, an der gelben Mauer entlang, und betrat die Eingangshalle des ‚Lago'. Ein Glück, sagte sie sich noch einmal, dass hier so viele Menschen sind. Das Bad hatte zwar von früh bis spät durchgehend geöffnet, aber der Nachmittag war doch eine der beliebtesten Tageszeiten. Unmengen von Kindern besuchten um diese Zeit das Bad, manche auch mit Vater oder Mutter, selten mit beiden. Wahrscheinlich waren viele Alleinerziehende dabei oder Elternteile, die geschieden waren und nun ihren Kindern einmal wöchentlich etwas Gutes antun mussten. Karin war froh, dass sie keine Kinder hatte. Ihr Ehemann reichte schon.

Im großen Schwimmbecken hielt sie es nicht lange aus.

Dort waren zu viele Kinder, von denen man überhaupt nicht wusste, was die im Wasser alles anstellten. Sie ging in die Sauna, schwitzte ein wenig im Dampfbad. Anschließend kühlte sie sich im Saunagarten ab und ruhte für ein paar Minuten in der Rotlichtanlage aus; amüsiert stellte sie fest, dass sie sich hier ganz besonders wohlfühlte. Man musste doch ausnutzen, wofür man bezahlt hatte. Um kurz vor fünf hängte sie sich ihren Bademantel über und ging in die Cafeteria. Sie bestellte einen Eiscafé und setzte sich an die Bar.

Finale

65

„Ich habe dich schon in der Sauna gesucht", sagte eine leise, etwas belegte Stimme hinter ihr.

Sie drehte sich um, blickte in prüfende Augen, über die ein paar Strähnen von dunklem Haar hingen. Wo hatte sie den schon einmal gesehen? Verdammt noch mal, das konnte sie jetzt ganz schön aus dem Konzept bringen. Da war sie wieder, diese Situation, dass jemand vor ihr stand, dessen Gesicht ihr vertraut war, der aber in eine andere Umgebung gehörte. Dann fiel doch noch der Groschen: „Der Puffzwerg, das gibt es doch gar nicht!"

„Warst du nicht in der Sauna?"

„Doch, aber nicht in der Gemeinschaftssauna, wo du dich wahrscheinlich herumgetrieben hast. Ein anständiger Mensch geht da nicht rein."

„Wusste gar nicht, dass du so prüde bist!"

Karin kam aus dem Staunen noch nicht heraus: „Das ist ja'n Ding! Der Puffzwerg. Ich fass es nicht!"

„Schön, dass ich dich überraschen konnte!"

„Jetzt ist mir auch klar, woher ich deine Stimme kannte! Ich bin doch nicht darauf gekommen!"

„Dann konntest du deinem Mann nichts von mir erzählen?"

„Wie sollte ich das? Wo ich doch gar nicht wusste, dass du das bist!"

„Ja, wie solltest du?" sagte er und schwieg.

„Willst du was trinken?"

„Wir müssen ja auf unser Wiedersehen anstoßen!"

Er bestellte sich ein großes Bier. Aber sie stießen nicht mit den Gläsern an, sondern tranken schweigend. Karin war klar, dass sie etwas unvorsichtig gewesen war, als sie eingestanden hatte, dass sie Rudi nichts gesagt hätte. Sie überlegte, wie sie das Gespräch in die gewünschte Richtung lenken konnte. Die Tür ging auf und eine Gruppe von Gästen kam herein, zwei türkische Familien mit einer Unmenge an Kindern, die sofort den ganzen Raum in Beschlag nahmen. Einer der Familienväter musterte Karin herausfordernd, während seine Frau die Augen niederschlug. Karin blickte an ihm vorbei.

„Lass uns hier rausgehen!“ sagte der Puffzwerg. Sein Bier hatte er in wenigen Zügen ausgetrunken. Vielleicht hatte er Recht. Hier wurde es ungemütlich, in dieser Gesellschaft konnte man keinen klaren Gedanken fassen.

„Ich zieh mich um und komme dann nach draußen.“

In der Umkleidekabine merkte Karin, dass sie zitterte. Würde sie es schaffen, sich zusammenzureißen und die Nerven zu behalten? Der war ganz anders, als sie gedacht hatte, überhaupt nicht aufgeregt. Das Schnaufen, das sie am Telefon wahrgenommen hatte, musste irgendwie asthmatisch sein, kam durch die Nase. Sonst war er ganz ruhig, hatte kalte, graue Augen; das machte ihr Angst. Seine Haare hatte er bestimmt färben lassen, die waren zu schwarz. Sie hatte seine Fahne gespürt, das Bier in der Bar war heute sicher nicht das erste gewesen. Wahrscheinlich auch nicht das letzte, so wie der den halben Liter runtergekippt hatte. Nach der Fahne zu urteilen trank er auch Schnaps. Eigentlich hatte sie nichts dagegen. Im Puff waren ihr die Schnapstrinker lieber als die Freier, die sich mit Bier abfüllten. Biertrinker waren langweilig, aber die Schnapstrinker, die hatten oft Sonderwünsche; das machte Spaß und wurde über Tarif bezahlt.

Sie trafen sich in der Eingangshalle und gingen gemeinsam die lange Rampe hinab zu Karins Fahrrad. Sie löste das Schloss und sah ihn unschlüssig an. Der durfte jetzt bloß nicht wieder nach Hause gehen, dann war alles für die Katz. Aber er blieb an ihrer Seite und kam ihr sogar zu Hilfe.

„Was ist nun? Ich weiß gar nicht, warum ich herkommen sollte“, sagte er.

„Das weißt du ganz genau!“

„Absolut nicht!“

„Du hast den Hunold auf dem Gewissen!“

„Wer ist Hunold?“

„Hör mal, damit brauchst du mir nicht zu kommen. Das ist doch auch der Grund, warum du damals im Puff aufgetaucht bist! Mir ist jetzt alles klar.“

„Was sollte ich da gewollt haben?"

„Du wusstest, dass ich zu Hunold Kontakt hatte, dass ich ihm immer sein Essen in die alte Bruchbude gebracht habe, in diesen Taubenschlag, in dem er sich versteckt hielt."

Während sie sprachen, schlenderten sie nebeneinander her. Karin ging auf der rechten Seite, schob ihr Fahrrad, auf dessen Gepäckträger sie ihre Sporttasche festgeklemmt hatte. Links lag die hohe Bretterwand, die das Gelände des ‚Lago' von den Anlagen des Gysenbergs trennte. Die Bäume im Park hatten schon längst ihr letztes Laub verloren. Karins Blick fiel auf eine Tafel, deren Text unmissverständlich das Grillen im Park untersagte. Grillen um diese Jahreszeit, das war leider ziemlich abwegig. Eigentlich waren es zwei Texte. Unter der deutschen Botschaft stand auch eine türkische: „Grill yapmak yasaktir Parkta". Auch die türkischen Buchstaben waren noch zu erkennen, obwohl ein Sprayer sie wahrscheinlich schon im Hochsommer mit geheimen Zeichen garniert hatte.

„Was ist mit diesem Hunold, von dem du sagst, dass ich seinetwegen in den Puff gekommen wäre?"

Karin ging überhaupt nicht auf seine Frage ein, sondern sagte: „Du wolltest sehen, ob ich dich erkennen würde."

„Du hast mich aber gar nicht erkannt!"

„Das stimmt!"

„Und woher hattest du meine Telefonnummer?"

„Die war in Hunolds Sachen!"

„Was für Sachen? Du sprichst in Rätseln, hast mir immer noch nicht gesagt, was mit diesem Hunold überhaupt los ist?"

„Der ist tot. Das weißt du ganz genau! Er hat vor seinem Tod ein paar Dinge versteckt und mir gesagt, wo ich nachsehen sollte, wenn ihm was passieren würde."

„Das ist ja gar nicht nett von ihm."

Karin zögerte für einen Moment, sagte dann: „Du hast ihn umgebracht! Nicht dieser Polizist. Du warst das!"

„Und warum sollte ich das getan haben?"

„Das weiß ich nicht. Aber die Polizei wird es schon rauskriegen!"

„Willst du mir drohen?"

„Du verstehst mich schon."

Sie gingen schweigend weiter. Zwei kräftige Holzbänke standen am Wege. Sie waren übersät mit Blättern. Unterhalb des Weges sah Karin im blassen Licht der Dämmerung eine einsame Tischtennisplatte. Sie hätte sich gewünscht, dass dort jetzt Kinder herumgelaufen wären. Aber da war niemand. In der Ferne wurde eine Autotür zugeschlagen.

„Es tut mir leid", stellte er ganz sachlich fest.

„Was tut dir leid?"

„Dass du mich angerufen hast."

„Verstehe ich nicht!"

„Du hättest es besser gelassen! Und außerdem – Erpressung zieht bei mir nicht. Wie gesagt – das tut mir leid. Da ist nämlich nichts zu holen."

Vor ihnen tauchte ein seltsamer Bretterverschlag auf. Das Grundstück davor war notdürftig eingezäunt. ‚Bogenschießen' stand in großen Lettern auf der vorderen Wand des Verschlags. Karin hatte das Gefühl, dass er sie fast unmerklich vom Weg und an den Zaun drängte, sie hatte Mühe, Platz für ihr Fahrrad zu finden. Ich muss hier weg, dachte sie, ich muss jetzt irgendwas tun. Sie drehte sich zu ihm hin. Mit der linken Hand versuchte sie, ihn beiseite zu stoßen, griff bei diesem Versuch aber zu hoch und landete mit den Fingern in seinem Haarschopf, der allerdings nicht so solide war, wie er aussah. Den Fetzen einer Perücke, den sie plötzlich in der Hand hielt, ließ sie sofort wieder fallen. Im selben Moment spürte sie etwas Kaltes an ihrem Hals.

„Mach keinen Blödsinn! Das hier ist ein Messer. Ganz spitz und ganz scharf!"

„Was soll das?"

„Du gehst jetzt da rüber, bis an die Wand. Über den Zaun, das schaffst du. Der ist nicht hoch. Ich bin ganz nah bei dir. Das merkst du ja. Wenn du auch nur eine falsche Bewegung machst, ist es aus!"

Karin ließ ihr Fahrrad fallen, die Sporttasche landete in einer Pfütze. Sie wollte weglaufen, unterließ es aber, denn er packte sie mit eisernem Griff am Handgelenk. Auch der Druck am Hals verstärkte sich. Sie spürte, wie das Messer ganz leicht in ihre Haut eindrang. Mit der Wunde kann ich am Freitag nicht zur Arbeit gehen, dachte sie.

Sie stiegen, wie von einer unsichtbaren Choreographie geführt, gemeinsam über den Zaun und bewegten sich auf den Holzverschlag zu. Genau in diesem Augenblick flammte hinter ihnen ein Scheinwerfer auf.

Ein Mann rief: „Werfen Sie das Messer weg, Herr Bölling!"

66

„Glaubst du ihr die Geschichte?" fragte Rogalla.

Sie hatten die Sawatzki vernommen, die sich auch eine Stunde nach dem Vorfall im Gysenberg nicht beruhigen konnte.

„Das Schwein wollte mich umbringen!" stieß sie immer wieder hervor.

„Möglich, dass sie die Wahrheit sagt", entgegnete Brenner nach kurzem Nachdenken. „Auf jeden Fall hat Bölling sie bedroht. Sie hat eine Verletzung am Hals. Hätte dein Schwager ein reines Gewissen, wäre er ja gar nicht auf ihren Erpressungsversuch eingegangen. Was Hunold betrifft, sieht die Geschichte einfach aus und logisch. Hunold nimmt Michaels Handy und will die Sache selbst aufklären. Natürlich mit Gewinn. Dabei soll etwas rausspringen für ihn. Er geht die gespeicherten Nummern durch, probiert es zuerst bei den Schalkern, wird zusammengeschlagen, dann ist Bölling an der Reihe. Von seinem Versteck aus nimmt Hunold Kontakt auf. Dass er es mit Michaels Vater zu tun hat, weiß er nicht. Ob Bölling bei Hunold war, wird die Spurensicherung herausfinden. Das Ergebnis warte ich aber nicht ab, sondern konfrontiere ihn direkt damit. Er wird einiges zu erklären haben. Du solltest an der Vernehmung nicht teilnehmen. Das ist dieses Mal klar."

„Schon gut, schon gut!" murmelte Rogalla.

Brenner hatte Bölling extra warten lassen. Der saß gut bewacht im Vernehmungszimmer nebenan und hatte Mühe, seine Hände ruhig zu halten. Unentwegt strich er sich die Hose an den Oberschenkeln glatt. Gut ging es ihm nicht. Das sah Brenner sofort, als er den Raum betrat und sich Rogallas Schwager gegenübersetzte.

Eine Zeit lang betrachtete ihn der Kommissar ruhig. Sein Blick ging über das an einigen Stellen schon schüttere Haar, bemerkte die zerfurchte Stirn über den geröteten Augen, bekam mit, dass die Lippen leise bebten und nur mühsam zusammengehalten wurden. Jetzt tauchte Böllings rechte Hand über der Tischkante auf, fuhr fahrig nach oben, strich durch das Haar. Brenner bemerkte, wie sie zitterte. Wie bei seiner Festnahme hatte Bölling immer noch eine Fahne. Jetzt, im geschlossenen Raum, war sie sogar noch deutlicher zu riechen. Ein Gemisch aus Bierdunst und irgendeinem Magenbitter kam dem Kommissar entgegen, und doch wirkte Bölling keineswegs betrunken, saß jetzt kerzengerade am Tisch, hatte die Hände wieder auf den Oberschenkeln liegen.

„Von der Frau Sawatzki", begann der Kommissar, „haben wir die eine Version gehört. Jetzt ist Ihre dran. Also?"

Bölling reckte leicht den Kopf vor. „Was hat die Ihnen denn erzählt?"

„Die Fragen stelle ich, Herr Bölling. Sie erzählen mir jetzt einfach, warum Sie sich mit ihr getroffen haben, und dann möchte ich weiterhin wissen, warum Sie Frau Sawatzki mit dem Messer bedrohten. Sie hat eine Verletzung am Hals."

Jetzt tauchten beide Hände von Kurt Bölling oberhalb der Tischkante auf, verkrampften sich zur Faust. „Erpresst hat sie mich, die blöde Hure. Wollte Geld, weil sie glaubte, ich hätte den Hunold auf dem Gewissen."

"Na gut", entgegnete Brenner. „Warum gehen Sie darauf ein, statt sie anzuzeigen. Zumindest hätten Sie ja mit meinem Kollegen darüber sprechen können."

„Ach", antwortete Bölling, „der hat genug um die Ohren. Was die Alte von mir will, kann ich ja auch selbst herausfinden."

„Mit dem Messer?"

„Das sollte nur eine Warnung sein, damit sie mich in Ruhe lässt."

„Das hört sich in der Version von Frau Sawatzki aber anders an. Sie sind ja vorher schon bei ihr aufgetaucht, haben sich auffallend für sie interessiert."

„Zufall, Herr Kommissar. Man hat Bedürfnisse."

„Ihr Bedürfnis war ein anderes. Sie wollten sicher sein: Was weiß die Sawatzki, was weiß sie nicht? Herr Bölling, Sie waren bei Hunold. Sie waren in dem Verschlag. Das hat die Untersuchung der Fußspuren ergeben. Außerdem haben wir Ihre Fingerabdrücke am Spatengriff. Aus der Nummer kommen Sie nicht raus."

Brenner hatte das ruhig gesagt. So, als ob er die Beweise schon in der Tasche hätte. Er lehnte sich jetzt etwas zurück, zog ein Zigarettenpäckchen aus der Tasche, schob sich, Bölling fixierend, eine Zigarette zwischen die Lippen, zündete sie an. Dann hielt er auch Bölling die Packung hin und sagte: „Bitte. Dann erzählt es sich leichter."

Bölling atmete tief durch, sah dem Kommissar in die Augen und sagte dann mit leiser Stimme: „Gut, ich werde Ihnen alles erzählen. Hunold hatte mich angerufen. Ich kannte ihn bis dahin ja gar nicht."

„Wann war das?"

„Ende November. So genau weiß ich es nicht mehr. Der erzählte mir, er hätte Michaels Handy und wisse genau, wer Michael umgebracht habe. ‚Wenn du ungeschoren davonkommen willst', sagte er, ‚dann kostet dich das was. Freiheit ist teuer.' Der Idiot wusste nicht, dass ich der Vater bin. Der wollte Scherereien machen, Geld erpressen. Zwanzigtausend Euro sollte ich ihm mitbringen. In bar natürlich. ‚Nicht gekennzeichnete Scheine', sagte der Schwachkopf noch. Ich treff mich mit dem, will nur mit ihm reden. Ich dachte, vielleicht weiß der was wegen Michael. Aber der Idiot denkt, ich hätte Michael umgebracht, fragt mich sofort nach dem Geld. Ich sag ihm: ‚Das gibt nichts mit der Kohle. Ich bin der Vater von dem Jungen.' Da dreht der durch, greift zu einem Messer und geht auf mich los. Gott sei Dank stand da der Spaten neben der Tür. Ich greif ihn, schlag ihm den Arm mit dem Messer weg. Und dann, dann muss ich wohl außer mir gewesen sein. Ich weiß es nicht mehr genau. Jedenfalls stürzte der Hunold, lag da, und ich glaube, ich hab dann noch einmal zugeschlagen."

Brenner schaltete das Aufnahmegerät ab. „Das war es dann zunächst, Herr Bölling. Ich lege Ihnen später das Protokoll vor, und Sie unterschreiben. Wozu ich Ihnen rate. Ein Geständnis wirkt sich günstig auf das Strafmaß aus."

Der Kommissar griff zum Telefonhörer und kurz darauf wurde Bölling abgeführt.

67

Schlecht gelaunt war Erich Rogalla am Mittwochabend nach Hause gefahren. In die Emilstraße im Wattenscheider Stadtteil Höntrop. Seine Wohnung lag dort, wo die Straße nach links abknickte. Das war ganz in der Nähe des Hauses, dessen Garage vor ein paar Jahren in einem Erdloch verschwunden war. Das Loch hatte sich eines Tages über den stillgelegten Schächten der Zeche Maria Anna aufgetan. Seitdem sprachen die Wattenscheider vom Krater-Pütt. Dieses Ereignis hatte Rogalla zwar nie sonderlich beunruhigt, allerdings hätte er sich schon gewünscht, dass die Hauswirtin mit der Miete ein bisschen heruntergegangen wäre, gewissermaßen als Ersatz für eine angemessene Gefahrenzulage.

Das Schlimmste stand ihm noch bevor. Aber er wusste nicht, wie er seiner Schwester beibringen sollte, dass der Mann, mit dem sie verheiratet gewesen war, einen Menschen erschlagen hatte. Musste er ihr sagen, dass Kurt Bölling ein Mörder war? Nein, das wohl nicht. Es würde vor Gericht wahrscheinlich auf Totschlag hinauslaufen. Doch was passiert war, reichte schon aus, um Kurt für einige Zeit aus dem Verkehr zu ziehen. Rogalla wusste nicht, ob er Monika reinen Wein einschenken sollte. Er hatte nicht die geringste Lust dazu, aber sie würde ihn sowieso ausfragen, ihn ausquetschen, bis sie alles erfahren hatte. Er entschied sich, erst am nächsten Tag mit ihr zu telefonieren. Das musste reichen, und er konnte noch ein bisschen darüber nachdenken, wie er ihr diese Nachrichten präsentieren sollte. Sie würde ihm Vorwürfe machen, dass er sie nicht frühzeitig informiert hatte. Dann konnte er ja sagen, dass die Sache noch nicht ganz klar gewesen war, dass er die Pferde nicht scheu machen wollte. Oder so ähnlich.

Zu Hause, in der Emilstraße, war die Stimmung auch nicht gerade berauschend. Er hatte es versäumt, von der Dienststelle aus anzurufen und Ingrid mitzuteilen, dass es länger dauern würde. Sie hatte stundenlang das Abendessen für ihn bereit gehalten. Als er schließlich gegen halb elf erschien, war sie bereits ins Bett gegangen. Auf dem Küchentisch lagen noch ein paar belegte Brote, auf denen sich die Scheiben der Dauerwurst krümmten, und neben der Herdplatte stand ein Rest Erbsensuppe, die genauso kalt war wie die Platte selbst.

Als er ins Schlafzimmer gekommen war, um Ingrid zu erzählen, was sich ereignet hatte, da machte sie im selben Augenblick demonstrativ das Licht aus. Verärgert hatte er seinen Mantel geschnappt und die Wohnung verlassen, ohne die geringste Ahnung zu haben, was er denn tun wollte. Den Gedanken, in seine Höntroper Stammkneipe zu gehen, hatte er gleich wieder verworfen. Er wusste, welche Leute da um diese Zeit herumsaßen. Die brauchten alle am nächsten Tag nicht zu arbeiten und würden ihm nur auf den Wecker gehen. Schließlich hatte er das Auto genommen und war in den Schrebergarten gefahren. Da konnte er noch einmal nachdenken, mit sich ins Reine kommen, wenn das ging. Es war gut, dass er dieses Ausweichquartier hatte, in dem seine Frau garantiert nicht auftauchen und ihn zur Rede stellen würde, da sie mit dem Schrebergarten nichts im Sinn hatte. Und vielleicht war ja das Haus in der Emilstraße morgen auch schon in irgendeinem Krater verschwunden, nebst Gattin und belegten Broten.

Er brauchte nur knappe zehn Minuten, bis er das Auto an der Wielandstraße, gleich neben dem Eingang zum Arminiaplatz, abstellte. In der Bochumer Innenstadt war nicht mehr viel los gewesen. Einmal hatte er allerdings scharf bremsen müssen, denn auf dem Westring wäre ihm beinahe ein betrunkener Jugendlicher vor das Auto gelaufen. Der Junge war wohl im Bermudadreieck zu früh abgestürzt. Er hatte ihn an Michael erinnert, jedenfalls die Haare und die Augen. Der erschrockene

Gesichtsausdruck des Jungen ging ihm nicht aus dem Kopf. Bei Michael hatte keiner auf die Bremse getreten. Es kam ihm vor wie gestern und war doch schon Monate her, dass Monika ihn angerufen hatte, weil Michael in der Nacht nicht nach Hause gekommen war. Hier im Schrebergarten hatte das Handy geklingelt.

Unterhalb des Arminiaplatzes führte ein kleiner Fußweg zu der Anlage. Der Heckenweg, an dem Rogallas Schrebergarten lag, war unbeleuchtet. Nur im Nachbarhäuschen brannte auf der Toilette ein dünnes Licht. Der Frührentner Hermann Kroll war fest davon überzeugt, dass er mit der alten Funzel allen Einbrechern aus der Region einen Schrecken einjagen würde.

Im Häuschen stellte er den Heizlüfter auf volle Stärke, legte eine Wolldecke über den Korbsessel. Es würde wohl eine halbe Stunde dauern, bis es in der Bude halbwegs warm war. Den Mantel behielt er erstmal an. Im Kühlschrank standen noch ein paar Flaschen Bier, dafür war immer gesorgt. Er nahm eine heraus, stellte sie neben seinen Sessel, machte sie aber noch nicht auf. Bevor er sich hinsetzte, drückte er auf den Einschaltknopf des kleinen Fernsehers, der neben ein paar Büchern im Wandregal stand. Bei der ARD gab es gerade eine Spätausgabe der Tagesschau. Die Moderatorin widmete sich in kritischer Distanz den Gepflogenheiten des amerikanischen Wahlkampfes. Im ZDF hatte der Karneval begonnen. Eins war so witzig wie das andere. Rogalla schaltete den Apparat gleich wieder aus.

Er rückte den Sessel noch etwas näher an den Heizlüfter heran, schlug den Mantel über seine Knie und strich mit der Hand an den Lamellen des Geräts entlang. Er spürte die sich ausbreitende Wärme und merkte erst jetzt, dass er ganz kalte Finger hatte. Das war kein Tag gewesen, über den man sich freuen, an dem man das Gemüt erwärmen konnte. Nur eine Sache war positiv gewesen. Der PP hatte sich ständig telefonisch über den Verlauf des Verhörs erkundigt, und als das Geständnis Böllings vorlag, war er persönlich erschienen und hatte Rogallas Suspendierung wieder aufgehoben.

Auf der A 40 musste etwas passiert sein. Er hörte die Polizeisirene, deren Ton zunächst anschwoll, dann wieder leiser wurde und schließlich irgendwo am Bochumer Kreuz versickerte. Die Kollegen von der Verkehrswacht hatten es doch besser. Die wussten immer, worum es ging, hatten klare Aufträge und konnten, wenn es gut lief, am Ende noch jemandem helfen, vielleicht sogar einem Menschen das Leben retten. Das war anders bei der Kripo. Jetzt waren sie schon so lange mit diesem Fall beschäftigt; aber wem war eigentlich damit gedient, dass Kurt Bölling in Untersuchungshaft saß und dass man ihn demnächst für den Tod Hunolds verantwortlich machen würde? Kurt hatte doch nichts anderes getan, als die Trauer über den Tod seines Sohnes zu verarbeiten und die ganze Wut. Klar, er hatte das auf seine Weise getan. Dabei war einiges schief gelaufen, aber verstehen konnte er ihn schon.

Dieser Hunold war kein Kind von Traurigkeit gewesen. Und die Sawatzki hatte es auch faustdick hinter den Ohren, daran war gar nicht zu zweifeln. Als sein Schwager abgeführt wurde, hatte der sich noch einmal umgedreht und ihn angesehen. Da waren ihm noch einmal die tiefen Ränder um Böllings Augen aufgefallen. Dem ging es jetzt so dreckig wie keinem anderen.

Rogalla hatte sich zunächst noch daran festgeklammert, dass Rohrbach auch Michael getötet hatte, dass man nur noch den Nachweis führen musste. Aber Brenner glaubte das nicht, und seine Argumente waren weiß Gott nicht von der Hand zu weisen. Wenn der Kollege mit seinen Vermutungen richtig lag, hatte Kurt sich wohl oder übel damit abzufinden, dass der Mörder seines Sohnes höchstwahrscheinlich nie gefasst werden würde. Das war ein großer Schmerz. Rogalla wusste, dass Kurt sich selbst eine gewaltige Portion an Schuld gab. Er hatte nicht aufgepasst auf seinen Jungen, der unter der Trennung der Eltern mehr gelitten hatte als irgendein anderer. Und ihn, seinen Schwager und Freund, den Polizisten, würde er auch verantwortlich machen. Jedenfalls dann, wenn sie den Täter tatsächlich nicht packen konnten. Kurt würde heulen in seiner beschissenen Zelle, denn eigentlich war er ein ganz sentimentaler Hund.

Es war schon eine merkwürdige Freundschaft gewesen, die zwischen den beiden Schwägern, wie sie sich immer noch nannten. Irgendwie war das völlig anders als zum Beispiel mit Brenner. Der verhielt sich zwar oft eigenwillig und erschien manchmal auch undurchsichtig in seinen Motiven, aber man konnte sich am Ende auf ihn verlassen. Das war auch jetzt wieder so gewesen, als er Brenner für ein paar Tage verdächtigte, mit dem PP unter einer Decke zu stecken. Vielleicht waren es die Nerven gewesen, die ihm diesen Streich gespielt hatten. Eine fixe Idee hatte er entwickelt. Es war so weit gegangen, dass er in seinem Kopf eine regelrechte Verschwörungstheorie ersonnen hatte und seinem Freund Brenner damit Unrecht tat. Gut, das war jetzt vorbei, war wieder bereinigt worden, zum Glück.

Ja, mit Kurt Bölling war alles anders. Sie kannten sich seit ihrer Schulzeit. Sie hatten im selben Verein hinter den Ball getreten, waren an den Wochenenden gemeinsam in die Glückaufkampfbahn gepilgert, hatten ihrer Bundesligamannschaft beigestanden. Und dann war Monika dazugekommen, was die Freundschaft zunächst nicht beflügelt hatte. Kurt hatte über den zweiten Bildungsweg sogar ein bisschen Karriere gemacht, war Chemotechniker und wurde besser bezahlt als ein Kriminalkommissar. Aber man hielt trotzdem zusammen. Klar, das war schon ein ganzes Stück ihres Lebens gewesen, das sie sich geteilt hatten.

Als beide Freunde verheiratet waren und die Ehe zwischen Kurt und Monika noch funktionierte, da waren sie ein paar Mal zu fünft in Kurts Omega in Urlaub gefahren, hatten sich gemeinsam ein Ferienhaus gemietet. Meistens in Dänemark. Das war eine tolle Zeit gewesen. Der Strand war so natürlich und weit, so weit, wie der Blick reichte. Die Ostsee war meistens ruhig, dass man Michael allein baden lassen konnte. Monika war trotzdem immer ein bisschen ängstlich gewesen. Mit dem Jungen hatten die Männer Fußball gespielt. Er wollte unbedingt ins Tor, trug immer sein eigenes Trikot. Darauf prangte der Name des früheren Schalker Torwarts Lehmann.

Das Haus, das sie alle zusammen bewohnten, war nur zwei Minuten vom Strand entfernt. Abends hatte er mit Kurt noch im Garten gesessen, bis die Sterne funkelten. Sie hatten Tuborg-Bier getrunken und in die kleinen dänischen Gläser ein bisschen von dem gelben Aquavit geschüttet, den sie von der Fähre mitgebracht hatten.

68

Es war inzwischen halb zwei in der Nacht. Kurt würde auch nicht schlafen können, da war Rogalla ganz sicher. Er wusste genau, was in dem vorging. Kurt sagte manchmal: „Du bist der Einzige, der mich richtig kennt."

Aber war das wirklich so? Die Ereignisse der letzten Tage, so sehr er sie auch in ihren Motiven nachvollziehen konnte, irritierten ihn, machten ihn unsicher. Warum hatte es nie eine Andeutung gegeben, dass da etwas im Busch war? Warum hatte Kurt ihn nicht um Hilfe gebeten? Man hätte die Sache mit Hunold auch anders lösen können. Man hätte nur darüber sprechen müssen.

Kurt war einer dieser Menschen, denen man sich schnell anvertraute, weiß der Teufel, warum. Es gab solche Menschen, denen man sofort die Geschichte seines Lebens erzählte. Mit anderen lebte oder arbeitete man jahrelang zusammen, und die wussten überhaupt nichts von einem, wollten vielleicht auch nichts wissen. Aber solchen wie Kurt schenkte man sehr schnell Vertrauen, ohne dass man ganz genau hätte sagen können, warum. Kurt war informiert über den Zustand von Rogallas Ehe, wusste, dass Erich Rogalla darunter litt, dass Ingrid, die so stolz war auf ihre segensreiche Tätigkeit als Lehrerin an einer Wattenscheider Grundschule, den Job ihres Mannes nie richtig ernst genommen hatte. Er kannte die Probleme mit Brenner, die in Abständen immer wieder auftauchten. Einmal hatte Rogalla ihm sogar erzählt, dass er hoffnungslos in eine Kollegin aus dem Einbruchsdezernat verknallt war.

Jetzt, nachdem die Sache mit Hunold geklärt war, fragte er sich, ob Kurt stets ebenso offen gewesen war wie er selbst. Ob das Vertrauen auch gegenseitig begründet war. Wenn er es genau bedachte, dann hatte er, Rogalla, seinem Schwager immer viel mehr von sich erzählt als umgekehrt. Es war schon merkwürdig, dass ihm dies bisher nie so richtig aufgefallen war. Vielleicht lag es an ihm selbst, vielleicht hatte er überhaupt nicht das Bedürfnis gehabt, etwas über Kurts Seelenlage zu erfahren. Das war sicher ein Fehler gewesen. Desinteresse war nicht der Grund gewesen; er ließ eben manchmal ganz gern die Dinge auf sich zukommen. Er hätte mehr fragen müssen. Vielleicht hätte er sich auch mal einmischen sollen. Auch früher. Jedenfalls war er damals schon sehr überrascht gewesen, als sich Kurt und Monika getrennt hatten. Aber die Schuld daran, dass er als Bruder und Freund selbst nicht eingeweiht war, hatte er nicht Kurt, sondern seiner Schwester gegeben.

Wenn man intensiv an Kurt dachte, dann konnte man durstig werden. Alles lag griffbereit, die Veltins-Flasche und der Öffner mit dem Hirschhorngriff, ein Geschenk von Kurt. Das Bier schmeckte bitter. Er sah sich das Verfallsdatum an, aber alles war in Ordnung. Das Beste waren immer die Besäufnisse mit Kurt gewesen. Einmal im Vierteljahr musste das sein. Dann kam die Whiskyflasche auf den Tisch, der Kasten Bier darunter und es wurde nicht aufgegeben, bevor die Flaschen leer waren. An solchen Abenden konnte Rogalla, wenn er wollte, sich den ganzen Frust von der Seele reden. Den auf der Arbeit und auch den zu Haus. Zum letzten Mal hatten sie sich wenige Tage vor Michaels Tod getroffen. Kampftrinken vom Feinsten. Da war gerade der Mord an Materka passiert, am Kemnader See. Rogalla hatte Kurt davon erzählt, dass vielleicht Bochumer Fans im Spiel waren. Und von dem Schal und von der Zunge

Er biss sich auf die Unterlippe und ließ die Hand, in der er die Bierflasche hielt, sinken. Mit der Linken fuhr er sich über die Augen und über das Gesicht, als ob er eine merkwürdige Erscheinung wegwischen müsse, einen Schleier, der sich da gebildet hatte. Er stand auf, die Bierflasche unschlüssig in der Hand. Dann stellte er sie auf den Tisch, suchte in der Innentasche seines Mantels nach dem Handy und wählte Brenners Nummer. Der nahm den Hörer nicht ab. Vielleicht war er gar nicht zu Hause. Vielleicht feierte er mit seiner Marie mal wieder Verlobung. Es war nicht die erste und würde auch nicht die letzte sein. Er probierte Brenners Handynummer - mit Erfolg.

„Ich bin's."

„Das höre ich."

„Mach dich fertig. Wir treffen uns im Präsidium!"

„Was, jetzt?"

„Ja, sofort. Wir müssen nochmal mit Kurt sprechen."

„Hat das nicht Zeit bis morgen?"

„Nein!"

„Was ist denn los?"

„Sage ich dir dort. Fahr los. Macht auch nichts, wenn du im Schlafanzug erscheinst!"

„Habe gar keinen an."

„Kannst auch so kommen. Ist mir völlig egal."

Er drückte das Gespräch weg, hatte keine Lust, noch länger mit Brenner zu diskutieren, der manchmal ganz schön nerven konnte.

69

„Lass mich erst mal allein reingehen!" sagte Rogalla.

„Meinst du wirklich?"

Brenner blickte unschlüssig auf das Guckloch in der Zellentür. Rogalla hatte noch versucht, ihm in aller Eile das Nötigste zu erklären, aber Brenner konnte wohl mit den knappen Ausführungen seines Kollegen nicht viel anfangen. Rogalla war das egal, denn er hatte in diesem Augenblick überhaupt keine Lust zu langen Erläuterungen. Er war ungeduldig. Hinzu kam, dass der junge Kollege vom Nachtdienst schon den Schlüssel für die Zelle in der Hand hatte. Der stand fröstelnd neben den beiden Kommissaren, gähnte demonstrativ und war offensichtlich an dem Geschehen nicht weiter interessiert.

„Hast du Sorgen wegen meiner Suspendierung? Die ist aufgehoben."

„Weiß ich doch!"

„Dann ist alles OK, oder?"

„Also gut! Meinetwegen. Tu, was du nicht lassen kannst."

In der Zelle war es ruhig und weitgehend dunkel. Nur ein blasser Schimmer war zu erkennen, der den Knopf für den Ruf nach draußen markierte. Rogalla machte ein paar Schritte zurück, tastete, ohne sich umzusehen, an der Wand nach dem Schalter und knipste von außen die Deckenleuchte an. Das grelle Licht erfasste Böllings gekrümmten Körper. Er lag, komplett angezogen, unter einer Wolldecke auf dem Podest, das den Inhaftierten als Bett dienen sollte, und starrte an die glatte Wand, die vorher im Dunkeln gelegen hatte. Auf den Fliesen war der Rest einer schriftlichen Äußerung zu erkennen. Ein Vorgänger Böllings hatte versucht, sich dort zu verewigen.

Er schien nicht geschlafen zu haben. Als sein Schwager neben das Podest trat, blickte Bölling zu ihm hoch, verharrte für einen Augenblick in dieser Position und drehte sich wieder zur Wand. Er sagte nichts. Sein Gesicht wirkte verschmiert, als ob ein Rest von Makeup nicht entfernt worden wäre. In der Zelle gab es kein Waschbecken, nur eine bescheidene Stehtoilette. Rogalla rührte sich nicht vom Fleck und wartete.

„Was willst du?" fragte Bölling nach einer gemeinsamen Schweigeminute.

„Ich will nur wissen, warum!"

„Du weißt doch alles!"

„Nein!"

„Ich habe euch gesagt, was passiert ist. Mehr gibt es nicht zu sagen."

„Das stimmt nicht. Du hast uns noch gar nichts gesagt."

Bölling drehte sich zu Rogalla um, hob den Kopf etwas nach oben und stützte sich auf seine Arme. Er saß jetzt aufrecht, zog die Decke, die nach unten gerutscht war, hoch bis zum Hals.

„Was soll das? Worauf willst du hinaus?"

„Wenn du mich so nett fragst, dann will ich dir sagen, worauf ich hinaus will. Ich möchte dir erklären, warum es so schwer war, den Mörder deines Sohnes zu fassen."

„Habt ihr ihn?"

„Ja, wir haben ihn."

„Dann sag es mir bitte!"

„Es war so schwer, weil er zu dicht an uns dran war."

„Was heißt, zu dicht?"

„Das müsstest du am besten wissen!"

Kurt Bölling räusperte sich, bevor er sagte: „Du sprichst in Rätseln."

„Ganz im Gegenteil. Mir ist nämlich inzwischen klar, dass du Michael getötet hast. Ich weiß noch nicht, wie und warum. Aber ich weiß, dass es so war. Du bist der Einzige gewesen, der die Einzelheiten kannte, die Sache mit dem Schal und mit der Zunge. Deshalb konntest du alles so arrangieren, wie Rohrbach es auch gemacht hat. An dem Abend, als wir uns so besoffen haben, da hab ich dir davon erzählt. Wie ich dir immer alles erzählt habe. Ich Idiot! Ich hätte längst darauf kommen müssen, hatte das nur vergessen oder verdrängt."

„Das ist Wahnsinn, was du da von dir gibst!"

„Nein, keineswegs. Das Schlimme ist, mit dir habe ich überhaupt nicht gerechnet. Erst heute Abend habe ich daran gedacht, an diesen Katastrophenabend. Drei Tage lang habe ich danach kein Bier mehr angerührt. Wie gesagt, erst heute Abend ist mir das entscheidende Licht aufgegangen. Und ich bin mir jetzt ganz sicher, dass niemand sonst die Einzelheiten gekannt hat."

„Das hätte jeder andere auch wissen können! Das hat doch alles in der Zeitung gestanden! Auch in der von diesem Rohrbach."

„Nein, hat es nicht! Jedenfalls damals nicht. Und wie auch immer, wir kriegen den Rest auch noch raus. Im Zweifelsfall müssen wir Michaels Leiche noch einmal raufholen und sie untersuchen lassen. Da finden wir dann, was wir brauchen. Irgendwelche Fasern, die zu deinen Klamotten passen, was weiß ich ...!"

Rogalla brach ab, hatte den Eindruck, dass Kurt etwas sagen wollte. Aber der besann sich, zerrte nur an der grauen Wolldecke, lehnte sich zurück und drehte ihm den Rücken zu. Abgesehen von seinen unrhythmischen Atemstößen war es wieder still in der Zelle. Das Panzerglas des vergitterten Fensters versperrte den Blick nach draußen. Man hörte nur, wie der Regen an die Scheiben schlug. Von der A 40 trug der Wind jetzt einen gleichmäßigen Summton herüber. Der Ruhrpott erwachte aus seinem kurzen Schlaf.

„Es war ein Unfall." Kurts Stimme war so leise, dass Rogalla nicht sicher war, ob er ihn richtig verstanden hatte.

„Sag das nochmal!"

„Ein Unfall. Keine Absicht."

„Wie ist es passiert?"

„Wir haben uns gestritten. Er war betrunken. Hat mir wieder tausend Vorwürfe gemacht. Ich war wieder an allem Schuld. Ich hätte seine Misserfolge zu verantworten, hat er gesagt. Und überhaupt, ich hätte die Familie auf dem Gewissen. Wo er denn hingehörte, wollte er wissen. Wenn ich doch wenigstens einen Funken Anstand und Gefühl hätte, sagte er, so wie seine Schalker Kumpels, der Sascha und der Markus, dann wäre alles anders gekommen. Mit den beiden wollte er eine WG aufmachen. Und auch die Monika könnte ihn am Arsch lecken, vor allem aber ich. Da habe ich ihn geschlagen. Er ist ausgerutscht und mit dem Kopf auf die Bordsteinkante gefallen. War sofort tot."

„Woher wusstest du das?"

„Ich bin Jäger. Ich weiß, wann ein Tier tot ist, und auch ein Mensch. Das ist nicht anders."

„Warum hast du uns nicht gerufen?"

„Ich hatte Angst, vor dir und vor Monika!"

Mit beiden Armen griff Rogalla seinen Schwager bei der Schulter und drehte ihn zu sich herum, zog ihn hoch, bis er nur noch auf der Kante des Podests saß. Das Bettlaken, auf dem Kurt gelegen hatte, rutschte zur Seite. Eine Matte kam zum Vorschein. Es roch nach Urin. Rogallas Hände verkrampften sich in Kurts Oberhemd. Er hielt ihn so für eine Weile, dann ließ er ihn los. Kurt blickte an Rogalla vorbei an die gegenüberliegende Wand und schwieg.

„Was redest du für einen Blödsinn! Du hast noch nie Angst gehabt vor mir!"

„Doch, das weißt du nur nicht. Das habe ich immer versteckt. Auch jetzt noch. Am Heilig Abend bin ich bei Monika gewesen, wollte ihr alles erzählen. Aber ich habe nicht gewusst, wie ich anfangen sollte."

Rogalla antwortete nicht darauf. Dann sagte er: „Ich verstehe nicht, wie du es fertig bringst, deinem Jungen die Zunge rauszuschneiden und ihn irgendwo wegzuwerfen? In Herne, am Kanal. Nur um zu vertuschen, was passiert ist. Wenn es überhaupt stimmt, was du sagst."

„Ja, es stimmt."

„Hattest du denn ein Messer?"

„Morgens war Treibjagd auf Hoppenbruch. Das Messer war noch in meiner Tasche. Ich nehme es manchmal mit, für alle Fälle."

Das klang alles merkwürdig und unklar. Rogalla wusste nicht, was er glauben sollte. Kurt stand jetzt auf und trat ganz dicht an seinen Schwager heran.

„Hast du schon jemandem von deinem Verdacht erzählt? Weiß es Brenner?"

„Nur ganz vage."

„Dann brauchst du ihm doch nichts zu erzählen? Sagst, du hättest dich geirrt."

„Warum sollte ich das tun?"

„Irgendwie hängst du doch auch mit drin. Wenn du mir nichts erzählt hättest, wäre ..."

Kurt sprach nicht weiter. Es musste ihm klar sein, dass er sich da in einem Trugschluss verfangen hatte. Michaels Tod konnte er Rogalla nicht anlasten. Auch den Hunolds nicht. Und das Messer am Hals der Sawatzki war auch das von Kurt gewesen. Das Hirschhornmesser, mit dem er das Wild ausnahm, wenn die Jagd beendet war.

„Das fehlte noch, dass wir dich damit laufen lassen. Nein, du hast versucht, uns alle zu leimen, uns zu betrügen. Du warst sogar so raffiniert oder besser hinterhältig, diese Anzeige aufzugeben. ‚Michael, das haben wir nicht gewollt'. Das warst du doch. Wer sonst!"

Bölling sagte nichts, widersprach nicht. Rogalla fuhr fort: „Und, was noch schlimmer ist: Das, was du mit Hunold gemacht hast, war kein Totschlag, das war in Wirklichkeit Mord.

Du hast ihn vorsätzlich erschlagen. Dafür kriegst du lebenslänglich."

„Er hat mich erpresst."

„Das ist doch kein Grund. Oder glaubst du, hier in Deutschland dürfte jeder einen anderen erschlagen, nur weil der etwas Unrechtes getan hat? Du wolltest einen Mitwisser loswerden. Der Hunold hatte herausgefunden, was du mit Michael gemacht hast. Wie er das herausgekriegt hat, weiß ich noch nicht. Vielleicht erfahren wir das gar nicht mehr. Das ist dann auch egal. Ich denke mal, er hatte deine Telefonnummer in Michaels Handy gefunden und hat dir die Tat auf den Kopf zugesagt. Wie er es bei anderen auch probiert hat. Mit dem kleinen Unterschied, dass er bei dir an der richtigen Adresse war. Deshalb musste er sterben."

Rogalla wandte sich zur Tür, drehte sich aber noch einmal um. „Mach's gut, Kurt. Oder soll ich sagen, mach's besser? Ich weiß es nicht. Du hast schon Recht, auf mich wird noch einiges zukommen. Mir ist klar, dass ich Fehler gemacht habe. Dass es falsch war, dir zu vertrauen. Aber das, was du tragen musst, das möchte ich nicht auf der Seele haben."

Kurt Bölling war auf dem Boden vor dem Podest in sich zusammengesunken. Rogalla ließ ihn dort liegen und wollte den Raum verlassen. Jemand hatte von außen abgeschlossen. Er klopfte mit der flachen Hand gegen das Metall, doch es dauerte ein paar Sekunden, bis geöffnet wurde. Brenner stand im Flur, und der Kollege mit dem Schlüssel war auch noch da.

Leise, ohne aufzublicken und wie zu sich selbst, sagte Rogalla: „Ihr könnt ihn jetzt haben. Könnt ein Protokoll aufnehmen. Er wird euch alles erzählen."

Er hob die Hand und winkte Brenner kurz zu, ging den langen Flur entlang und schlug schon im Gebäude den Kragen seines Mantels hoch. Er wusste ja, dass es draußen regnete.

70

„Ihr könnt ihn jetzt haben. Könnt ein Protokoll aufnehmen. Er wird euch alles erzählen."

Leise waren diese Worte gesprochen worden, und doch hatte Brenner sie seltsam deutlich vernommen. Rogalla hatte dabei nicht aufgeblickt. Soweit Brenner sein Gesicht überhaupt hatte sehen können, war ihm diese Versteinerung, diese Fassungslosigkeit nicht entgangen. So wie bei einem, der fertig ist mit der Welt und überhaupt mit allem.

Bölling also. Deswegen war er mit seinem Geständnis, was Hunold betraf, so bereitwillig herausgerückt. Und Rogalla hatte mehr gewusst, mehr geahnt, und jetzt hatte er es herausgefunden. Was sonst konnten diese Worte bedeuten?

„Passen Sie gut auf den da drinnen auf!" sagte Brenner zu dem Kollegen mit dem Schlüssel. „Alle zehn Minuten. Sie wissen, was ich meine."

Dann eilte er Rogalla nach. Dass es draußen regnete und dass er keinen Mantel hatte, störte ihn nicht. Auf dem Parkplatz hatte er ihn eingeholt. Rogalla wollte gerade in seinen Wagen steigen.

„Und jetzt?" Brenner hielt ihn fest.

„Du weißt es?" fragte Rogalla.

„Ich kann es mir denken."

„Er war es. Ich hatte ihm von Materka erzählt, von den ganzen Umständen. Er ist der Einzige gewesen, der das mit der Zunge wissen konnte."

„Du kannst nicht so einfach abhauen", sagte Brenner. „Wir trinken jetzt noch zusammen einen Kaffee."

Es war noch dunkel. Fünf Uhr. Ein leichter Nebel lag über der Stadt. Ab und zu tasteten sich auf der nassen Straße Scheinwerfer entlang, streiften den Parkplatz, verschwanden wieder. Ob da jemand aus der Nacht zurückkehrte oder in den beginnenden Tag fuhr, war ungewiss. Nebeneinander und ohne ein Wort zu sagen gingen die beiden Kommissare zurück ins Präsidium.

Vor dem Eingang legte Brenner seinen Arm um Rogallas Schulter. „Ich fahre dich später nach Hause", sagte er.

Rogalla schüttelte den Kopf. „Brauchst du nicht. Hilf mir lieber, dass es halbwegs normal weitergeht. Es wird etwas dauern, bis ich alles verarbeitet habe. Und komm bloß nicht auf die Idee, wegen mir die Reise abzusagen. Dann wäre ich dir wirklich böse."

*

Am Freitagmittag saßen sie zu dritt im Düsseldorfer Flughafen an einer Bartheke. Rogalla hatte ihnen angeboten, sie zum Flughafen zu fahren. Sie hatten erst gezögert, aber er bestand darauf.

„Schöne Tage beginnen mit einer bequemen Fahrt zum Flughafen. Was habt ihr von eurem Billigflug, wenn die Parkgebühren höher sind als das ganze Unternehmen selbst."

Brenner zahlte den Kaffee. Sie standen auf.

„Ach ja", sagte er zu Rogalla. „Wir haben noch etwas vergessen. Vielleicht brauchen wir einen Trauzeugen, aber auf jeden Fall einen Paten. Sag bloß nicht ‚Nein'!"

Pünktlich um 14 Uhr zehn hob die Maschine ab. Kurz nach dem Start legte sie sich in eine südliche Kurve und verschwand bald darauf in den Wolken. Rogalla stand draußen auf der Aussichtsterrasse und sah ihr nach.